光文社文庫

長編時代小説

花下に舞う

あさのあつこ

光文社

目次

『花下に舞う』 おもな登場人物

木暮信次郎　北町奉行所定町廻り同心。

清之介　森下町にある小間物問屋「遠野屋」のあるじ。

伊佐治　木暮信次郎から手札をもらっている岡っ引。尾上町の親分と呼ばれる。小料理屋「梅屋」のあるじの傍ら、十年以上、信次郎の小者として働いてきた。

おふじ　伊佐治の女房。店に不在がちな伊佐治に代わり、小料理屋「梅屋」を切り盛りしてきた。

太助　伊佐治の息子。もっぱら岡っ引として飛び回る伊佐治にかわって、小料理屋「梅屋」の料理人となる。

おけい　伊佐治の息子太助の嫁。小料理屋「梅屋」を手伝う。

信三　遠野屋の一番番頭。

おしの　遠野屋の大女将。

おみつ　遠野屋の女中頭。

花下に舞う

序

こりやあひでえな。

伊佐治の後ろで手下の一人が呟いた。唾を呑み込みでもしたのか、低くくぐもった音が続く。

確かに酷い。

死人にも、殺しの場にも、血の色にも慣れた伊佐治でさえ目を背けたくなる。なるだけで一寸も逸らしたりはしない。

むしろ、見る。

瞬きもせずに凝視する。

男と女が倒れていた。男は仰向けで、女は横向きに血溜りの中に転がっている。どちらも死人の肌をしていた。底に薄らと青みを湛えた白い肌だ。微かに濁ってきているから、間もなく黒ずみ強張った死相に変わるだろう。白い顔の中で両眼と口がぽかりと開いている。

怯えの表情ではない。怒りでも憎しみでもない。諦めや覚悟ともほど遠い。

驚きか?

この二人は死の寸前に驚くべき何かを見たのか?

殺される恐ろしさに勝る驚愕……何だ、それは。

思案に浸る。しかし、束の間に過ぎなかった。今は思案のときではない。頭より身体を動かさねばならない。

伊佐治は息を吸い込んだ。血の臭いが身の内に滑り込んでくる。

「源蔵」

こりゃあひでえなと呟いた手下が、前に出る。

「木暮の旦那をお呼びしろ」

「へい。組屋敷でよろしいんで」

「そうだ。今日は非番で屋敷にいらっしゃるはずだ。すぐに、走れ」

大きく一つ頷くと源蔵は身を翻し、朝の光の中に飛び出していった。

伊佐治はもう一度、息を吸う。血の溜まりに浮かぶ白い顔を見詰める。仰向けの男と目が合った。薄膜を一枚張ったような曇った眸は、伊佐治ではなく自分の喉を切り裂き、腹を刺した相手を見ている。まだ、見続けている。

下手人は必ずお縄にしてやる。このままじゃ済まさねえ。だから成仏してくんな。

手を合わせる。

どこかで、雀が姦しく鳴いていた。

第一章　桜

命日にはいつも桜が散っている。

今年もそうだった。

風が吹き、枝が揺れる。そのたびに山桜の花弁は空に舞い、流れていった。淡い紅色の花片と弥生の碧空はどちらも、あまりに鮮やかな色合いであるものだから、かえって作り物めいて見える。

作り物は嫌いではない。

吉原の植え桜のように、人の手によって人が見るためだけに創り上げられる風景には作り物でしか醸せない美しさがある。

花時、郭中の大通りの真ん中に桜を移植し、下草に山吹を植え、青竹の垣根を結う。黄昏になればぼんぼりを灯し、江戸中から集まる客のために夜の桜を照らし出す。

初桜、遅桜、彼岸、八重、山桜……。樹の種や植え場所を変え、三月の一月間、満開の桜を楽しませる。天下随一の遊里ならではの趣向だ。

美しい。そして、馬鹿馬鹿しい。

美しい馬鹿馬鹿しさは、酒よりも人を酔わせるもの

11

らしい。吉原の植え桜は寛延のころに始まったとされる。　人の酔わせ方を心得た仕掛け人がいたのだろうか。

北定町廻り同心、木暮信次郎は八丁堀組屋敷の縁で酒を飲んでいた。

不味い酒だ。

妻子を持たない信次郎の屋敷には、主の他には奉公人が二人いるばかりだ。小者の喜助とおしばという老女だ。機に応じて渡り中間を雇うこともあったが、大方はこの二人で事足りる。今まで足りてきたし、この先、不足が出るとも思えない。

おしばは、信次郎が生まれる前から木暮家に奉公していた古参中の古参の女中だった。喜助の方は手先が器用で几帳面で、給金に見合うかそれ以上の働きをしてくれる。おかげで、庭も木戸門あたりも心地よいほどきっちりと整えられていた。おしばも掃除には抜けがない。座敷も廊下も玄関先も磨き上げられ、塵一つ落ちていなかった。台所仕事もそこそこに熟し、不味くはない飯を食わせる。ただ、ひどく気紛れで、三日に一度はおざなりとしか思えない料理を出してくるのだ。辛いだけの煮物とか、焦げた焼き物とか、薄くて味のない汁物とかを平気で膳に載せるのだ。

今日の酒も不出来だ。

煮え湯の中にどれほど浸けていたのか、熱燗と呼ぶには熱過ぎる。風味など吹き飛ん

で、舌を刺す苦味しか残っていない。

何をどうやったら、ここまでひでえ味にできるんだ。

舌打ちして盃の酒を見詰めたとき、桜の花弁が一枚、舞い落ちてきた。刹那、紅の色を濃くする。酒に酔った桜。粋人なら歌の一つも詠むところか。

信次郎は盃の中身を庭に投げ捨てた。

重い足音が近づいて、重い声が「旦那さま」と呼んだ。

おしばは普段、ほとんど口をきかない。耳が遠いわけでも、言葉を知らないわけでもなく、ただ、しゃべることが億劫なのだ。

「おしばさんに声を掛けられたときにゃ、嘘でなく仰天しやしたよ。あっしも手札をいただいてから長え付き合いになりやすが、おしばさんは口がきけねえのだとばかり思ってやしたからねえ」

数年前、伊佐治が真顔で告げたことがあった。父、右衛門の代から岡っ引として働いている男だ。右衛門は、「あれほど岡っ引に向いている男もそうそうおるまい。わしにとっては、天の賜り物のような手先だ」と称賛を隠さなかった。その右衛門が急逝し、信次郎が後を継いでからも、伊佐治は岡っ引であり続けた。

右衛門の称賛を的外れだと感じたことは一度もない。粘り強く、辛抱強く獲物を追う。中途半端に投げ出すことも、

伊佐治は優れた猟犬だ。

容易く諦めることもなかった。指示通りにきっちりと動き、手下連中を巧みに使い、昼も夜も炎暑の折も酷寒の日も、厭う素振りなど僅かも見せず江戸市中を走り回る。胆力に富み、頭の巡りも速い。

重宝な男だ。

巷で起こる事件は嵌め絵のようなものだ。一片一片をあるべき場所に置いていけば、全容が見えてくる。場所を違えては真相は現れないが、そもそも嵌めるべき欠片がなければ動きようがない。その欠片を伊佐治はせっせと集め、運んでくるのだ。集めるために怯むということが、凡そない者だった。少なくとも信次郎は臆したが故に己の役目を疎かにした伊佐治を、知らない。

重宝な男だ。手練れでもある。口うるさく、いつまでたっても説教癖が抜けないのには閉口するが。

その半端ではなく胆の据わった伊佐治ですら、おしばの呼び掛けには驚かされたらしい。

「で、『親分さん』て声が妙に艶っぽいというか、若々しかったもんで、余計に驚いちまいましてね。ぽかんと口を開けたまま、暫く返事ができやせんでした」

伊佐治はそう続け、苦笑いを漏らした。

あれも桜の散る時分だったな。

苦笑いの岡っ引の肩先に、花弁が一つ二つへばりついていた。

「旦那さま」

おしばが呼ぶ。痩せて皺ばかりが目立つ老婆の声としては、なるほど艶と若々しさがあるかもしれない。

「今日は、ご命日でございます」

「わかっている」

「ならば、墓前に参られませんと」

艶のある声が咎めてくる。朝方から酒を飲むより他にすべきことがあるだろうと。信次郎は右肩だけを軽く上げてみせた。

「おしば、前々から尋ねようと思ってたんだがな」

銚子と盃の載った膳を押しやる。空の盃が倒れ、縁の欠ける音がした。おしばが眉を顰め、口の中で何かを呟いた。

「親父の命日はいっこうに気に掛ける風もねえのに、なぜ、おふくろの命日には拘るんだ？」

おしばは答えない。むっつり押し黙ったままだ。

「おふくろが亡くなって何年が経つと思ってんだ。かれこれ二十年だぜ。命日、命日と騒ぐほどのものじゃあるめえよ」

おしばの唇がもぞりと動いた。そこから、

「何年経とうと、命日は命日でございます」

と、低い声が漏れる。艶も若さも失せて、聞いていると口の中に苦味が広がるような声音だった。舌打ちしたくなる。

この世には神も仏もいない。人だけがいる。死ねば腐るのが人だ。埋葬されて二十年経てば、人の肉も五臓六腑も腐り果てて土に還っているのではないか。土に向かって手を合わせ、得られるものとは何だ？

心とやらの安寧か、しきたり通りに死者を弔っている満足か、現の憂さを忘れられる一時か。

信次郎には窺い知れない。

窺い知れないものには、そそられる。薄く笑いそうになる。薄く笑ったことも幾度となく、ある。闇に半ば埋もれた謎や人の正体に出くわすたびに、薄く笑いそうになる。

「旦那の薄笑いを目にすると、ああ始まるなって思うんでやすよ。何が始まるのか、上手いこと言えねえんですがね。始まるなって、それだけを思うんでやす」

語っていた相手は、遠野屋の主人だ。

伊佐治が語っていた。語っていた相手は、尾上町の親分と呼ばれる岡っ引と森下町の小間物問屋の主は、気の合う父子のように、穏やかな言葉のやりとりをしていた。

確かに、そそられる気持ちのままに薄笑いを浮かべる癖はもう習い性となっている

のかもしれない。けれど、墓前で手を合わせる者の心裡は窺い知れなくはあるが、そそ

られはしない。口端は一寸も持ち上がらなかった。

「花と線香を用意いたしました」

おしばが執拗に言う。信次郎が「わかった」と頷きでもしない限り、立ち去る気はな

いらしい。こうなると、老女は一念の塊になる。かたくなで、融通がまったく利かず、

折れるということがない。

うんざりする。

膝に散った花弁を手荒く叩き落とし、立ち上がる。

頑迷で偏屈な老女を相手に根競べをしても無駄なだけだ。

「わかった。墓参りに行ってくる。支度しな」

おしばが甲羅から周りを覗き見ようとする亀に似て、首を伸ばしたのと、喜助が庭に

入ってきたのはほぼ同時だった。

「旦那さま、親分さんの手下の方です」

喜助の取り次ぎが終わらない内に小柄ながら、逞しい体躯の男が進み出た。

「源蔵か、どうした」

「殺しです、旦那」

源蔵が短く告げる。〝殺し〟の一言は耳に馴染んで少しも心を揺らさない。

「相生町二丁目の『佐賀屋』って口入屋と女房が殺されました。すぐにお出でくださいとの親分からの託けです」

「てこった。非番とはいえ、親分から呼び出されちゃあ応じないわけにもいくまい。墓参りはまたのことにするぜ、おしば」

おしばは信次郎を見上げ、動こうとしない。藁の詰まった人形のように見える。火を付ければ瞬く間に燃え上がりそうだ。

「それによ、おしば」

しゃがみ込み、老女の眼を覗き込む。そこは、人形ではない人の潤みを湛えていた。

「あのおふくろが、命日の墓参りなんぞを喜ぶと思うか」

潤んだ黒眸が左右に揺れた。

人は生きているからこそ人なのだと、母から伝えられた記憶がある。「では、死ねば人は何になるのですか」と問うた覚えもある。

「人は死ねば物になる。道辺の石や倒木と変わらぬのです」

母の答えは、まだ幼かった信次郎の胸にもすとんと落ちた。

人は死ねば物になる。

息子にそう諭す母親が、墓参りを望むはずもない。

母の瑞穂がどんな女であったか。信次郎よりよほど深く、おしばは知っているはずだ。

生きて〝人〟であった瑞穂と接した年月は、信次郎の何倍も長いのだから。おしばは何も言わない。口を閉じ、腰を上げ、主に背を向ける。源蔵がその後ろ姿を眼で追って、なぜか吐息を漏らした。

「殺された徳重は今年の正月で五十三、女房のお月は三十二だそうでやす」

伊佐治が小声で伝えてくる。名うての岡っ引は、信次郎が到着するまでに殺された夫婦のあらかたを調べ終えていた。いつものことだが、手際の良さは一級品だ。

相生町一丁目の『佐賀屋』の座敷は、濃く血が臭っていた。二つの死体は検分を済ませ、運び出されはしたが、血の溜まりはそのままだ。流れた刹那は甘くも香る人の血は、刻と共に黒味を帯び臭気を放ち始める。この座敷は間もなく腐臭に塗れるだろう。

「五十三と三十二。親子ほどの年の差だな。つまり、お月ってのは後添えってことか」

「へえ。徳重は五年前に先妻のおこうを病で亡くしてやす。お月と所帯を持ったのは、おこうの一周忌も済まない内だったこと、お月が女郎上がりなうえに、やたら気が強く、癇性な性質だと言われていたこと、まあ、あれやこれやで『佐賀屋』の夫婦の評判はあまり芳しくありやせん。ただ、評判の悪さは、先妻との関わりやお月の性質だけに因があるんじゃねえんで」

伊佐治が懐から大福帳に似た帳面を取り出した。表には何も書かれていない。

二、三枚めくっただけで、解せた。

「金貸しか」

「へえ、そのようで。徳重は口入屋の傍ら、金貸しをやってたんでやす。いや、そっちの方が本業に近かったのかもしれやせん。かなりの利平を懐にしてたみてえで」

帳面には貸した相手の名前と日付、返済日が記されていた。中には娘、女房という文字もある。借金のかたに娘や女房を取り立て、岡場所にでも売り払ったか。

書き加えられているのは、引当てとして差し押さえた物だろう。家財、家、道具と朱色で

「ふむ。徳重って爺さん、かなり阿漕な商売をしてたようだな」

「へい。地回りの連中を使って、酷な取り立てをやっていたとか。しかも、徳重と地回りを結びつけたのは女房のお月のようなんでやす。女郎をやっていたころから地回りと繋がっていたんでやしょう。夫婦揃って、なかなかの悪党だったのかもしれやせん。もしそうだとしたら、あちこちから怨みを買っていたのも頷けるってもんで」

「怨み？」親分は、この殺しは怨みから起こったと踏んでるのか」

伊佐治が瞬きする。頬に僅かに血の色が浮いた。一息の間をおいて、頭を下げる。

「すいやせん、旦那」

「何で、親分が謝る？」

「気が急いて、早とちりをするとこでやした。下手人が怨みから徳重夫婦を殺したと決

めつけるのは、早計ってやつでござんすから」

つくづく律儀な親仁だなと、おかしくなる。

徳重もお月も、身体のあちこちに刺し傷を負っている。

月は胸を一突きされた傷が命取りになったのは明白だ。ただ、徳重は喉を裂かれ、お下手人はおそらく、初めの一撃で息絶えた、あるいは虫の息になった二人をさらにめった刺しにしたのだ。殺し方に重ねて、徳重の生業や日ごろの業体を考えれば、怨恨を殺しの原由と決めつけるのは、しごく当然だ。

しかし、当然と思われたことが真実であるとは限らない。むしろ、安易な決めつけが障りとなり、探索を歪ませる例は多い。今は能う限り決めつけを排し、確かな事実だけを拾い集める。そういう段階なのだ。

伊佐治は己の愚を即座に悟り、詫びてきた。

老獪な岡っ引は、時折、こんな初心な律儀さを見せる。それで心を動かされるわけではないが、伊佐治本人が、場面場面で老獪にも初心にもなる己の多面に気が付いていないあたり、嗤いたくはなる。この律儀さに幾度も助けられてきたと認めてもいるのだが。

「で、徳重ってのは江戸の出なのか」

「へえ、まだきちっとは確かめられちゃおりやせんが、十年ほど前に上州あたりから出て来て店を開いたみてえなんで。上州でも商いを、何の商いかはわかりやせんが、まぁ

そこそこにはやっていたと思われやす」

「何の商いにしろ、裏に回れば高利貸しで儲けていたんじゃねえのか」

「おそらく、そうでしょうね。徳重本人は、江戸で一旗揚げるために出てきたと吹聴していたようでやすが、金貸しをするなら江戸の方が商いになると考えたんじゃねえんですかね」

「十年前なら徳重は既に四十を超えていた。一旗揚げるにはちと年を食い過ぎている気もするな」

「江戸に店を構えるのは子どものころからの夢で、先が見えてしまう年になったから諦めるのではなく、挑んでみたかったのだと、これも近所の者には言い回していたみてえですぜ」

「ふーん、志を立てるのに年は関わりないってことか」

四十過ぎの男を突き動かしたのは志だろうか。野心や挑み心だろうか。もっと別の切実な情だろうか。

「まあ、ここで徳重の心内を穿っても始まるまいぜ。ところでよ、親分」

話の向きを変えることにする。気持ちに引っ掛かった諸々を吟味し、石塊から玉を拾い出す。

地道な仕事は始まったばかりだ。

「二人の死に顔、気になったかい」

「なりやした」

寸の間もなく、伊佐治は答えた。

「あっしもたくさんの死人を見てきやしたが、ちょいと珍しい顔付でやしたね。何かに

ひどく驚いて、驚いたまんま死んじまった。そんな風に見受けやしたが」

「驚いたまんま死んじまった……か」

伊佐治の台詞を繰り返す。一度目は口に出して、二度目は胸の内で。

言い得て妙だ。徳重もお月も大きな驚駭の中で死んでいったとしか言いようのない

顔付だった。確かに、ちょいと珍しい。

あの死相は、嵌め絵の一片になるのか……。

「金の方はどうでぇ? しこたま貯めていたのなら、家内にはそれ相応の金があったの

か」

「車簟笥はありやした。扉の錠が壊されて、中身は空っぽでやしたが」

「本来ならどれくれえの金を呑み込んでる簟笥なんだ」

「女中によると、徳重は二百から三百ぐれえは商売用に手元に置いていたようなんで。

ただ、昨夜、どのぐれえの額が入っていたかはわかりやせん」

女中から一通りの話は聞いている口振りだ。

「扉は抉じ開けられていたのか」

「へえ、金梃か何かで壊されたみてえでやすね」

　矢継ぎ早の問いにも、伊佐治は淀みなく答えを返してくる。

「車簞笥、後でごらんになりやすか」

「だな。一応、見てみよう。金がなくなってりゃあ物取りって線も出てくる。が、まずはその女中とやらの話を聞いておくか。死体を見つけたのは、その女中だったな。住み込みか、通いか」

「通いでやす。おさいって四十絡みの女で、この先の丸木店って裏店に鋳掛職人の亭主と二人で住んでいやす。毎朝、朝五つには通ってきて、昼八つあたりに夕飯の下拵えだけをざっとして帰るって勤めだったそうで。ちなみに『佐賀屋』の奉公人はおさいの他はいやせん。店は徳重夫婦だけで回してたみてえでやすよ」

　死体の強張り具合から推し量れば、殺されたのは明け方前だろう。とすれば、一刻から三刻、『佐賀屋』の夫婦は放っておかれたことになる。もっとも骸には、暑いも寒いも淋しいもあるまいが。

「そのおさいとやら、まともに話ができる様子なのか」

「へえ、なかなか気丈な女でそう取り乱しちゃいやせん。ただ、座敷の有り様を目にしたときは、暫く気を失っていたようだと本人が申してはいやす」

「今が正気ならけっこうなこった。　連れてきな」

「ここに、でやすか」

「そう、ここにだ」

雨戸も障子も開け放してはいるが、血の臭いは留まったままだ。庭に降り、裏手に回る。おさいは台所に控えているのだろう。

「音がするな」

独り言のつもりだったが、伊佐治の耳は敏く聞き取っていた。

「へえ。庭に小石を敷き詰めてありやすね。泥棒除けのつもりでやしょうか」

源蔵が歩いたとき、じゃりじゃりとかなりの音がした。忍び足であっても、静まり返った夜半であればかなり響く。徳重たちは寝所にしていた座敷で殺された。ぐっすり寝入って足音に気が付かなかったのか、足音そのものがしなかったのか。

「連れてきました。おさいです」

源蔵が促すように手を振る。

痩せた色黒の女が頭を下げた。色は黒いが肌理細かな滑らかな肌をしている。ただ、血色はひどく悪い。おさいは本気で怯えているのだ。

表情や言葉付きは繕えても、顔色だけは化粧でもしない限り誤魔化せない。

「てえへんな目に遭ったな。大丈夫か」

おさいが顔を上げ、信次郎をまともに見た。掛けられた言葉が思いもかけず優しいものだったから一瞬戸惑い、それから、僅かに気が緩んだようだ。

「ありがとうございます。何だかまだ頭がくらくらして……、夢の中にいるようです」

「だろうなあ。現の出来事には思えねえだろう。無理もねえ。けど、おまえさんは二人の死体を一番に見つけちまった。話を聞かねえわけにもいかなくてな」

「……はい。わかってます」

おさいは唇を結び、頷いた。伊佐治の言う通り、心持ちの確かな女だ。怯えてはいるが取り乱してはいない。こういう女は面倒がなくていい。

「まず、今朝のことをできる限り詳しく話してもらえるか」

「あ、はい。でも……親分さんにはさっきお話ししましたが……」

「うむ。二度手間になって申し訳ねえが、もう一度、端から話してくんな」

おさいが息を吐き出した。唾を呑み込み、話し始める。ところどころ掠れはするが、しっかりした口調だった。

「あたしはいつもの刻に来ました。裏木戸から入って、台所で朝餉の支度をするんです」

「裏木戸？　どこにある」

「北側の路地に向かって、台所のすぐ裏手にありやす」

　伊佐治が答える。

「戸締りはどうしてる？　庭に小石を敷き詰めるほど用心深い男だ。戸締りを疎かにするとは思えねえが」

「木戸には閂が掛かっています。お内儀さんが来るまでに門を外しておいてくれます。今朝も門は掛かっていませんでした。だから、あたしは、そのときは……木戸を抜けて、勝手口から台所に入りました」

「木戸を開けたときは、普段と変わらずだったわけだな。では、どこでおかしいと感付いた？」

「台所に入ってすぐです。お湯が沸いてなかったものですから」

　おさいは信次郎が口を挟むのを拒むように、早口で続けた。

「旦那さまは朝、起きぬけにお湯で顔を洗うんですよ。真夏でもお湯じゃないと駄目なんです。それで、お内儀さんが毎朝、あたしが来る前に竈でお湯を沸かしてました。もうずい分と前のことですが、一度、沸かすのを忘れたことがあって、旦那さまが起きたときにお湯が間に合わなかったらしいんです。そしたら、旦那さまがひどく腹を立てて……」

「腹を立ててどうした？　女房を殴ったのか？」

「殴りはしません。罵ったんです。『うっかり者の役立たず』とか何とか。お内儀さん

も負けていなくて言い返しはするのですが、そうするとさらに旦那さまが言い募って、

あたしが傍で見ているのに口喧嘩がずっと続いていて」

おさいが口をつぐむ。主人夫婦を謗っていると気が付いたのだ。

からと、鬱憤や不平不満を好きに吐露する性質ではないらしい。

この女も律儀なのだ。真面目で素直で融通が利かない。既に亡くなったのだ

伊佐治を横目で見やる。すぐに察して、伊佐治は縁側に出てきた。

「おさいさん、まあ、お掛けなせえ」と促す。信次郎は一歩引いて、長い付き合いの岡

っ引と今しがた知ったばかりの女を見詰める。

律儀な女は律儀な男に任せるに限る。

信次郎は"見る"ことが好きだった。

人を見る。問われて答える女、言い繕う男、泣き喚く老婆、淡々と語る隠居……。さ

まざまな人を見る。伊佐治が問い質している傍らで、見る。

さあ、よくわかりません。

親分さん、本当にあたしは何にも知らないんです。一人で酒を飲んでおりましたよ。

はい、そのころは家におりました。

そうは言われましてもねえ、昔のことなので覚えが定かではありませんが。おれを誰だと思ってやがる。ふざけんじゃねえぞ。

首を捻り、ため息を吐き、顔を歪める。笑いも泣きも憤りもする。

見ていると薄皮が一枚、一枚、剥がれていく。人の被っていた薄皮だ。皮の下には本性がある。正体がうずくまっている。二枚、三枚剥がすだけで済む者も、何枚も何枚も厚く重ねている者も、べたりと貼り付いてしまった者もいる。

けれど、剥がれない者はいない。皮が剥がれ、赤剥けの本性が現れる。隠し通してきた正体が露わになる。

それを見るのがおもしろい。

一時ではあるが、暇潰しにはなる。

「あたしは……ここで構いません」

おさいは首を横に振り、伊佐治の後ろにある座敷から目を逸らした。

「そう言わねえで、座りな」

伊佐治が後ろ手に障子を閉めた。おさいの唇から吐息が漏れる。のろのろとした仕草で縁に腰を下ろす。

「先を聞かせてくれねえか。派手な口喧嘩の後、徳重たちはどうしたい？」

「はあ……」

「おさいさん、おれたちは、あんたが主の悪口を言ってるなんて小指の先っぽほども、思っちゃいねえよ。どうか包み隠さず話してもらいてえ。おれたちは下手人をお縄にする手掛かりが欲しいんだ。そのためにあんたの話を聞かせてもらいてえ。それだけなんだ」

伊佐治が訥々と諭す。おさいがもう一度、息を吐いた。さっきより柔らかい。

この親仁は、皮ってものがねえな。

ふっと笑いそうになる。

伊佐治は本気で女に語っていた。下手人を挙げたい想いを、少しばかりの焦燥を、苛立ちを隠そうとしない。おさいのような女には、そういう関わり方が効くとわかっているのだ。わかっていて、芝居をしているわけではない。皮を被るのではなく、脱いで相手に向き合う。そういう手立てができる男だった。

おさいが首肯し、話を続ける。

「それからはお内儀さん、お湯を沸かすのを忘れたことはなくて。そう言えば、お内儀さん、よくため息を吐いてましたね。『うちの人の機嫌を損ねたら、怖い』って。『殴ったり蹴ったりじゃなくて、ぐちぐちと口で苛んでくる』と。そういうの、ほんとうに参るって……。お内儀さん、旦那さまのことが怖かったんだと思います」

「だから、毎朝、きっちりお湯を沸かしていたと？」

「はい。それからは、忘れたことは一度もありません」

「なのに、今朝はお湯が沸いていなかった？」

「はい。驚きました。変だなと思いました。それから怖くなったんです。旦那さまが、どれほど怒るかと思うと身体が震えたぐらいです。それで、慌ててお湯を沸かしました。でも、竈に火を焚きつけているうちに、変だという感じが強くなって……。旦那さまもお内儀さんも起きてくる気配が全然、ないものですから。それで、様子を見に行くことにしました。そしたら……寝所の障子が開いていて……。その後は、よくわかりません。ほとんど何も覚えてないんです。暫く気を失っていたみたいで……、我に返ったら、廊下に倒れていました。それから、それから……それから、あたし、どうしたんでしょうか。ええ、やっぱり思い出せません」

「表通りに飛び出して、助けを呼んだんだよ。あんたは、その人たちに主夫婦が死んでいると告げた。そして、そのまま、しゃがみこんじまったんだ。隣の唐津屋のお内儀が座敷にあげて介抱してくれたんだぜ。けど、あんた、すぐに正気に返って、旦那さまの様子を見に行くと言い張ったそうじゃねえか」

伊佐治が噛んで含めるように告げる。おさいは俯き、かぶりを振った。

「覚えていません、何も……」

「じゃ、何を覚えている」

　唐突に信次郎は口を挟んだ。おさいが顔を上げ、息を詰める。

「覚えていることは、何だ？　おさい」

　答えが返ってくるまでに、暫くの間があった。

「台所に座っていたのは覚えています。人の声が聞こえていて……多分、親分さんたちがいらしたときじゃないでしょうか」

「ふむ。で、何を考えてた」

「は？」

「正気に戻って、お頭がはっきりして、一人、台所で何を考えていた」

　この返答にも間があった。前よりかなり長い。

「あたしは別に何も……。考えることなんかできなくて、ただ、ぼんやりしてました」

「おさい、ぼんやりってのはな、頭が空っぽになることじゃねえ。取り留めなく、あれこれ考えちまうってことさ。ぼんやりしてるとな、心の内にあるものがぽろぽろ零れちまうんだよ。だろ？」

　おさいが頰を強張らせる。怯えに似た光が眼の中を走った。

　伊佐治が空咳をした。おさいの膝を軽く叩き、「大丈夫だ」と囁く。

「何も心配することぁねえ。ここで、あんたがしゃべったことはどこにも漏れたりしね

えよ。誰かに伝わることもねえ。心の内にあるものを他人に知られたくないのは人情だって、よく、わかってるからよ。だから、無理強いをするつもりはないんだぜ。どうしても嫌だってことを無理やり聞き出そうとは、おれも旦那も思っちゃいねえんだ。そこんとこだけは、信じておいてくれ」

おさいは伊佐治を見詰め、瞬きを繰り返した。

「わかりました。本当に……本当に、内緒にしておいてくださいね」

「むろんだ。嘘はつかねえよ」

伊佐治が励ますように笑む。おさいは信次郎の方を見ようとはせず、伊佐治だけに眼差しと言葉を向けた。

「あたし、罰が当たったのだと思ったんです。

「罰？ 二人が殺されたのは罰だと思ったのかい？」

伊佐治は首を傾げ、声を潜めた。

「そりゃあまた、どうして」

「旦那さまが、亡くなられた方を悪しざまに言っておられたので……。一昨日のことです。ある方の葬儀から帰られて、その方の、故人のことをひどく罵っておいででした。とてもひどい、聞くに堪えないような言葉でした」

「ふーむ、どんな風だったのか、もうちょい詳しく聞かせてもらえるか。葬儀に出てい

たってこたぁ、親類筋か親しい誰かが亡くなったってことだな」

「……前のお内儀さんの弟になる方だと聞きました。森下町の油屋さんだとか、お内儀さんが言ってましたが……」

ちらり。ほんの一瞬、伊佐治が視線を向けてくる。ちくりと刺さってくる視線だ。

信次郎は知らぬ振りをする。

森下町は遠野屋の住む町だ。これまで幾度となく足を運んだ。定町廻りなのだから、定められた持ち場を日々巡るのは仕事の内だ。森下町に『遠野屋』という小間物問屋があろうとなかろうと町内を見回る。自身番にも寄る。事が起これば乗り出しもする。他の町と何ら変わらない。なのに、伊佐治は森下町と聞くたびに、視線を尖らせる。それでちくりと刺してくる。

遠野屋さんは関わりありやせんぜ。わかってやすね。

眼差しで、ときには口で念を押してくる。

嗤ってしまう。

遠野屋清之介。あの徒ならぬ気配を纏い、尋常の枠からはみ出した男に引っ掛かっているのは、伊佐治本人ではないか。「遠野屋さんはまっとうな、一廉の商人じゃありやせんか」の一言をしょっちゅう口にするけれど、伊佐治が本気でそう信じているわけもない。

剣呑や異形、血の放つ臭いには人一倍敏い者であるのだから。

やはり、嗤う。

信じているのではなく、信じたいと足掻く老岡っ引を、胸の奥で嗤う。

伊佐治は遠野屋が好きなのだ。

父親の手で暗殺者に育てられた。そういう過去を背負いながら、商いに没頭し商人の道で生き直そうとする男を助けたいとも、支えたいとも望んでいる。そのくせ、信じていないのだ。いや、岡っ引の性根が信じることを許さないのだ。

名の知れた商人として振舞う遠野屋が刹那放つ凍えた殺気を、底なしの暗みを、伊佐治が感じ取れないはずがない。そして、殺気や暗みを心身の一部とした者が日の下の暮らしに馴染めると、納得しているわけもないのだ。

舌舐めずりしそうになる。

一位の殺気、極上の暗み。それに幾枚もの皮を被せ、遠野屋清之介は信次郎の前に現れた。剥がせば露わになるはずの正体は剥がすたびに闇の底に沈んでいく。暗みは増し、殺気は青白い光を湛える。

そそられるではないか。

たまらなく、そそられる。

だから、逃しはしない。

『遠野屋』の主人のまま最期を迎えさせたりはしない。異形には異形の終わり方がある。

それが真実というものだ。

遠野屋が、伊佐治が、あえて目を逸らし気付かぬ振りを通すなら、底なし闇に手を突っ込んで真実を引きずり出すだけだ。

さあ、それはどんな形を、どんな姿をしているのやら。

ぞくりと身体の奥が震える。震えるほどの喜悦がせり上がってくる。遠野屋と出逢ったとき、これで凌げると感じた。退屈な日々をこれで凌げる、と。俄かには見通せない謎のような相手に出逢い、かっこうの退屈凌ぎを得た。気分が昂った。昂りは今でも残っているけれど、遠野屋が退屈凌ぎの域に収まりきらない相手だと思い知りもした。

わたしはあなたに負けはしませぬよ、木暮さま。

不敵な言葉を眼差しを投げつけてくる。

わたしは、わたしの選んだ道を生き切ってみせる。それはつまり、あなたに負けなった証になりましょう。

このおれに本気で挑むつもりか。しゃらくせえ。

苛立つ。苛立ち、ここまで情を揺さぶられる己にさらに苛立つ。

「前のお内儀さんは、確かおこうさんて言ったな」

伊佐治は視線をおさいに戻し、問いを続けた。

「はい。あたしは、直には知りません。ここに奉公に上がったときは、今のお内儀さん

でしたから。でも、ご近所で聞いた話では穏やかな、良い方だったそうです」

「そうか。けど、亡くなってからだいぶ経つ先妻の弟の葬儀に出かけるんだから、徳重さんってのは義理堅いのか、先妻の実家と繋がりが続いていたのか、どっちだろうかね」

おさいがかぶりを振る。白っぽく乾いた唇を舌の先で舐め、声をさらに細くする。

「どっちでもないと思います。旦那さまが葬儀に行ったのは……」

「ふむ。行ったのは、何でだ？　義理や繋がりじゃねえんだな」

伊佐治が身を乗り出した。微かな手応えを感じ、身体が動いたらしい。

「はい。あの……取り立てだと……」

おさいが身を縮めた。目尻の皺が深くなる。

「取り立て？　借金のか」

「はい。旦那さまは油屋さん……確か『今の屋』さんとかいう油屋さんにお金を貸していたみたいでした。それも、かなりの額のようでしたけど……」

伊佐治が振り返り、真正面から信次郎の眼を、今度はしっかりと捉えてきた。

信次郎は障子に背をもたせかけ顎をしゃくる。

続けな。

頷き、伊佐治はおさいに向き直った。

　その『今の屋』ってのが先のお内儀の実家で、亡くなった弟は店主になるわけだな」

「みたいです。お商売が上手くいかなくて、昨年から今年の初めにかけて二度か三度、旦那さまからお金を借りたらしいですが……」

「油屋の『今の屋』か。老舗だが、どうも危ねえって噂を聞いたことがあるな。主人は確か、代々榮三郎って名乗ってたはずだが」

　伊佐治の頭の中には、縄張り内にある町々の有り様が大雑把とはいえ入っている。驚いたのか、おさいが瞬きし、唾を呑み込んだ。

「はい、そのようです。あたし、一度だけですが今の屋さんが来られたとき、お茶をお持ちしたことがあります。多分、二度目か三度目かの借金のときじゃないでしょうか。旦那さま、とても渋いお顔をしておられました。何というんですか、あの苦い……」

「苦虫を嚙み潰したような顔か」

「あ、それです。何だかずっと今の屋さんを詰っておいででした。『道楽で金を貸しているわけじゃない。それなりの覚悟をして借りに来たのか』とか『あんたは、お坊ちゃん育ちだから商いには向いてないんだ』とか『昔、縁があったからといって甘えてもらっちゃ困る』とか……。もっと酷いことも仰ってました」

「なるほど、今の屋さんの方はどんな様子だった？」

「一言も言い返さず、俯いておられたと思います。けっこう大柄ながっしりした身体の

方でしたが、身を縮めるようにして、見ていてお気の毒でした」

おさいの舌が滑らかに動き始める。

伊佐治は聞き巧者だ。相槌を打ち、耳をそばだて、眼を覗き込み、ときに深く息を吐く。その掛かり口を外さない。たいていの者は、いつの間にか滑らかに舌を動かし、知っていることごとくをしゃべってしまう。むろん、知っていることごとくをしゃべらぬよう用心している者、胸に一物のある者、口にできない秘密を抱えた者などは〝たいてい〟の内に入らない。唇を閉じて口重になるか、妙に滑々と辻褄を合わせてくるか、何も知らない振り、あるいは忘れた振りをするか。それがそれぞれに取り繕おうとする。取り繕えば綻びは眼に付き易くなる。世間の多くは、このことを知らない。嘘に嘘を重ねれば隠し通せると信じている。

おさいは淀みなく話しているけれど、隠し立てしている風はない。おそらく性分のままに律儀に懸命に記憶を辿っているのだろう。もっとも、正直者の言うことが真実だとは限らない。真実だと思い込んでいるに過ぎないことも多いのだ。

「その今の屋さんが亡くなったんだな。それは聞いていなかったな。てこたぁ病か何かで亡くなったんだろうかね」

殺されたのなら言うまでもないが、自ら命を絶っても、災厄に巻き込まれて亡くなっても横死であれば伊佐治の耳に届いてくる。

「心の臓が突然に止まったと聞きました。夜中に苦しみ出して、お医者さまが呼ばれた

ときはもう駄目だったそうです。葬儀の報せに来たお店の方が話していました」

「金を貸した相手が頓死した。それで、徳重さんは証文を手に金を返すよう催促に出か

けたってわけになるんだな」

「はぁ……」

「えらく阿漕なやり方じゃねえか。残された家族からすりゃあ鬼にも蛇にも見えただろ

うよ。徳重さんってのは、こういう取り立て方をいつもしてたのかい」

おさいは首を傾げ、暫く考えていた。

「よく、わかりません。でも、今の屋さんに対しては、とても厳しかった気がします。

『おこうの実家だからって、甘えられてはかなわん』と強く仰ってましたから。今の屋

さんは金の生かし方を知らないんだ。全部、死に金にしてしまう。商人としての才がな

さ過ぎるとも、今の屋の身代を借金のかたに頂いたら、商いを一からやり直させるとも

仰ってました」

「金の生かし方か。それをあんたに向かって言ったんだな」

「いえ、お内儀さんにです。旦那さまは決められたことをきちんとやらないと、とても

怒りはしますが、その他の理由でお内儀さんを責めたりはしませんでした。お内儀さん

を聞き役にして、あれこれしゃべることは多かったです。あたし、お内儀さんのお世話

をすることもあったので、どうしても耳に入ってきます。でも、旦那さま
はありませんでした」

「あんたが、軽はずみに他所で奉公先の話をするような性質じゃないと、わかってたん
だろうよ」

おさいが頬を染め、顎を心持ち上げる。

「旦那さまにも同じことを言われました。おまえは口が堅いから信用できる、って。お
給金も他の店に比べれば、ずい分とよかったです。あの……親分さん」

「なんでえ」

「さっき、あたし、旦那さまとお内儀さん、罰が当たったと言ってしまいました」

「うむ、言ったな。けど、話を聞いてると合点できるぜ。どんな理由があるにせよ、仏
になった者を悪しく言うのは人道に外れるってもんさ」

「でも、親分さん、旦那さまはちゃんと見ていてくれたんです。あたしの仕事をちゃん
と見て褒めてくれましたし、働きに見合うだけの給金を出すと言ってくださいました。
あの、旦那さまは確かに他人さまにお金を貸していました。容赦なく取り立てもしてい
ました。でも……でも、世間の口さがない人が言うように "血も涙もない鬼" なんかじ
ゃないんです。ただ、お金の貸し借りについては厳しいというだけです。旦那さまは、
返す当てもないのにお金を借りにくる方が許せなかったのだと思います」

伊佐治の唇が僅かに動いた。しかし、言葉は出てこない。

けどよ、借金のかたに家、屋敷はともかく女房や娘まで取り立てるのは、やはり鬼と言われても仕方なかろうよ。

伊佐治が呑み込んだ一言が聞こえる。現の声と同じ程度にくっきりと聞こえてくる。

「そういえば、もうずい分と前になりますが、旦那さまが仰ったことがあえこえました。自分はたいへんな思いをしてここまでやってきた。他人には言えないような真似もして、苦労に苦労を重ねて生きてきたのだと。あたしにはよくわかりませんが、旦那さまは誰より苦労して、精進して生きて来られたんじゃないでしょうか。それなのに、こんな最期を……」

不意におさいがすすり泣き始めた。しゃべることで気が緩んだのだ。恟然、戦き、不安、悲嘆。辛うじて持ちこたえていた心が一気に崩れていく。

「まさか、まさか……こんなことになるなんて……。あんな惨い死に方をするなんて……信じられなくて……あたし、これからどうしたら……」

すすり泣きは啼泣に変わり、おさいはその場に突っ伏した。「あぁぁ、あぁぁ」と呻きに似た泣き声が響く。

こうなれば、もう使いものにならない。日溜りで微睡む猫の方が余程役に立つ。

「おさいさん、辛いのによく話してくれたな。ありがとうよ。もういいから、あっちで

ゆっくり休みな。ご亭主に迎えに来てもらうよう差配するからよ」

伊佐治が目配せすると源蔵がおさいを支え、立ち上がらせた。そのまま寄り添い、裏手に連れて行く。庭の隅には、もう二人、伊佐治の手下が控え、指示を待っていた。よく躾けられた猟犬そのものだ。よく躾け、よく鍛え、まさに手足として動かす。いつものことながら伊佐治の手下の育て方、扱い方は見事だ。

「旦那、どうしやす」

伊佐治も猟犬の眼になり、信次郎を見上げてくる。

「そうさな、まずは徳重とお月の身辺を洗ってもらおうか。ここ二、三月で金を借りに来た者、金を返せずにいる者を調べてみてくれ」

「へえ」

「それとは別に、徳重やお月がごたごたに巻き込まれていなかったか、あるいは引き起こしていなかったかも頼む。特にお月だ。徳重ばかりに目が行くが、お月が災いの因になり亭主が巻き込まれたって見込みも無きにしも非ずだぜ。そして『今の屋』だ。どんな商い振りだったのか、今、どうなっているのか。葬儀の日、徳重がどう振舞ったのか、借金はどうなったのか。つぶさに知りてえ」

「心得やした」

伊佐治が戻ってきた源蔵を含め三人の手下に、早口で命じる。三人は三様の動きで散

っていった。信次郎は庭に降り、背戸に向かう。伊佐治が数歩遅れて、ついてきた。

木戸は並の物より頑丈に造られていた。しっかりと閂が差してある。

「おさいが来たときは、ここが開いていたんだったな」

「へえ。いつもはお月が開けておくと言ってやしたね。だから、おかしくは感じなかったと。まあ、言うことの筋は通ってやす」

「そうだな。しかし、そのお月は、朝方には既に骸になっていた」

「さいでやす。骸は閂を外せやせんからね。となると、この戸を開けたのは誰なのかって話になりやすが……」

木戸に目立つ傷は見当たらなかった。力尽くで押し開けられたとは考えられない。

伊佐治の台詞をなぞる。

この戸を開けたのは誰なのか？

「閂を外すためには内側にいなきゃなりやせん。他の場所から忍び込んで閂を抜いたとしか考えられやせんが」

「忍び込んで、わざわざ閂を外した。それだと外に仲間がいたってことになるな」

「座敷には大勢で踏み荒らした様子はなかった。

「じゃあ事を済ませて逃げるときに、開けたんじゃねえですかい。人殺しでも押込みでも、逃げるなら表より裏を選びたくなるもんでやすよ」

信次郎は顔を上げ、あたりを見回した。『佐賀屋』の塀は高く、素人が容易く乗り越えられるものではない。狭い路地を挟んで、隣の二階屋の壁が迫っている。路地に出ると、すぐ目の前に隣家の背戸口があった。

伊佐治の言い分にも一理ある。殺しや盗みでなくとも後ろ暗い心を持てば、人は表より裏を、光より闇を選ぼうとする。それは、人の視線に怯えるからだ。"見られる"ことを何よりも恐れるからだ。しかし、殺しは日が昇るかなり前に行われた。夜はまだ深く、しかも、雲が出て月も星も隠していた。表通りも裏路地も漆黒の闇に包まれていたはずだ。ならば、隣の背戸口がすぐ近くにある路地より、表の方が忍び込むにも逃げるのにも適してはいまいか。

「親分、塀は調べたかい」

「調べやした。塀を越えて出入りした跡はありやせんでした。ちなみに店の表は雨戸が閉まったままで、猿もきっちり嵌まってやしたね」

この男のことだ。調べに抜かりはあるまい。

信次郎は踵を返し、血の臭気に満ちた座敷に戻る。畳に染み込んだ血は赤黒く、先刻よりさらに粘っこく纏わりついてくる。

「徳重の貸付帖はさっきの一帖だけか」

「古いものを合わせれば、かなりの数ありやす。ごらんになりやすか」

「そうだな、見せてもらおう。出しておいてくんな」

血の飛び散った襖を開けると三畳ほどの小間があった。普段はこっちで過ごすことが多かったと、おさいは言ってやした」

「こっちは、お月の部屋になっていたそうで。普段はこっちで過ごすことが多かったと、

衣装箪笥の中を改める。抽斗の中の着物も小物も質素ではないが、目を引くほどの品は見当たらない。古手屋で手ごろに買えるだろう代物ばかりだ。

「ふむ。とりたてて贅沢に暮らしていたわけじゃねえんだな」

「へえ。そのようでやす。お月が着飾ってどこかに出かけるなんてこたあ滅多になかったみてえで、家に閉じこもってる方が多かったようでやすよ。近所付き合いもほどほどにしかしてなかったと、これは隣の女房から聞きやした」

「なのに気が強く、癇性だって言われていたんだな」

派手な装いもせず、遊びもせず、家に籠っていた女の性根を誰が見定めたというのか。

「おさいは奉公先の話を、まして、主人の悪口を言いふらす性質じゃありやせんしね。おそらく、お月が女郎上がりだってことで、あることないこと吹聴する輩がいるんでしょう。お月は確かに気が強え面はありやした。物言いも険しくて、気に入らないと出入りの物売りを怒鳴ることもあったとかで。だから、気が強えだの癇性だのって話、あながち全部がでたらめってわけじゃねえようで。けど、怪我をした野良猫を助けたり、

自分に非があればすぐに謝ったり、お薦に銭を恵んでやったり、優しくて素直なとこも十分あったみてえですがね」

巷の噂、世上の風説というものが役に立たないわけではない。しかし、当てにもできない。それは、人の好みや思念でいいように歪められてしまう。

女郎を後添えにした金貸し。女郎上がりの金貸しの女房。どちらも世間の口の好餌になる。お月はおそらく、そのことを身に染みて承知していたのだ。だから、身を潜めるように生きていた。

利口な女だったようだ。人の世を生き抜く術を知っていた。そういう女があっけなく殺された。それも人の世の皮肉というやつか。

「旦那、一つ、お尋ねしてもよござんすか」

伊佐治が背後から声を掛けてきた。

「構わねえが、改まって何だ」

振り向きもせずに答える。伊佐治は躊躇いがちに続けた。

「旦那がこの件に乗り気なのは、徳重たちの死に顔に引っ掛かってるからでやすか」

「そういうこったな」

あっさりと答える。ここで、役目だの仕事だの建前を並べても、問うた相手は戯言としか受け取らないだろう。

信次郎は顔だけを伊佐治に向けた。老岡っ引は目元にも口元にも緩みのない、生真面目な表情をしている。さっきの問い掛けはかなり本気だったらしい。

「そんなに乗り気に見えたかい、親分」

「ただの押込みや殺しのときよりは、ちっとご熱心に見受けられやした」

「ふむ。てぇことは、親分もこの件がただの押込みや殺しとは違うと感じてんだ。それもこれも、まずはあの死に顔に因るってんだな」

伊佐治が顎を引いた。とんでもない言い誤りをしたという風に、眉間に深い皺を作り、口元を歪ませる。

江戸という町で人が死ぬのは珍しくない。

天寿を全うしての死や病や怪我での不慮の死は除く。同心なり岡っ引なりが関わらねばならない死、人に人が殺された、人が人を殺した、そういう死だ。

大半はつまらない、底の透けて見えるような代物ばかりだ。欠けた茶碗程の値打ちもない。と口にすれば、律儀で愚直でさえある伊佐治の眉が吊り上がるのは、わかっている。

「旦那、人の命に値打ちなんて付けちゃなりやせんよ。それに、下手人を捕らえるのは旦那のお役目でやすぜ。底が浅かろうが深かろうが、本腰を据えて取り組むのが心得ってもんじゃありやせんかね」

そんな説教を聞かされる羽目になる。昔はよく正された。どうであれ人の死を選り分
けてはならない。ましてや、おもしろがるものでも興の当て所にするものでもない
のだと事あるごとに説かれ、正されてきた。振り返りざまにばっさりと斬って捨てたら、
どれほどすっきりするだろうと、とっくにお払い箱にしていただろう。伊佐治の抜きんでた
探索の能を認めていなかったら、胸裏で呟いた覚えが多々ある。伊佐治の抜きんでた
承知しているから、斬り捨てにもお払い箱にもせず使っている。重々
岡っ引の仕事振りと口煩さを天秤にかければ、仕事振りの方が明らかに重い。重々

しかし、気付けばこのところ、伊佐治の説教を耳にする度合いががたりと減っていた。
幾ら諫めても無駄だと諦めたか。

いや、違う。伊佐治は思い至ったのだ。
自分の内側に、信次郎と同じ情動があることに。
人の死は一様ではない。死人それぞれだけ、それぞれの面を持つ。そして、稀に心惹
かれる様相を持つ死に立ち会う。奇妙な一点を秘めたもの、どこか歪んだもの、どう考
えても奇態としか言いようのないもの……諸々の尋常でない死に、あるいは人に惹かれ
ていく己を見つけてしまったのだ。

遠野屋のせいか。
伊佐治の賢しらな諫言が収まり始めたのは、おそらく遠野屋と出逢った時分からだ。

辣腕の商人の面の後ろにあるのは、暗殺者の来し方を引きずりながら懸命に生き直そうとしている若者でも、女房を失った傷をまだ疼かせている亭主でもない。まるで違う。

もっと異形、もっと歪、もっと奇怪な姿だと伊佐治は嗅ぎ当てたのだ。嗅ぎ当てて、黙り込んだ。おれも旦那と同じかと、唇を噛んだ。

ぞくりと心身を震わせた。震えて、

ほくそ笑みたくなる。

「だな」

徳重たちよりもっと惨いのも、すさまじいのもありやした」

「あっしも旦那のお供を長えこと務めておりやすからね。人の死に様はたんと見てきや

今度は、伊佐治があっさりと返事をする。

「そうでやす。あの顔がどうにも引っ掛かっちゃあおりやすよ」

煩え爺さんの口を封じてくれた。遠野屋に礼を言わなきゃならねえな。

首を切り落とされた者、腹を裂かれた者、顔を潰され火に焼かれた者、長く水に浸かり腐り果てた者、犬に食い千切られた者。確かに、徳重夫婦を超える惨状には幾つも出遭ってきた。血に塗れてはいたけれど、あの二人は手も足も頭も胴にくっついていたのだ。徳重の方は、辛うじて首が繋がっている恰好ではあったが。

「けど、ああいう顔ってのは……驚えたのと怯えたみてえなものが混ざったというか……ああいう顔ってのは、あまりお目にかかったことがありやせん」

「だな」

「旦那、徳重とお月は死に際に、何を見たんでやしょうね」

伊佐治の一言が鏃となり、突き刺さってくる。

死の間際に何を見たのか。

頭の隅に疼きが走る。軽い眩暈がした。

遠い昔、よく似た呟きを聞いた。男ではなく女の声で。

疼く。聞いた。少し掠れた女の声が呟いたのだ。

死の間際、何を見たのであろうか。

「旦那、どうかしやしたか？」

伊佐治が覗き込んでくる気配がする。信次郎は僅かに頭を振った。

「いや、別に……。なるほどと感じ入ったのさ。親分の台詞はいつも言い得て妙だな」

伊佐治の眉間の皺が深くなる。探る視線を信次郎の横顔に向けてくる。微かでも普段と違う気配を嗅ぎつけた眼だ。適当にいなしたつもりだったが、老練な岡っ引には通用しなかったらしい。

それほど甘っちょろい相手じゃねえか。

伊佐治の視線に気付かぬ振りをしながら、箪笥の抽斗を開けていく。

うん？

上から二段目の抽斗。その隅に細長い袱紗包みが仕舞われていた。取り出し、藤色の袱紗を開いてみる。

「これは……舞扇だな」

手に取るとそこそこに重い。親骨の根元に鉛が仕込んであるのだ。扇の動きを美しく整えるための重石としてだ。金箔を施された上等な物であり、他の質素さとはちぐはぐにも思える。

「お月は、舞をやってたのか」

「はて、それは……。すぐにおさいに尋ねてみやす」

「ああ、そうしてくれ。吉原の太夫じゃねえ、岡場所の女郎の身で舞を習っていたとは考え難い。徳重と一緒になってから始めたと踏んでまちがいねえだろう」

「女郎に堕ちる前かもしれやせんよ。堕ちた経緯までは知りやせんが、そこそこの暮らしはしていた女だった、その見込みはありやすから」

人の堕ちるのは早い。そこそこの暮らしから女郎へなど、ほんの一跨ぎでしかない。習い事に勤しむことができた娘が苦界に沈む。そんな変転は江戸に溢れてはいる。

「そうかもしれねえ。けど、この扇はまだ新しい。買ったまま仕舞い込んでいたようだがな」

伊佐治が「なるほど」と相槌を打つ。

「習い始めた素人が気の逸りから、あるいは商売人の口車に乗って買ったはいいが、ま
だ使い道がなくて簞笥の肥やしにしていた。よくある話ではありやすね」

「……そうだな」

よくある話だから、この一件に当てはまるとは言い切れない。信じるに値しない。"よくある話"とやら
も世間の噂と同じで得体の知れない代物だ。信じるに値しない。もっとも、信じるに値
する何かなど、この世にはほとんどないのだろうが。

信次郎は舞扇を手に、ひらりと振ってみた。金箔が鈍く光る。舞の名手が使えば、扇
は光を弾き、放ち、川の流れとも飛び交う蝶とも、雪片とも風の行方ともなる。

「……お上手でやすね」

伊佐治が息を呑んだ。瞬きしながら見上げてくる。

「うん？　何に感心してんだ」

「旦那の扇の扱い方でやす。妙に滑らかじゃありやせんか。あっしなんかばたばた扇ぐ
ぐれえしか使い勝手はわかりやせんぜ。それこそ、舞の心得でもあるみてえな動きでや
すね」

舞の心得？　そんなものあるわけがない。

舞も謡も芝居も鳴物も浮世の露塵と切り捨てはしない。そういうものが人の心を浮
き立たせ、金や飯とはまた別の、生きる糧になることもある。

しかし、自分には無用だ。

見事であれば見事だと称えもするけれど、それで我が身の生が彩られるとも、豊か

になるとも考えてはいない。

「ああ、そう言えば」

伊佐治が膝を打つ。柔らかな笑みが口元に浮かんだ。とたん、好々爺の顔付が現れる。

「亡くなられた母上さま、瑞穂さまは舞の名手だったそうですね。右衛門さまから聞

いた覚えがございやす」

伊佐治の口から母の名が出てくるとは思いもしなかった。不意打ちを喰らった気分に

なる。同時に、またあの囁きが耳の奥で蠢いた。

死の間際、何を見たのであろうか。

母の呟きだ。

呟きに誘われて見上げた横顔は、薄らと紅かった。夕陽に染まっていたのだ。これは、

いつの、どこの、何の記憶だろうか。

束の間、目を閉じ、その答えに思い至った。信次郎は瞼を上げ、扇を握り締める。

それから、伊佐治の前に投げ捨てる。

「出処を捜し出しな」

「へい」

「きっちりと確かな作りだ。一荷売りから購ったとは考えられねえ。そこそこの店の

そこそこの職人の手のようだぜ」

「わかりやした。まずは町内の扇屋を当たってみやす」

「頼む。突き止めるのは、ちっと骨が折れるかもしれねえがな」

藤色の袱紗を伊佐治の目の前で振る。

「本来、上物の扇は箱に入っているはずだ。ところが、これは袱紗に包まれていた」

伊佐治の首が傾く。

「て言いやすと？」

「箱には店の暖簾名が上書きされていることが多い。つまり、箱があれば売った店は容

易くわかる。親分が汗をかく手間はいらなかったはずだ」

伊佐治は扇を手に眉を顰めた。

「それは店の名を知られるのが嫌で、わざと箱を隠したか捨てたかってこってす

か」

「どうだかな。何かの弾みに箱を汚したり壊したりした。それだけのことかもしれねえ。

ただ、それだけのことと打っ棄っていちゃあ、おれたちの仕事は成り立たねえさ」

「まったくで。ようがす、お任せくださせえ。酒屋や八百屋に比べれば扇屋の数なんざ知

れてやす。すぐに突き止めてみせやすよ」

伊佐治の物言いには力みはなかった。本所から深川にかけての一帯は、伊佐治にとっ
て知り尽くした場所だ。言葉通りに突き止められる自信があるのだろう。

「頼もしいな。では、おれは親分の獲物を待つことにしようか。あ、もうちょいおさい
を揺すってみな。扇屋の心当たりが出てこないとも限らねえぜ。無駄足になる割合の方
が大きいだろうがな」

お月がわざと箱を処分したなら、奉公人のおさいが店名を知っている見込みはほとん
どない。それでも、皆無でないなら穿らねばなるまい。捨てた箱を目にした。お月がぽ
ろりと店の名を出した。そういう経緯が出来するのも現の世だ。

「旦那はこれからどうされやす」

「おれか？　おれは徳重の帳面を調べてみるつもりだ。しかし、その前に」

「その前に？」

『今の屋』の様子を探りがてら、森下町をぶらつくか。『遠野屋』で美味い茶を馳走し
てもらうのも悪かねえしな」

「旦那！」

伊佐治が露骨に顔を顰める。露骨過ぎて滑稽でさえある。

「冗談さ。遠野屋とこの一件が結びつくとは、さすがに考えちゃいねえよ」

「質の悪い冗談でやすよ」

伊佐治の焦りを鼻の先で嗤ってみる。

「まあ、あいつには小間物より死体の方がずっと似合いではあるがな」

「旦那、口が過ぎやす。まったく、遠野屋さんに申し訳ないと」

「親分」

伊佐治の文句を遮り、まともに見詰めてみる。

「親分はいってえ、あいつの何を守ろうとしてんだ」

「は？」

「遠野屋は死神さ。本人にその気がなくとも、人の死を引き寄せちまう。そういう男の何を守ってやりたくて、そんなにじたばたしてんだよ」

「……遠野屋さんは立派な商人でやすよ。あっしみてえな者が守れるとも守ろうとも思っちゃいやせん。あっしは、旦那が遠野屋さんに妙に絡むのが嫌なだけなんで。ともかく、あっしは仕事に掛かりやす。日が暮れる前に一度、組屋敷の方に顔を出しますんで。旦那は、このままお屋敷の方にお帰りになってやすね。帳面は、おさいに纏めて風呂敷に包むように言い付けやすから」

森下町などに寄るなと釘を刺しているのだ。伊佐治とやり合う気分はとうに失せていた。伊佐治より今は、頭の隅の疼きが気になる。よみがえった記憶の意味を手繰ろうとすれば、疼きはさらに強く脈を打つ。確かめてみるしかあるまい。

「そうだな、ひとまずは帰るとするか。それから、墓参りに行く」

「墓参り……でやすか」

　信次郎と墓参りが結びつかなかったのだろう。伊佐治が寸の間、口を開けた。が、す

ぐに身を翻し、足早に外に出る。

　身の軽さを明かすような小気味いい足音が遠ざかる。

　墓参りか。

　疼きを抱えたまま、信次郎は一人、小間の中ほどに立っていた。

第二章　野路菊

　漣のように細かな、揺れる気配が背に伝わってくる。殺気や腥風といった剣呑なものではない。柔らかく、円やかだ。

　清之介は足を止め、振り返った。

　後ろを歩いていた信三が俯いて、肩を震わせている。笑いをこらえているのだ。

　縁とはいえ表通り、しかも両国橋を渡り終えて間もなくの賑やかな上にも賑やかな通りに立っていた。すぐ傍らを多くの人々が、ある者は忙し気に、ある者はゆるりとした足取りで行き過ぎる。駕籠が走り、常州訛の一団がそぞろに歩き、やはり訛のあるやりとりをしながら数人の武士が擦れ違って行く。

　荷を背負った老婆、振り袖姿の娘、薬籠を提げた総髪の医者、旅人、虚無僧、物売り、浪人、紙屑拾い、六部と呼ばれる巡礼、男、女、年寄り、子ども、百姓、職人、武家、商人……。まるで人の曼荼羅だ。人という生き物のあらゆる雛形が揃っている。

　騒めきに包まれ、舞い上がる土埃に目を細めていると、足裏に江戸の鼓動を感じる。

国中から人を集め、物を集め、全てを呑み込んでいく町の蠢きだ。

ここにいれば全てが手に入るようにも、全てを失うようにも感じる。高く飛翔できるようにも、底なしの穴に沈んでいくようにも感じる。愉悦と怯えが綯交ぜになり身体の内を巡る。その一時が清之介は好きだった。江戸でしか味わえない奇妙で甘美な一時ではないか。

「申し訳ございません」

信三が口元を引き締め、頭を垂れた。

「旦那さまのお供をしながら、とんだ不調法をいたしまして」

「いや、不調法とは思わないが、どうしたのだ？ おまえが往来で含み笑いをするとは珍しいじゃないか」

信三は遠野屋の筆頭番頭だ。まだ若いけれど質は十分にあると判断して、清之介がその立場に据えた。それが間違っていなかった証に、信三はよく働き、よく励んでくれた。初めのうちこそしくじりも目立ったが、しくじりを糧にして己で己を育てていったのだ。商いへの真摯な想いと誠実な人柄、何より商人としての才覚がなければできないことだ。

おれの人を見る眼も曇っていなかったわけだな。

信三の確かな番頭ぶりに触れるたびに、清之介は少しばかり誇らしくなる。むろん、将来はわからない。人の生涯は城とよく似ている。築き上げていくには長い年月と辛抱

がいるけれど、燃え落ちるのも崩れるのもあっという間だ。信三がこの先、決して堕ち

も崩れもしないとは言い切れない。

いや、信三だけではない。このおれも……。

自分が盤石の上にいるとは、とうてい思えない。むしろ、脆い砂石に立っている気

さえする。

遠野屋は繁盛している。今も幾つかの得意先を回っての帰りだった。その内

には大名家も大身の旗本も名の知れた大店も含まれていた。

商いは滑らかに回り、身代は肥え、憂いは何もない……はずだ。それなのに、なぜか

心許ない。心の一端に危うさが付き纏う。その危うさの得体が摑めない。摑もうと

るたびに、冷えて乾いた笑声を聞く。

嫌な声だ。肌にも肉にも骨にも突き刺さってくる。熱を奪い、心力を削ぎ、臓腑まで

凍えさせる。悪意が潜んでいるわけでも、底意が透けて見えるわけでもない。そんな易

いものなら耳底にこびりつき、不意に響いたりはしない。

嫌な声だ。嫌な男だ。

この男は、鬼と人の間に生まれたのではないか。

半人半鬼、それが正体ではないのか。

木暮信次郎と出逢ったときから、顔を合わせれば必ず、頭の一隅を掠める思念だ。

「本当に申し訳ありません。言い訳ではないのですが、今、そこをどこぞの娘さんが通

られましたでしょう」

娘は幾人か通った。裕福な家の拵えをした者も木綿の小袖の裾を短くして駆けていった者もいた。賑やかにしゃべり合っていた三人連れも、嫁入り前の若い女たちだ。

「それで、つい、おちやさんを、ひいては今朝の騒動を思い出しまして。思い出したら、おかしくておかしくて」

信三がまた俯いた。声こそ出さないが、身体全部で笑っている。

「ああ、おみつとおちやのやりとりか」

「はい。ほんとに、思い出すと辛抱できないほどおかしくて……」

「辛抱することはない。ここで笑っても誰に迷惑をかけるわけでもないからな」

主の許しに遠慮の箍が外れたのか、信三が笑い出す。それでも声は抑え気味だ。

「まったく、おちやさんはおもしろいお方です。本人がいたって真面目なだけに余計におかしくて、おもしろくてなりません」

「確かにな」

清之介もつい、口元を緩めていた。

今朝、得意先回りに出かける四半刻ほど前だった。

清之介はおうのと、来月開く表座敷の催しについて相談をしていた。二、三カ月に一

度の割合で行われる催しは、異種の商いを手掛ける仲間たち、帯屋の二代目三郷屋吉治と履物問屋の主吹野屋謙蔵とともに育んできたものだ。小間物、帯、履物だけでなく反物も仕上がった小袖も化粧の品も一堂に揃える。女が身に着ける全ての品を並べ、化粧師や役者の助言を受けて、帯合わせ、衣装合わせを客が好きにできるよう試みた。手探りでの出発だったが、評判は上々の上にも上々で、数年先まで客の約束が入っている。

前回の催しの後、いずれは男物も扱いたいと謙蔵が言い出し、清之介も吉治も異存はなかった。ただ、そのために越えねばならない壁は幾つもある。壁がどういうものか、どう越えていけるのかこれから一つずつ明らかにしていかねばならない。

そういう諸々を話し合っている最中、

「商いはおもしろいねえ」

謙蔵が言った。静かな口調だが、昂りを秘めていた。

「商いのおもしろさに、どっぷり浸っていられる。おれは幸せ者だよ」

謙蔵の一言は清之介の、おそらく吉治の想いとも重なる。

商いはおもしろい。血が沸き立つような心持ちを与えてくれる。催しは、おもしろさの要の一つになりつつあった。だから、慎重に丁寧に支度を整える。

おうのは、催しの当初からずっと下支えを果たしてくれていた。

兄、宮原主馬の側女であった女は優れた化粧師であり、髪結いであり、稀な色合わせ

の才を具えた者でもあった。助言者として、催しに集まる客たちから信用され頼りにさ
れている。おうのの仕事が評判の一端を担っていると、清之介はもとより謙蔵も吉治も
認めていた。

今朝も次の催しに向けて、おうのと話し合っていた。主に"暈し紅"についてだ。

"遠野紅"とも呼ばれる遠野屋固有の紅は、最上質品なら一匁数百両の値で取引され
る。玉虫色の紅は唇に差すと紅色に変わり、その紅の底から淡い光を放った。そして、
差した者の肌色に添うように、色合いをさらに変化させる。

「この紅はまるで生き物のようです。命があって心があって、女の唇を能う限り美しく
するために自ら色を変えていく。そんな不思議な生き物のように思えます」

まだ試作だった紅を手に、おうのが言ったことがある。しみじみとした口調だった。

あれから紅匠、紅花農家、産地嵯峨波藩に置いた遠野屋の出店、嵯峨波藩紅掛かり役人まで
も巻き込んでより質の高い、より美しい紅を作り上げようと努めてきた。その結実が
"遠野紅"だ。今、人が生み出せる最も上質な紅だと、言い切れる。自惚れではなく言
い切れるが、このままでは駄目だともわかっていた。

あまりに値が張り過ぎる。

遠野屋の商い、儲け分を考える。この紅一匁にかかった費えを考える。もともと紅一
匁は金一匁と等価であると言われていた。"遠野紅"は従来の紅と比べ物にならない手

間と秘事中の秘事である紅匠の技を編み出すことで生まれてきた。遠野屋の主として思案をすれば、どう抑えても百両を下らぬ見積になる。その値でなければ商いが成り立たない。

江戸には国中の富が集まる。富裕な者たちは大勢いた。紅一つに百両の上の金子を掛けられる者たちだ。実際に"遠野紅"を求める声は数多く届いている。客がいる限り、商いは成り立つ。しかし、と清之介はさらに思案するのだ。せざるを得ない。

しかし、それは淡雪のようなものではないか。一時、積もってもすぐに融けて消えてしまう。百万人が住むという江戸で、"遠野紅"を購えるのはほんの一握りの人々だ。淡雪ではなく、地に根を張ったほんの一握りを相手にしていては、商いはいずれ廃れる。

廃れぬ商いを創り上げる。そのためには数多の人々、老若男女、財も地歩も年齢も身分も跨ぎ越して品を売り、購ってもらう形を拵えねばならない。遠野屋を継ぎ、遠野屋と共に生きてきた年月の間に清之介の中で芽生え、育ち、堅確となってきた信念だった。

自分一己の信念は、吉治と謙蔵の他は誰にも明かしていない。が、おうのは悟っていたようだ。

「『都風俗化粧伝』を読んでおりますと、紅はとても多様な使い方ができるようなのです。それでね、遠野屋さん、"暈し紅"など試してみてはいかがでしょうか」

「"暈し紅"？」

「ええ。粉白粉に紅を僅かに混ぜ込むのです。それを化粧刷毛で頬に刷いたり、指で瞼につけたりと使えばどうかと」

「ふむ。紅を暈して使うというわけですか」

「はい。むろん紅の質によって色合いや艶はずい分と違ってくると思いますよ。"遠野紅"だと、どれほどの色艶になるか……」

その色艶を思い描いたのか、おうのが小さく息を吐いた。

「しかし、それだけ値が張ってしまうが」

「はい。仰る通りです。でも、使う量は僅かで済みます。遠野屋さん、あたし、試してみました。中等のものですが紅と白粉を混ぜてみたんですよ。当たり前と言えば当たり前ですが、混ぜる具合で色は変わります。薄桃であったり、桜、撫子、牡丹の色に近いものも作れる気がします。顔料を上手に用いれば、もっと色合いが深くなるかもしれません。"遠野紅"はさておき、紅の使い方の一つに考えてみてはくれませんか」

「なるほど。量が少なければ、さほど法外な値にせずともすむかもしれないな。うむ、おもしろい。おうのさん、新しい試みとしてやってみましょう」

やってみる値打ちも意味も十分にある。

おうのが微笑み、大きく頷いた。初めて出逢ったとき、まだ主馬の側女であったころ、

おうのは暗く粘るような色香を纏っていた。ふとした仕草からも笑みからも、艶が零れ、流れだす。そんな女だった。今も美しい。遠野屋で働き始めてからやや肥えて、身体は丸みを帯びた。その分、柔らかな色気も増したようだ。世間が、おうのを清之介の妾だと噂するのもあながちわからないではない。とんだ的外れではあるが。

おうのは今も美しく、柔らかな色気に包まれている。そして、優れた仕事人でもあった。信三や女中頭のおみつに引けを取らないほど、しっかりと遠野屋の屋台骨となってくれている。頼もしい。

「それなら、次の催しで幾人かの方に見本になってもらってもよろしいでしょうか」

「見本とは？」

「お歳の違う女人数人に、紅の化粧を施すのです。その方のお肌や顔形、染みのあるなしや髷の形で少しずつ紅の量し様を変えてみせるのですよ。紅を含めて化粧が一様一式なものではなく、一人一人に合わせるものだと、合わせられるものだとお客さまに示せたらよいなと、ずっと考えておりました」

「なるほど。今日はあなたに感心させられっぱなしですよ、おうのさん。吹野屋さんや三郷屋さんにも相談してみますが、わたしとしてはぜひに」

やってみたいと続けることができなかった。どんと響く物音と女の悲鳴が聞こえてきたのだ。

清之介はすぐに部屋を飛び出した。

「なにごとだ。あ……」

廊下に、おみつが横倒しになっている。起き上がれないのか、両脚をばたつかせていた。そのすぐ近くに、おちやが立っている。手拭いを姉さん被りにして手には雑巾を摑んでいた。大きく目を見開いて、身体を竦ませている。少し離れて、信三がやはり目を剝いて棒立ちになっていた。得意先回りの刻だと告げに来る途中だったのだろう。胸にしっかりと風呂敷包を抱えている。

「おみつ、どうした。大丈夫か」

「お、おみつさん。しっかりしてください」

清之介が、少し遅れて信三が駆け寄り、おみつを助け起こす。おみつはうっと小さく呻き、喘いだ。

「こ、腰を打って……。痛っ、いたたたた」

「おみつさん、そこは腰じゃなくてお尻ですよ、お尻を打ったんですね。いてっ」

おみつに鼻先を打たれ、信三が顔を歪める。

「何するんですか。心配してるのに」

「女に向かってお尻、お尻って、はしたないじゃないか。遠野屋の番頭ともあろうものが、それくらいの心得はしてなさいよ」

怒鳴られて、信三は肩を窄めた。信三が遠野屋に奉公に上がったとき、おみつは既に

古参の女中として働いていた。肉親との縁が薄い若者を不憫に思ったのか、信三の世話をなにくれとなく焼き、面倒をみてきた。信三もおみつを姉のように慕っている。その大姉に叱りつけられれば、黙り込むしかない。

「それにしても、派手に転んだな。何をしてたんだ」

「すみません」

おみつより先におちやが膝をつき、頭を下げた。

「あたしが粗相をいたしました。おみつさんに廊下の拭き掃除をするように言われて……」

おちやは手の中の雑巾を握り込んだ。

「おちや、拭き掃除ってのはね、雑巾で汚れを拭き取るってことなんだよ。どうして、廊下に水を撒いたりするんだよ」

おみつがぽんぽんと叱り飛ばす。信三はちらりと清之介を見やった。

よろしいのですか。そう尋ねている眼つきだ。

おちやは江戸でも屈指の大店『八代屋』の縁に繋がる娘だ。八代屋の身代の大きさは遠野屋を遥かに凌ぐ。そういう娘を他の奉公人同様に扱っていいのかと、信三は気を揉んでいるのだ。

むろん、いい。

わけあって、おちやは遠野屋に押しかけ奉公に来た。自分の思案で女中奉公を選んだのだ。初めのうちこそ、大店のおじょうさまをどう扱えばいいのか迷っていたおみつだが、三日も経たないうちに下働きの娘たちと同じように教えるべきことを教え、叱るべきところで叱り、ときに厳しく咎め、戒め、諌め、泣かせもした。

それでいいのだ。おちやは真綿に包まれ、蝶よ花よと手を掛けられた大家の娘ではあるが、そういう境遇に歪められずに育ってもいた。気性が真っすぐで、誠がある。驕りもしないし、卑下もしない。他人を見下すこともなかった。懸命に、本気で生きている。

おみつは、おちやの美質を見抜いたからこそ、それまでこの娘が知りもしなかった諸々を教え込もうとしていた。薄い布団に包まり女中部屋で寝起きすること、夜が明けないうちに起き出し働くこと、一汁一菜の膳のありがたさ、よく噛むことの大切さ、門の掃き方、雑巾の絞り方、茶の淹れ方、器の洗い方、洗濯物の干し方……。日々の暮らしに欠かせない仕事と心構えを伝えていく。それは、今までおちやが誰からも教わらなかった生きるための術でもあった。おみつの厳しい躾に堪えかねて、すぐにも逃げ出すかと思われたおちやは、しかし、意外なほど生き生きと言い付けられる役目をこなすというには、あまりに粗相が多いきらいはあったけれど。

この数カ月で、おちやの壊した器や道具は片手の指では足らないだろう。些か粗忽の気があるらしい。

「水ってのは庭や門に撒くもんなんだ。廊下に撒く馬鹿がどこにいるんだい」

「あ、あの、撒いたわけじゃないんです。雑巾を濯ごうとしたら桶を倒してしまって、慌てて拭こうとしたところにおみつさんがいらして……あの、足を滑らせてお尻を」

「……っ」

「腰ですよ、腰。ああもう、裾がびしょびしょになってしまって。ほら、おちゃ、ぼんやりしてないで早く拭き取りなさい。言われなくても、ささっと動く」

「あ、はい。す、すみません。すぐに、あ、きゃあ」

立ち上がろうとしたおちゃが水に足を取られ、尻もちをつく。はずみに雑巾が飛んで、おみつの髷に載った。そこから水が垂れ、おみつの豊頰を濡らす。

「まっまっ、ちょっと、おちゃ！いいかげんにおし」

「す、すみません。ごめんなさい。あ、痛い。思いっきり、お尻を打っちゃった」

「娘がお尻なんて口にするもんじゃないよ」

「え、では何と言えばよろしいのですか」

「尻臀とか御居処とか、何とか言いようがあるだろう」

そこに、おくみが数枚の手拭いを持ってきた。貧農の出のこの娘は優しいだけでなく、よく気が回り、手が動く。

「おちやさん、これで早く拭いて」

「あ、あ、すみません。ありがとう」

おちやは乾いた手拭いをおみつの顔に当て、急ぎ擦った。

「わっ、駄目よ、おちやさん。それ、雑巾だよ。おみつさんじゃなくて廊下を拭くの」

「えっ？え、きゃっ、どうしよう。ごめんなさい。申し訳ありません」

そこで信三が噴き出した。清之介の背後でおうのも笑っている。清之介は唇を噛み、突き上げてくる笑いを何とかこらえた。

あの騒ぎを思い出した、というより、ずっと頭にこびりついていたのだろう、信二が往来で笑い続ける。行き交う人々は多いが、振り向く者も見咎める者もいない。笑っている商人など珍しくもないのだ。

笑いが収まったころあいで、清之介は番頭の名を呼んだ。

「信三」

「はい」

主の声音に何かを感じたのか、信三の顔付が引き締まる。

「これから先、佐久間さまと石渡さまの件は全ておまえに任せたい」

大身の旗本と大名家の重臣は、どちらも息女の嫁入り道具の小間物一式を遠野屋であつらえたいとの意向を伝えてきた。小間物一式といっても多岐に亘る。

簪、櫛、笄　化粧箱と道具一式、手鏡、鏡台、白粉、眉墨、そして、紅。

"遠野紅"をぜひに用意してもらいたい」

旗本と重臣は、まったく同じ台詞で望みを伝えてきた。どちらの望みにもむろん応えるつもりだ。応えるとは客の望み通りの品を揃えることではない。望みに添いながら、望んだ以上の品を差し出すことだ。

だからこそ、信三に任せてみたい。

「ありがとうございます」

信三が引き締まった表情のまま、頭を下げた。些かの力みは感じられたが、動揺も戸惑いもない。

「精一杯、務めます。お客さまに『さすが、遠野屋だ』と、必ず満足していただける品を商ってみせます」

きっぱりした物言いからは、決意さえ伝わってくる。

「なるほど、やはりな」

清之介は軽く頷いていた。信三が瞬きをする。

「は？　旦那さま、やはりとは？」

「いや、何となく感じてはいたのだ。おまえ、佐久間さまや石渡さまとのやりとりの間中、ずっとうずうずしていただろう」

信三は顎を引き、瞬きを繰り返した。

「あれこれ考えていたのではないか？　おれなら、あの職人にあの品を注文する。あの職人にはこれを頼むと、な」

信三は商用帳を包んだ風呂敷を持ち直し、息を吐き出した。

「旦那さまは後ろに目が付いておられるだけでなく、人の心内まで読み取れるのですか」

「まさか。おまえが、わかり易いだけだ」

「わかり易いって……、それは、商人としては如何なものでしょうか」

歩きながら、信三が問うてくる。一ツ目之橋が見えてきた。

「何を考えているかわからぬと思われれば、信用は得られない。わかり易いのは美点にこそなれ、欠点とはなるまい」

「しかし、心の内が全て顔に出るようでは……」

「全てではない。怒りや悲しみ、落胆、焦燥。そういった負の情をおまえは決して見せない。見せるのは喜怒哀楽の喜と楽だ。嬉しげに楽しげに接してもらえれば、嫌な心持ちになる者はおるまい。おまえのわかり易さは、商人としての力だとおれは信じている」

信三は主の言葉を染み込ませるように、深く、息を吸った。

けば、森下町は間もなくだ。弁天社を左手に見ながら、右手に御船蔵の並ぶ河岸沿いの通りを行

「まあ、商いに関わる限りではだがな。普段は泣き言を口にしては、おみつにしょっちゅう気合を入れられているものな。そうそう、昨日は鴉にからかわれたと本気で腹を立てて、おくみたちに笑われていなかったか」

「いえ、そっ、そんなことはございません。あれは、質の悪い鴉がわたしの饅頭を奪い取ったからです。大女将さんにいただいて、ほんの寸の間、縁側に置いておいたらばさばさと降りてきて盗んでいったのです。枝に止まって、こちらの様子を窺っていたに違いありません。もう腹が立って腹が立って、追いかけ回していたら」

「足がもつれて転んだんだな。おくみが珍しく大笑いしていたぞ。よくよく考えれば、今朝のおみつと大差ないようだが」

「あ、確かに。思い出し笑いなどできる立場ではありませんでした」

信三はおどけた仕草で首を竦めた。

温かな風が吹く。小さな光が清之介の目の前を過ぎた。とっさに摑む。

「桜か」

桜の花弁が手のひらに一枚、貼り付いていた。陽を浴びて、薄紅に輝いて見える。御船蔵を過ぎて北之橋に向かう道には、蔵番人の住まいや小体な武家屋敷が並んでい

る。どこかの庭から風が運んできたのだろう。

北之橋の架かる六間堀にも花弁は散って、水面に紋様を描いていた。

「旦那さま。ありがとうございます」

橋の中ほどで信三が不意に言った。言おうか言うまいか迷っていた風だ。

「何の礼だ」

「わたしを信じてくださいました」

短い一息を吐き出し、続ける。

「信じて、商いを任せてくださいました。ありがたいと思っております」

「おまえは遠野屋の筆頭番頭だ。これくらいの商いを任せるのは当たり前だ。むろん、おれも遠野屋の主人として品の確かめは怠らないつもりだが」

信三が核となって大口の商売を回してくれれば、清之介は新たな商いに専念する刻が持てる。表座敷の催しだけでなく、紅に関わる一歩進んだ商いだ。遠野屋に戻ってすぐにでも、おうのと相談しなければならない。

『暈し紅』とやらを実用に向けて詳しく吟味したい。

「それで、旦那さま、手代の弥吉のことですが、今回、わたしの助手として働かせてもよろしいでしょうか」

「ああ、構わないが。おまえは弥吉を買っているのか」

遠野屋の手代の中で弥吉は、そう目立つ男ではなかった。目端が利くわけではなく、品定めの力量もまだまだだと清之介は見ていた。ただ、陰日向なく地道に務めてはいる。

「わたしではなく、田の子屋さんが気に入っております」

「ほう、あの田の子屋さんが？　知らなかったな」

清之介が知る限り、田の子屋は江戸随一の蒔絵師だった。その手が作り出す品々の見事さに、何度も何度も息を呑んだものだ。遠野屋を支えているのは、紅だけではない。田の子屋は職人の中の職人だ。ただ、気性の偏屈さ、荒さも別格だった。ほんの些細なことでいきり立ち、怒鳴り、暴れる。納期を過ぎ、やっとできあがった品をやはり気に食わないと目の前で真っ二つに割られたことも、殴りかかられたこともある。天賦の才と狂気を共々、身の内に潜ませたような男だった。

「弥吉が一晩中、田の子屋さんの話し相手になっていたんだそうです。いや、話し相手といっても、しゃべるのは田の子屋さんばかりで、弥吉はずっと聞き役だったようなのですが。いい加減ではなく、本気でずっと聞いていたらしくて。『遠野屋さんは奉公人に恵まれているな』と、田の子屋さんが褒めていたとか。これは、お内儀さんからうかがいました。『うちの人があんなに機嫌がいいなんて、びっくりですよ』と喜んでおられましたよ。まあ、わたしとしては、田の子屋さんにお内儀さんがいるって方がびっく

りですが」
「そうか。弥吉の美点を見抜けなかったな。では、田の子屋さんの受け持ちになれば、おまえを助けてくれるな」
「ええ、それはもう。田の子屋さんはうちには欠かせない方ですからね」

森下町の木戸を潜る。

桜の花弁はいつの間にか、手の中から消えていた。

心の内に熱い昂りを覚える。

これが商いだ。人を育み動かし、人と交わり、品を生み出す。品々はこの命が尽きても残り、江戸の職人の技を、仕事を後世に伝えていくだろう。

商いの豊かさが人の世の豊かさに繋がっていく。遠野屋の名は消えても、遠野屋が関わったからこそ生まれた品々は在り続ける。

何という巡り合わせだろう。嵯波の地で人を斬ることしか知らなかった者が、江戸で百年、千年先にも残る仕事に携（たずさ）われるのだ。

昂りは喜悦に変わり、身の内さえも熱くする。そして、聞くのだ。

清（せい）さん。

女房おりんの呼び掛けてくる声だ。聞こえるたびに、耳を澄ます。「清さん」と呼びかけたその後に、おりんは何を告げてくるのか。けれど、聞こえない。夫婦になったこ

ろのおりんが少し躊躇いがちに口にした呼び掛けだけが響いて、やがて消えていく。そ

れでも、心身は熱いままだった。

おりん、おまえから受け取ったこの巡り合わせを、おれは遠野屋と共に生き切ってみ

せる。見ていてくれるな。

また一枚、桜が風に舞う。地に落ちたそれを道行く人の草鞋が踏みしだく。

おりんと初めて出逢ったのも桜の散るころだった。橋の上だった。黒髪に白い花弁が

一枚、付いていた。なぜ、そうしたかわからない。つっと手を伸ばし、花弁を摘んで

いた。おりんは目を見張り、けれど動かぬまま花弁を摘んだ男を見上げてきた。潤ん

だ目の横に黒子があった。

たまらなく逢いたくなる。

もう一度、もう一度だけ逢いたい。声だけでなく、眼差しや吐息に触れたい。この腕

の中に抱き寄せたい。全て叶わぬことなのか。叶わぬことだ。どう足掻いても、願って

も叶わぬことだ。

「田の子屋さんは自分が納得しないと仕事を引き受けてくれません。ですから、弥吉と

二人で丁寧に説得するつもりですが、それには、こちらからある程度の注文を出した方

がいいと思うのです。もちろん、田の子屋さんが従うとは……。おや？　旦那さま」

信三が一瞬口を閉じ、首を伸ばした。

「あれは、尾上町の親分じゃありませんか」

その視線の先、数間前に伊佐治がいた。腕を組み、俯き加減で近づいてくる。

知らず知らず、清之介は別の男を眼で探していないか。いつもなら、伊佐治の前を気怠げに歩く男の姿はなかった。伊佐治は一人で、物思いに耽っているようだ。すぐ間近に来ても、清之介たちに気が付かない。

「親分さん」

声を掛けると、顔を上げ大きく目を開いた。が、すぐにいつもの穏やかな表情に戻る。驚愕も喜色も悲嘆も、長く面上に留めておかないのは、岡っ引として生きるうちにそれが習い性となってしまったからだ。いつだったか、伊佐治自身が語っていた。

「これは遠野屋さん。おや、番頭さんもご一緒ですかい」

「ええ、ちょっとした商談があったものですから。それより親分さん、もしやうちにご用事があったのではありませんか」

森下町の通りを伊佐治は、遠野屋の方向から歩いてきた。伊佐治はともかく、その土である木暮信次郎が約定なしにふらりと立ち寄り、座敷に上がり込むのはそう珍しくない。気儘で身勝手だ、腹に据えかねると、信次郎嫌いのおみつは嫌気を隠そうともしない。

「何なんですかね、あのお役人は。好き勝手し放題じゃないですか。遠野屋は自身番じゃありませんからね。用もないのに寄らないで欲しいもんだわ」と。

信三もときに頷いたりする。

「木暮さまと目を合わせますと、ただそれだけで何もかも見抜かれるような心地がして落ち着きません。いえ、見抜かれても疚しいところはないのですが……。それでも、己でも気づかぬ疚しさがあるのではと、そんな気になってしまうのです」

信三から告げられたとき、ああなるほどなと相槌を打ちそうになった。

己さえ気づかぬ、あるいは目を背けている疚しさを信次郎の眼差しは、射貫く。射貫かれたと疚しさを抱えた者は感じる。心の奥底に埋め、隠してきたはずのものを引きずり出されるのだ。怖じて当然だ。まるで浄玻璃の鏡の前に立たされたような怖気を清之介もまた、存分に味わってきた。しかし、覚えるのは怖気だけではない。浄玻璃の鏡は己が弱さをも暴き出すのだ。

おれは、こんなにも弱く危なげな者だったのか。

信次郎の前で心が乱れ、その乱れを気取られまいと息を潜める。幾度潜ってきたか。たびに、己も知らなかった己を引きずり出される。そんな一時を一瞬、皮が破れ、臓物が露わになり、骨が剝き出しになる生々しい手応えだった。それは我が身のしいのに、甘美だった。一切を剝ぎ取られた身は軽く、心地よい。ひどく恐ろ

江戸で信次郎に逢い、そういう快楽を知った。

出逢わなかったら知り得なかった恐れと快楽。どちらが強いのか、知ったことが吉な

のか凶なのか。清之介にはまだ窺えない。

「いえ、今日は遠野屋さんへの用事じゃねえんで」

伊佐治が頭を横に振った。それから、苦笑を浮かべる。

「まあ、いつもいつも、お邪魔ばかりしてやすからね。ほんとに、申し訳ねえこって」

でまかせでもお愛想でもない。伊佐治は本心から恐縮している。主の放埓を詫びてい

る。この名うての岡っ引が時折見せる為人が、まっとうに、清之介は好きだ。伊佐治といると、人

は信じるに足るのだと確かめられる。細やかに生きる者の強靭さに励ま

される。伊佐治は職人だ。自分の生き方を自分で創り上げていく。見事な紅や玻璃の簪

や蒔絵を手にしたときと同じ昂りを、伊佐治の佇まいに感じもするのだ。

おりんも信次郎も伊佐治も、江戸で結び付いた者たちはみな鮮やかで、美しい。毒を

持つが故の鮮やかさも、刃を潜ませた美しさもあるけれど。

「相生町一丁目でちょいとした事件がありやしてね。その関わりでこっちを調べてるん

でやすよ。なので、遠野屋さんとはまったく関わりありやせんから、ご安心くだせえ」

伊佐治が手を左右に動かす。今度は、清之介が苦笑してしまった。

「親分さん、失礼ですが、少し心得違いをされておられませんか」

「へ、あっしがですか?」

「ええ、わたしは親分さんがお出でになるのを邪魔や心配に感じたことは、一度もあり

ません。むしろ、お顔を見るとどうしてだか安堵しますし、気持ちが浮き立ちもします。他の者がどうかまでは聞いておりませんが」

「あ、親分さんだけなら、わたしも同じです。いつでもお出でくだされば」

口を挟んでおきながら、信三は慌てて言葉を呑み込んだ。

「……あ、いえいえ。別にわたしは、木暮さまが嫌だと申しているわけでは……」

「嫌でござんしょうね。うちの旦那を喜んで迎え入れるのは、閻魔大王ぐれえじゃねえですかい」

「なるほど。親分さん、さすがに上手いことを仰る」

信三が軽い笑い声をたてた。いつもより、気持ちがやや昂っているらしい。眼差しで、戒める。

「けど、まさか往来でばったり遠野屋さんと出逢うたぁ思っておりやせんでした。つい、今しがた、『遠野屋』の前を過ぎてきたところでやすがね」

「お仕事の真っ最中というわけですか」

「ええ、まあ。旦那から指図がたんと出ておりますので。あっしも手下もどたばた走り回っているとこでやすよ」

伊佐治が目の下を擦る。確かに疲れているようだった。それでも表情の底からは光が差している。

行灯のように薄ぼんやりと闇
かったらしい。

を照らすものではなく、今降り注いでいる陽光に似て強く眩しい。　信次郎の指図に従い

動き、疲れ果てることさえ楽しんでいるようだ。

「木暮さまがお指図を出すというのなら、かなり、おもしろい事件なのですね」

伊佐治の眉が顰められた。

「遠野屋さん。　おもしろいなんて言っちゃあなりやせんよ。　殺しでやすからね」

「相生町一丁目で人が殺されたのですか」

しかも、尋常ではない殺され方をした。　でなければ、信次郎が伊佐治をここまで動か

すわけがない。

「へえ、殺されやした。　表向きは『佐賀屋』って口入屋でやすが、裏ではけっこう阿漕

な金貸しをやっていた夫婦でやす。　今朝、二人そろってばっさりやられていたのを、通

いの女中が見つけやした。　今朝の今朝なんで、まだ巷に広まっちゃあいやせんが、そ

のうち、尾鰭背鰭がたっぷりついて読売で騒がれるでしょうよ」

清之介の後ろで、信三が「えっ」と叫んだ。　吐息と紛うほどの小さな叫びだったが、

清之介も伊佐治も聞き逃さなかった。

主と岡っ引に同時に見据えられ、信三の頰が紅く染まる。

「信三、『佐賀屋』という口入屋を知っているのか」

まず、清之介が尋ねる。

「いえ、直には知りません。ただ、あの……あの、親分さん」

「へい」

「もしかしたらですが、今の屋さんを調べに森下町にお出でになったんですか」

とたん、伊佐治の顔付が一変した。眼つきも頬の線も口元も、瞬時に引き締まり険しくなる。老いた猫が不意に猛々しい狼に変わったようだ。

信三が僅かばかり後退りした。

「番頭さん、当たりでやすよ。確かに、あっしは今の屋さんに出向いてやした。けど、どうして、それがおわかりになったんで？　あっしの顔に今の屋さんの暖簾紋が付いていたわけじゃねえでしょうしね」

伊佐治が笑みながら首を傾げる。作り笑いだ。

「番頭さんは、あっしが『佐賀屋』の話をしたとたん、今の屋さんのことを言い出した。二つの店の繋がりをご存じだったわけでやすね。それは、どういうことでやす？」

信三が縋るような眼で、清之介を見上げてきた。合点する。

「知っていることがあるなら、全てお話ししなさい」

隠しても無駄だ。すぐに暴かれてしまう。それに、伊佐治から隠さねばならない何かが、信三にあるとは考えられない。

「はい。いえ、知っているというほどのことではなくて……店の者から聞いたのをふっ

と思い出しまして……。えっと、はい、あのつまり、今の屋さんのご主人がこの前、亡くなったそうなんですが、その葬儀が一昨日あって……。あ、こんなことは、とっくにご存じですよね」

「へえ、今の屋榮三郎さんでやすね。心の臓の病でぽっくり亡くなったとか」

「そうなんですか。病死だとは聞いておりましたが。その葬儀の折に、『佐賀屋』の主人だという男が借金のことをあれこれ言い募り、お内儀さんたちを責め立ててちょっとした騒動になったそうです。あんまり非道な話で、呆れかえりました」

「その葬儀での騒ぎ、誰に聞きやした」

信三が僅かの間、言い淀む。清之介はもう一度、頷いて見せた。

「……店の者にです。今の屋さんの裏に芳之助店って長屋があります。そこに住んでいる者で、今の屋さんには何かとお世話になっていたとかで、葬儀の手伝いに出向いていたそうです」

「芳之助店?」とすれば……。

「弥吉か」

「はい。弥吉は佐賀屋という高利貸しにたいそう腹を立てておりました。話を聞いて、わたしもおみつさんも、怒るのは当たり前だと言い合ったものです」

「おみつも、その場にいたのか」

「台所の板場で八つを頂きながらでしたので、おくみもおちゃさんも、おうのさんもお
りましたよ。おこまちゃんも一緒でした。いつもは弥吉は奥には来ないのですが、よほ
ど腹に据えかねていたのでしょう。ぜひ、話を聞いてくれと言いまして」

「なるほど。腹に溜めておけねえ、誰かにしゃべらなきゃあ収まらねえほどの怒りだっ
たってわけでやすね」

信三が言葉を詰まらせた。息が乱れる。

「あ、いえ、親分さん、ち、違いますよ。そりゃあ、弥吉は怒ってはおりましたが、そ
れだけのことなんです。しゃべりたいだけしゃべって、それで、わたしやおみつさんが
口々に『人鬼だ』だの『人の皮を被った獣だ』だのと同じように腹を立てたりしたの
で、えっと、ですから、胸が晴れたと申しまして、その後は、いつもの穏やかな、何と
いうことはない世間話になりました。あの、ですから、弥吉は」

「わかってやす。わかってやす」

伊佐治は励ますかのように、信三の腕を叩いた。

「あっしだって、その弥吉さんとやらが怒りに任せて徳重たちを、殺されたのは徳重と
お月って夫婦なんでやすが、葬儀で悶着を起こしたのは徳重でやすね。そいつをめっ
た刺しにしたなんて、さすがに思っちゃおりませんよ。ただ、悶着の場にいたのならち
ょいと話を聞かせてもらえねえでしょうかね」

「今の屋さんでは、十分な話は聞けなかったのですか」

問うてみる。伊佐治の聞き上手、探り上手は折り紙付きだ。あの信次郎が一目置くほどなのだから。

「聞き込みやしたよ。けど、どうも足りねえ気がするんでやす」

「足らない？」

「へえ。『今の屋』の家人や奉公人にはあらかた話を聞きやした。みんな、よくしゃべっちゃあくれやした。徳重を悪しざまに言う者もおりやした。それこそ、人鬼だ、人でなしだとね。端から『今の屋』の身代を狙っていたのだと言い張る者さえおりやした。で、肝心の葬儀の話には食い違いもなくて、話はぴたりと重なるんでやすよ。つまり、榮三郎が頓死して、その葬儀の場で徳重が今月晦日までに、借金全て払ってもらうと言い出した。前々からそういう約束で、証文もあるんだそうで。これは、お内儀のお町も息子の仁太郎も認めやした」

「『今の屋』の身代は、借金のかたになっているのですね」

「さいでやす。けど、葬儀の場で揉め事は止めてくれと、お町や仁太郎が必死に説得して、何とか収まった。これがだいたいの経緯でやす」

「けれど、親分さんには足らないのですね」

「うちの旦那に足らねえんですよ」

伊佐治がひょいと肩を窄めた。髷の白髪が鈍く光を弾く。

「旦那に言わせりゃあ、事件を解くってのは嵌め絵みてえなもんだそうです。いろいろな形の欠片を合わせて一幅の絵に仕上げる。その絵が、事の実相ってものらしいんで」

「ええ、それは、わたしも木暮さまから教えていただきました。直に伝えられたわけではありませんが、近くで謎が解かれていく様を何度も目にいたしましたので。嵌め絵の出来上がっていく道筋はわかりかねますが、仕上がった絵を見ると、この欠片はここ、あの欠片はこちらだったのかと、ただ驚くばかりです」

まるでちぐはぐとしか、無縁としか思えない欠片がぴたりと合わさり、伊佐治の言う"事の実相"が炙り出される。それを目の当たりにする一時、心が揺さぶられる。謎が一つ解けた。それだけのことではない。嵌め絵の中に、人の本性が、人が人を殺すわけが、人が生きる意味が浮き上がってくる。

そうか、こういうことだったのか。

あの驚き、あの揺れ、あの情動を信次郎から幾度となく与えられた。他の誰も与えてくれない、与えることなどできないものだ。

「そうでやすねえ。遠野屋さんとも長え付き合いでやすからねえ」

伊佐治が口元を綻ばせた。けれど、口調は少しも湿っていない。来し方を振り返り、しみじみ語るときではないのだ。

「でね、同じ形の欠片ばかり集めても役に立たねえそうなんで。形が違うから割れ口が合わさるんだと言われたことがありやしたね。ずっと昔でやすが」

「なるほど。では、先ほど親分さんが浮かない顔をしておられたのは、同じ形のものしか手に入らなかったから、ですか」

「その通りでやす。いえね、どういう形をしてるかなんてのは、とどのつまり旦那じゃねえとわからねえんで。あっしには綺麗な丸としか見えなくとも、旦那はちゃんとちっぽけな出っ張りや穴があると見抜いちまいやすからね。だからといって、同じような証言葉ばかりってのも能がねえと思案していたところだったんで。そこに、信三さんの話を聞いたものだから、ついつい、前のめりになっちまった。けど、遠野屋さん」

「ええ、よろしいですとも」

伊佐治が鼻の先をひくりと動かした。

「このままご一緒いたしましょう。弥吉は店におりますから、ゆっくり話を聞いてみてください。ただ、その場にはわたしも同席させていただきますよ」

伊佐治が笑い出す。作り物ではない、本物の笑いだ。濁っていないだけによく通る。

「余計なことを言わねえでも察してもらえたってわけだ。遠野屋さん、ほんとに長え付き合いになりやしたね」

「ええ、初めてお逢いしてから、もう何年になりますか」

空を見上げる。薄い雲が流れていた。

伊佐治と信次郎に初めて出逢った日、空はどんな色をしていたか。どんな風が吹いていたか。思い出せない。ただ、おりんが横たわっていたからだ。氷よりさらに冷えていたのは川から上げられたからではなく、死人であったからだ。温かく柔らかい女房の身体しか知らなかった。どうすれば温かくなるのだと、必死に考えた。羽織を脱いで掛けてやった。他に何も思いつかなかった。

そのとき察したのだ。見られていると。顔を上げる。眼と、こちらをまじまじと見詰めながら、一片の情も窺えない眼とぶつかった。あの刹那、おりんを忘れていた。底なしの眼に搦めとられ、おりんが横たわっていることを忘れていた。

あれから何年が経ったのだ。

伊佐治が踵を返す。並び、遠野屋へと歩き出す。

「今日は、木暮さまはお奉行所ですかい」

「いや、墓参りに行くと言ってやしたぜ」

「墓参り？　木暮さまが」

「へえ。しかも母上さまのです。今日がご命日だとかで。ふふっ、遠野屋さん、今、けっこう戸惑ってねえですかい。うちの旦那にも母親がいたってことに驚えたでしょう」

「まさに、その通りです。考えれば当たり前のことですが、木暮さまに母上がおられた

とは……何とも奇妙な心持ちになります」

「あっしもですよ。旦那も人の子なんでやすかねぇ。半分は妖怪かなんかの血が流れてるって言われた方が、ずっと納得しやすがねぇ」

遠野屋が見えてきた。店先におみつが出てきて、小僧に何か言い付けている。小僧は嬉しげに目を細め、店の中に入っていった。遅めの昼餉でも食べてこいと言われたのだろう。

「あら、旦那さま、お帰りなさいまし。あらまっ、親分さんも」

伊佐治を敏く見つけ、おみつはさらにその後ろに目をやった。

「おみつさん、うちの旦那は今日はおりやせんよ。ご安心くだせえ」

「やですよ親分さん、安心だなんて、ほほほ。でも、ほんと安心しました。あ、丁度よかった。あたし、蒸し饅頭を拵えたんですよ。ぜひ、召し上がってくださいな」

信次郎がいなかったせいなのか、おみつの機嫌はすこぶる良い。

「おみつ、いつもの座敷に弥吉を呼んでくれ。すぐにだ」

背を向けようとしたおみつを呼び止める。

「え、弥吉ですか。おりませんよ。先刻、帰りました」

「帰った?」

清之介と伊佐治の声が重なる。

「ええ。なんでも気になることがあって、ちょっとだけ家に帰ってきてもいいかと言ってきたんです。長くても一刻ばかりで店に戻るとのことしたので、あたしの一存で許しましたけど……。あの、弥吉がどうかしたんですか?」

伊佐治と顔を見合わせる。足元に纏わりついてくる風は湿り気を帯びていた。

第三章　枯れ薄（すすき）

風が背を押すように吹いてくる。

湿っている。

濡れた手で肌をまさぐられたような不快を覚えた。

その風にも桜の花弁が数枚、交ざっていた。湿り気のせいなのか重たげに地に落ちて土に汚れる。踏み躙（にじ）るつもりはなかったが、わざわざ避ける気にもならなかった。白い小さな花弁を踏み、宝来寺（ほうらいじ）の境内（けいだい）に入る。さして広い寺ではない。本堂を横目に裏手に回れば、雑木林を背負う形で墓地が現れる。もともとは雑木林こそがこのあたりの主だったらしく、無理やり切り拓（ひら）いて造った観のある墓地には、枯れた切り株があちこちに残っていた。

雑木を揺する風音だけが響いている。苔（こけ）が強く匂った。人気（ひとけ）はなく、それでも、ところどころから線香の煙が薄く立ち上っていた。その薄煙も風にさらわれて何処（どこ）かに消えていく。

中、下士の墓が並ぶ一帯に人気はなく、それでも、ところどころから線香の煙が薄く

瑞穂の墓は小さな五輪塔になっている。地輪も水輪も火輪もくすんで古びてはいるが、周りの墓のように苔むしてはいない。それは隣に並ぶ父、右衛門の墓も同じで、むしろ、よく手入れされていた。

信次郎は桶の水を柄杓でばさばさと墓にかけた。おしばが、月命日にでも参っているのだろうか。方に近いかもしれない。水は墓塔を勢いよく流れ、地面に染み込んでいく。浴びせている方に近いかもしれない。水を含んだだけで苔は、ここまで際立つものらしい。そういえばと、信次郎は鮮やかな緑を見詰めた。

おふくろは苔が好きだったんじゃないか。

好きだったと言い切れない。母は二十年も前に没した。幻に等しい。記憶は曖昧で、線香の煙より容易く風にさらわれてしまう。それでも、手のひらに載っていた苔を思い出せる。手のひらが透けるように白かったのも、「ごらん。こんなにも美しいですよ」との囁きも思い出せる。どこか恍惚とした声音だった。爛漫の花でなく、色付いた葉でもなく、青苔を美しいと囁いた。あれは、この寺で耳にした母の声だった。そんな気がする。

人の足音が聞こえた。急がず、緩まず、一定の調子で近づいてくる。

「これはこれは、珍しい。さすがに命日は忘れておられなんだかな」

張りと深みのある声が耳朶に触れる。笑いを含んでいた。信次郎はわざと緩慢な仕草

で振り向き、口元を緩めた。

「ご住持、ご無沙汰いたしております」

「ほんに、大層なご無沙汰でございますます」

宝来寺住持、慶達はそう言ってからからと笑った。齢は確か五十を幾つも超えている

はずだが、丸く柔和な顔からも上背のある痩身からも老いとは無縁の生き生きとした気

配が伝わってくる。

「ご住持は少しも変わっておられませんな。驚きました。不老の妙薬でもお持ちなので

は」

「ははは。暫く会わぬ間にずい分と口達者になられたな」

慶達は墓の前に立つと経を読み始めた。伸びやかで柔らかく心地よい。慶達の読経が言祝ぐように雑木の杖が揺

良い声だ。伸びやかで柔らかく心地よい。慶達の読経を言祝ぐように雑木の杖が揺

れた。どれも小さな若芽を付けて、青々とした香りを放っている。

短い諷誦を終え、慶達はさてと信次郎の方に向き直った。

「茶など進ぜるによって、一服していかれませぬか」

信次郎はさらに口元を緩めた。さも嬉しげな顔つきになっているはずだ。

「それはありがたい。ちょうど喉が渇いておりました。それに、ご住持にお尋ねしたい

ことが一つ、二つございます」

「拙僧に？ ほう、それは」

慶達の黒目が動き、瑞穂の墓を寸の間見やる。

「母上についてのお尋ねかの」

「諸々、ございます」

曖昧に答え、作り笑いを広げる。慶達は真顔で軽く点頭した。

「故人を偲び、生前の姿を語らうのも供養でありますからな。よろしかろう。さして美味い茶もござりませぬが、ささ、こちらに」

墨染の衣の裾を翻し、慶達が足早に歩き出す。空になった桶を手に信次郎は数歩遅れて、後を追った。

通された小間は庫裡の隣にあった。慶達の居室になるらしい部屋は古びた火鉢と箪笥が一竿あるきりの、いたって質素なものだった。いかにも僧侶の室といった趣ではある。

ただ、ここでも苔だった。

開け放した障子の外は狭い、おそらく三畳に足らないほどの庭になっていた。そこが苔に覆われている。地面も、何かに見立ててあるのか二つ並んだ大石にもびっしりと苔が生え、深緑一色の風景になっていた。白い花も紅い実もない。

「苔庭とは風流でございますな」

「何の手立てもしておりませぬ。知らぬ間にこのような有り様になってしもうて」

忍びやかな足音がして、僧が茶を運んできた。まだ、十五、六に見える。頬のあたりに柔らかな線が残っていた。徒弟僧と思しき若者は一言も口を利かぬまま、出て行く。

決められた日数、声を出さず経だけを唱える。そんな修行でもあるのだろうか。

「覚えがございます」

茶をすすり、告げる。確かにあまり美味くない。むしろ不味い。茶葉ではなく淹れ方に難があるようだ。やたら熱く、やたら渋い。おしばが淹れた方がまだましだと言い切れる。

「覚えとは？」

「この庭を見た覚えです。幼いころにこのような苔に覆われた庭を見たと、思い出しました。傍に母もいた気がいたします」

「ふむ。母上が生きておられたころから既に、苔だらけであったからな。見ていても不思議ではありますまいな」

「ということは、それがしはこの座敷に上げていただいたわけですか」

「そうよなあ……。拙僧の記憶もはなはだ心許なくはありますが、そういうこともあったやもしれませぬぞ。気が向けば、今日のように参拝の方々に茶を出すこともまま、ございますからなあ。おそらく、母上と一緒に、ここを眺めたのではありますまいか」

「わざわざ、居室に呼んでもてなしてくださったのですか」

「はは、このような古寺、客をもてなす部屋などさしてございませんからな。それに狭く奥まっておる分、落ち着く風もあってか、ゆるりと話をするには都合のよい室ではあります。そうそう、このように風致に乏しいのがかえって気を緩めるとか、言われたこともございましたぞ。ははは」

「何を話したのでござろうか」

信次郎は湯呑を置き、息を吐いた。慶達も同じ仕草をする。

「何をとは?」

「ここに招かれて、母は何の話をいたしました」

「いや、それは……とんと覚えておりませぬな。なにぶん、あまりに昔のことゆえ記憶も定かではございませんし。それでなくても、このところ物忘れが多くなってつくづく老いを感じておる次第で。ただ、まあ、何の変哲もないよもやま話の類であったのではないかと存じますがのう」

「よもやま話?」

芝居ではなく、怪訝な顔つきになったはずだ。慶達が顎を引く。

母、瑞穂のことはほとんど覚えていない。ただ、人は死ねば物になると息子に伝える女が、よもやま話のために住持の部屋に上がり込むだろうか。

「母上のことで何かありましたかな」

今度は、慶達が問うてくる。

「亡くなられて二十年の上、年月は経ちましょう。今となって、気になることでも出来されましたか。いや、よもやとは思いますが」

「死の間際、何を見たのであろうか」

呟く。慶達の眉間に皺が寄った。その表情のまま、やや前のめりになる。

「は？　今、何と申された」

「今日、ふとしたきっかけで不意に母の言葉を思い出しました。思い出しはしたものの、それがどういう意味なのかどうにも解せませぬ」

慶達の真顔を見ながら、もう一度、呟いてみる。「死の間際、何を見たのであろうか」

と。今度は聞き取れたらしく、慶達は心持ち眉を顰めた。

「それは、瑞穂どののお言葉か」

「おそらく。他には考えられませぬ」

小さく唸り、慶達が首を傾げる。戸惑いが薄く表情に貼り付いていた。信次郎は寸余、膝を進め、僧侶の戸惑う顔を覗き込む。

「それがしには意味が摑めぬ一言でござる。ご住持には心当たりがござりませぬか」

暫く考え、慶達はかぶりを振った。

「まったく、何も浮かびませぬな。瑞穂どのとは木暮家に嫁いで来られたときからの付き合いで、そう……亡くなられるまで十年あまりのご縁でございましたが、生前、瑞穂どのからそのような謎掛けに似た台詞は聞いた覚えは、ありませぬぞ」

そこで、慶達は身体を起こし、もぞりと口元を動かした。

「信次郎どの」

「はっ」

「このようなことを申し上げて、ご気分を害されると困るのだが……」

もぞりもぞり、やや厚めの唇が動く。

「母のことで、何か？　いや、ご住持、どうぞ気兼ねなくお話しくだされ。それがしも齢のせいか、このところ母のことを思い出すことが多くなり申して」

ここでも曖昧に笑う。照れたようにも淋し気（さびしげ）にも気弱にも、他人の眼には映るだろう。

「まったくね、旦那が笑うと碌（ろく）なことぁありやせんよ。どんな笑みでも心の内とは裏腹なんでやすからね。むっつり黙ってるときの方が、まだ、安心できるってもんでやす」

とは、伊佐治の弁だ。あの岡っ引は誤魔化せないが、たいていの者なら引っ掛かる。

久方ぶりに出逢った僧侶は、さて、どうだろうか。

慶達は二度、深く頷いた。

「さもありなん。人とはそういったものでござります。母を懐（なつ）かしみ、父に想いを馳（は）せ

る。人として子として当然の有り様ではありませぬかのう」

「なるほど、お話を伺うだけで心内が晴れるようでございますな。が、幼少のころ死別したせいか母の思い出は色薄く、とぎれとぎれ、それも朧にしか浮かんでこぬのです。ご住持から話を聞けるのは、この上ない幸甚と存じますが。あ、いやいや」

右手を左右に振る。笑みは浮かべたままだ。

「母を飾り、良い話ばかりを聞かせてもらいたいわけではござりませぬ。それは聞いても虚しいだけでございましょうから。ありのまま、ご住持の知っている母を語っていただけたら何よりかと思うております」

もう一度、慶達は点頭した。口元が緩み、息が漏れる。

「もっともな言い分でございますな。しかし、拙僧も語れるほど深く瑞穂どのを知っているわけではござりませぬでな。あくまで寺の僧と檀家の付き合い。年に数回、顔を合わせる程度でございましたからのう」

「しかし、ご住持は先ほど、何かを言いかけられた。母に纏わる何か……。聞き善いものでなくともかまいませぬ。悪口であってもよろしいのです。ぜひ、お聞かせ願いたい」

慶達を説得しながら、信次郎は内心で己に舌打ちしていた。おれは、本気でこの坊主の話を聞きたがっているのか。

だとしたら、なぜだ。

なぜ今さら、母親の話など聞きたがる。とうの昔に忘れ、滅多に想いもしない者をな

ぜ、執拗に追いかけている。なぜだ。

明らかな答えが見つからない。それが、許せない。苦立つ。反面、おもしろくもあった。あ

道の通らないものがある。それが、許せない。苦立つ。反面、おもしろくもあった。あ

やふやなものは明らかにすればいい。筋道はどこか通るべき場所を探せばいい。

それを為す己の力に、信次郎は一毛の疑いも抱いていなかった。

「悪口などとんでもない。衆生はことごとく御仏に済度されるもの。死してなお業を

背負う者はおりませぬ。それに、瑞穂どのは他人に謗られるどのような行いもしては

おられんだ。むしろ慎ましやかで物静かな、武家の女の鑑ともなるお方でありました」

「されど、ご住持は先ほど口ごもられた。言い難い何かがあったのではござらぬか」

「うむ、それはその……」

空咳を二度続けて、慶達は茶を飲み干した。

「何と申しますか、瑞穂どのはそう……一風変わったところがおありでしたな」

「一風変わったと、申されますと」

慶達がしばし黙り込む。何をどう語ればいいか思案しているようだった。こういう思

案なら、いつまでも待てる。信次郎も不味い茶を口に含んだ。

「何と言えばよいか、何を考えておられるのかよくわからないと申しますか……、こちらの慮外の素振りや物言いをなさることがありましたな。たまに、ではありましたが」

「どういう風にでございます」

「それは、ですから、瑞穂どのと拙僧とでは同じものを、例えば夕暮れの境内であるとか、昼下がりの雑木林であるとか、人々が行き交う広小路であるとか同じ光景を見ているようで実は、まるで違うものを見ているのではないかと、そのように感じることがございましたかな。いや、光景が違うのではなく、それを見る眼が違ったのでございましょうか」

「それはなぜに?　なぜそのように感じられたのでございます」

「なぜに……。うーむ、それは」

息を吐き出し、慶達は空の湯呑を手の中で回した。　語るべきか黙るべきか迷っている風だ。それなら、少しばかり語り易くしてやろう。

「実は、書物棚の奥から母の留記（るき）が出て参りました」

これは騙（かた）りではない。昨年の暮れ、喜助が納戸（なんど）の棚を直していた際に見つけた。ただ、それは日付と空模様、日々の出納（すいとう）が記されているだけで、記した者の思念や世の出来事には一切、触れられていなかった。

「瑞穂どのの?　そのような物がございましたか」

「はい。ざっと目を通したところ至って簡素なもので、母の心内を知るに役立つ記載はございませんでした。むろん、いずれは仔細に調べてみるつもりではありますが、今のところ忙しさにかまけて放っております」

「なるほど、瑞穂どのらしくはありますな。どのような形にしろ、己の心内やあやふやな事柄を残したりはされますまい。心より頭、情より知を重んじるお方であったように思われますからな」

「ご住持がそう思うような出来事がありましたかな」

それとなく、先を促す。住持の唇がまた、もぞりもぞりと動いた。

「瑞穂どのの留記には何も書かれてなかったのですな」

信次郎は曖昧な頷き方をする。

「これと言ってはなかった気がいたしますが。まだ、仔細に確かめたわけではござりませんので何とも言い難くはあります。それより、ご住持から直截に伺いとう存じます」

「さようか。そこまでお望みなら話しもしますが、何分心許ない頭ゆえ、思い違いはご容赦くだされよ」

慶達は数珠を握った手を膝に置き、視線を天井に向けた。

「あれは、いつのことだったか。寺の金子が盗まれたことがありましてな。本堂の傷みを直すのと回り縁を新しくするために檀家衆から寄進していただいたもので、確か百二

十両ございましたかなあ。百両箱に仕舞っていたそれが失せてしまうたのです」

「失せた？　百両箱が盗み出されたと」

いやいやと慶達が首を横に振る。本人は気付いていないのだろうが話を途切らせ、相手が焦れるのを楽しんでいる風だった。

好都合だ。こういう手合いは、望んだ餌をばらまけば幾らでもしゃべってくれる。

「盗まれたのではないのですか。しかし、失せたというのは……うーむ、それがしには話の先が読めませぬが。ご住持、どういうことでござる」

眉を寄せて、急いた口調で促す。

「そう、大抵の者には読めぬものです。つまり」

ここで慶達は声を低めた。やはり、信次郎の焦れを楽しんでいる。

「百両箱はそのままありました。だが、中の金子が失せておったのです」

「金子だけが？　つまり、箱の中から百二十両が消えていたと」

「さよう、さよう。あのときは驚きましたな。鍵を開けてみたら、確かに入れたはずの金子がない。仰天して尻もちをつきそうになった。いや、本当に後ろに倒れ込んでしまいました。うんうん、話していると思い出すものですな。拙僧などは、ただただ事の大きさに狼狽えるばかりでしたが、寺の勘定方を務めていた僧は顔の色をなくして動くに動けなくなっておりましたな」

どんな昔であっても過ぎてしまえば懐かしいのか、慶達は眼の中に懐古の色を浮かべた。

「それはそうでありましょうな。金が消えたとなると理由はどうあれ、勘定方の落ち度。いや、金に手を付けたと、いの一番に疑われる立場でしょうから。実際、百両箱の鍵は誰でも容易く触れられるものではなかったのでしょうし」

「仰る通りでございます。百両箱は庫裡の納戸に仕舞い、常に誰かが見張りをしておりましたし、鍵は勘定方が肌身離さず持っていて、誰にも渡さなかったと断言いたしました」

「ふむ、そこまで言い切るとはずい分と正直でござりますな」

「仏に仕える身。嘘はつけませぬよ。むろん盗みも強く戒められております」

「では盗人は寺の者ではなく、外から忍び込んだということになったと?」

そこで初めて、慶達は口元を歪め渋面となった。

「そうであるとは信じておりました。しかし、どう考えても外の者が金に手を付けられるわけがございませんでなあ。百両箱がどこにあるか知っておるのは寺の内の者だけ。しかも、鍵は勘定方より他に触った者はいない。となるとどうなるのか、もはや我らの思案が及びませぬ。そして、その夕、勘定方の僧が毒を飲みました」

当時の騒ぎを思い起こしたのか、その夕、慶達は長い息を吐き出した。

正直で生真面目に生きてきた者が責めを負って自裁する。わかり易い筋書だ。そういう死に方をした者を何人も見てきた。武士なら腹を切り、町人なら首を括るか川に飛び込むかだ。

僧侶は毒を選んだらしい。

「幸いと申しますか、すぐに吐き出させて命だけは取り留めましたが、まるで……何と申しますか赤子のようになってしまい、暫くは生死の境を彷徨い、昏々と眠るだけの有り様で、ようやく気が付いたと喜んだのも束の間、己の名すらわからず歩くことも叶わず、結句、実家に引き取られて二年後に病没したと報せが参りました」

「気の毒な身の上でござりますな」

「まことに。拙僧より二年上で、なにくれとなく面倒をみてくれた兄のような方だっただけに、死去の報せには何とも言えぬ心持ちがいたしましたなあ」

「お察しいたします。しかし、住持、その件に母がどう携わっておりますのか」

一歩、踏み込んだ。少し飽きてきたのだ。消えた金子の絡繰りは見えた。母との関わりもおよそだが読める。そのおよそを確かなものにしたい。先刻の疑念、生前の母の言動にここまでなぜ拘るのかという疑念に、まだ答えていない。

「それですが、檀家のみなさまにともかく事を隠すことなく伝えねばならず、さりとて、この失態をどう伝えればいいのか皆で相談していた折、先ほど申しました勘定方が本堂裏で服毒いたしました。殺鼠用の毒を飲んだらしく、それはまた大層な騒ぎになりまし

てのう。が、それを一番に見つけられたのが瑞穂どのであったのです」

「母が？」

「法要の件で、その日お越しいただくように寺側が約束していたらしいのですが、当時の住持をはじめそれどころではなく、みな失念しておったのです。瑞穂さまは異様な物音に気付かれ、裏手に回られたとか。で、並の女人ならそこで怖気るなり、逃げ出すなりされてもおかしくはございませんでしょう。何しろ僧侶が一人、口から血の泡を吹いて苦しみもがいておるわけですから。されど、瑞穂どのはそのような振る舞いはなさらなんだ。我らが駆け付けた折には、苦しむ僧侶の腹を抱えて胃の腑のものを全て吐き出させようとしておられた。病弱でか細い方であったのに、驚くほど要領よく動かれ……。そうそう、少しの間ではありますが、啞然としていた我らは瑞穂どのに怒鳴られました。『早く、お医者を呼びなさい』と。瑞穂どののお手当てがあったからこそ、あの僧は一命を取り留められたのです。それは医者も認めておりました。しかし、瑞穂どのはさらに」

ここでも慶達は声を潜める。

「驚くべき働きをなさいました。本来、芝居がかった物言いが好きな性質らしい。『消えた金子の絡繰りを見破られたのです。つまり、修羅場を見られた以上、隠し通すことはできませぬし、遅かれ早かれ檀家衆には報せねばならない事柄ではございましたから、瑞穂

どのにはその場で事の次第を全てお話ししたのです。その話を聞いて、二つ三つお尋ね
になりましてな、金子が届けられたときの様子であるとか、本堂修繕の捗り具合であ
るとか、正直申しまして騒動とは無縁にも思える問いでございましたよ。いや、そのと
き拙僧がそう感じたというだけで、後になってたいそう意味があるとわかったのです
が」

　そこで口を閉じ、慶達は仔細ありげに笑んだ。

うんざりする。底の割れた話に倦んで、欠伸を漏らしそうになった。

「それで、絡繰りとはどのようなものでございました。盗人は、寺内の御坊たちではな
く外の者、外の者でありながら怪しまれず寺院内を行き来できた者であったという結末
でござりましたかな」

　慶達の眉がおかしいほど高く吊り上がった。

「おや、図星でございましたか」

「なぜ、なぜにおわかりになりました」

「住持がすらすらとお話しになりましたので。遥か昔のこととはいえ、御坊の中に盗み
に手を染め、同輩を自裁にまで追い詰めた咎人がいたとすれば、そうまで滑々とは舌が
回りますまい。寺にとって、蒸し返すのは法度でございましょうから」

　くぐもった音が住持の喉から漏れた。その口元が不意に綻び、軽やかな笑声が響く。

「はははは、これは参りましたな。さすがに、瑞穂どののお子などだけはある。たいした眼力ではございませんか」

「おそれいります。出過ぎた物言いをいたしました。ご寛恕ください」

素直に頭を下げる。慶達の話はくどく飽きてはいたが、その底からおぼろげに母の姿が浮かんではくるようだ。

「いやいや、まさにお見立ての通りでございますよ。我らの話を聞き終え、問い掛けした後、瑞穂どのは仰ったのですよ。『百両箱は予め二つ、拵えられていたのではありませぬか』と。とっさには何のことか解せませんでした。拙僧だけでなく、ほとんどの僧がぽかんとしておりましたな。百両箱は近くの箱屋に作らせたもので、宝来寺の焼き印が入っておりました。"宝"の一文字です」

その焼き印に目を眩まされた。まさか、同じ箱がもう一つあったとは思いもしなかったと慶達は続けた。

「何者かが箱をすり替えたのです。百二十両入りのものと空箱を。それに誰も気が付かぬままでした。日に三度、勘定方が確かめてはおりましたが、それは箱があるかないかだけ、中の金子までは調べはいたしませなんだ。箱があるなら金子もあると思い込んでおったのです。まあ、勘定方を責めるのは酷というもの、誰しもそう思うでしょうから、いえ、瑞穂どののようなお方もおられますが……」

焼き印入りの同じ箱を作れるとすれば、箱屋より他はあるまい。しかし、箱屋は箱を納めただけで、以来一度も寺院内には立ち入っていない。真夜中、誰かが忍び込んだ形跡もない。百両箱はおそらく白昼に堂々とすり替えられたのだ。

当時、寺の内の者ではないが、怪しまれも咎められもせず庫裡に出入りできた者、僧侶たちの目がなくなった一時に百両箱を替える、その機会を持ち得た者。

母の推察の跡を辿れば、容易く罪人に行きつく。

箱屋と大工か。

本堂の修繕に関わっていた大工なら、好きに出入りはできる。百両箱を道具のように見せかけて運ぶこともそう難しくはないだろう。

「瑞穂どのに言われて調べてみますと、空箱を底に薄く重石が入っておりました。百二十両の金子と同じ重さの物です。万が一にも不審に思われぬための細工でしょう」

「なるほど細こうございますな。しかし、そういう真似ができるのは箱屋ならばこそ。墓穴を一つ、掘ったようなものではありませぬか」

「まさにまさに。我らは瑞穂どののご指示に従い、すぐに大工と箱屋に人をやりました。ええ、どちらの店も変わらず営んでおりましたから。で、箱屋の親方も大工の棟梁も仰天いたしましてな。まったく身に覚えのないことだと言い張りました」

親方や棟梁が盗人なら、とっくに逐電していたはずだ。仮にも一家を構えている店の

主が折半すれば五、六十両に過ぎない金のために、盗みに手を染めるとは考え難い。ならば。

「これも瑞穂どののご指示であったのですが、このところ店を辞めた職人はいないかと尋ねてみたところ、おりました。名を……うーん、名を思い出せませぬときを同じくして辞めた者が一人ずつおりましてな。どちらにも、数日前にときを同じくして辞めた者が一人ずつおりましてな。名を……うーん、名を思い出せませぬが箱屋の方は、まさにあの百両箱を作った職人、大工は修繕にずっと通っていた中の一人でした。後でわかったことですが二人とも賭場に入り浸っていて、そこで知り合った仲だったようです」

「なるほど、賭場の借金で首が回らなくなった小悪党が手を組んだのですな。この寺に関わる仕事をそれぞれの雇い主がたまたま請け負っていたとわかり、凝った筋書を考え付いた。箱屋か大工か、どちらかわかりませぬが、そこそこ頭の切れる男だったのでしょうか。で、まんまと事が上手くいき、金を懐に逃げ出したというわけですか」

「さようです。これには後日談がございましてな。箱屋の職人は金を使い果たして江戸に舞い戻ってきたところを捕まり、打ち首になりました」

「ほう。大工の方は」

「いまだ行方知れずです。が、寺の金を奪った不届き者、碌な死に方はしておらぬでしょうな」

「生きておるやもしれません」

「ふむ？」

「その不届き者、死んだとは限りますまい。まだ生きて、それなりに暮らしておるとも考えられましょう」

慶達は数珠をまさぐり、じゃらりと鳴らした。

「確かに人の生き死になどわかるわけもございませんな。それに、阿弥陀仏の本願は悪人を救うことに尽きまする。仏に仕える身で前言はあまりに不遜でございました。どうかお忘れください。いや、拙僧もまだまだ修行が足りませぬ。生半可な坊主で、聡明とか賢明とか、そんな生易しいものではない、もっと……何と言いましょうか……恐ろしいような才知をお持ちだった。ゆえに我ら凡庸な者には見えぬ何かが見えておられたのではありませぬかな。若くして亡くなられたのは、その才知に命が付いて行かれなんだのではと、今でも思うことがございます。あ、いや、これはご子息に申し上げる筋合いのものではありませんでしたな。お許しを」

「口が過ぎました。お許しを」

「では、それがしが覚えております母の言葉も、見えぬ何かを見た者の台詞とお考えか」

「わかりませぬ。何度も申し上げますが、瑞穂どのの思案だけは見当がつきませぬ。畏ふ怖の念さえ抱いておりますよ。命日に経を唱えさせていただくのも、その念があれば

そ。ふと、足が墓前に向いてしまうのです」

じゃらりじゃらり、数珠が鳴る。

ここまでか。

信次郎は一礼すると、立ち上がった。

庭に目をやる。傾きかけた日の光を吸い込み、苔は鈍く輝いていた。

芳之助店は江戸のどこにでもある裏店の一つだった。だが、造作がまだ新しく、日当たりもそこそこに良い。そのおかげなのか、じめついた暗い気配はなかった。陽光に映える腰高障子の色も明るく白く、清々しい。

弥吉は木戸から二軒めの家に住んでいた。琉球畳が敷いてあり、狭いながら納戸も付いている。裏店暮らしとしては恵まれた住まいだろう。

「そんなに縮こまらなくてもようござんすよ」

伊佐治は苦笑しながら目の前の男に話しかけた。遠野屋の手代弥吉は大柄な男だった。身の丈は五尺五寸といったところだが、肩幅が広く腕も太い。堂々と言って差し支えない体躯だった。しかし、その身体の上に載っているのは、ちまちまと纏まった目鼻と下がり気味の眉、気弱としか言いようのない面相だ。身体と顔がここまで釣り合わねえ御仁も珍しいな。

笑い出してしまいそうな口元を引き締め、伊佐治は「弥吉さん」と男を呼んだ。弥吉が律儀に「はい」と答える。

「あっしはおまえさんを取って食おうなんて思っちゃいやせんよ。ちょいと話を聞かせてもらいてえだけなんでさあ。ほら、もうちょっと楽にして……と、あっしが言うのも変でやすねえ。ここは弥吉さんの家ですものねえ」

「はあ」

弥吉は首を竦め、俯いた。伊佐治の冗談にもほとんど応じない。口の端を上げることさえしなかった。

「弥吉」

遠野屋が横合いから声を掛ける。弾かれたように、弥吉の顔が上がった。

「親分さんの仰る通りだ。おまえは咎を犯したわけじゃない。そんなに硬くならなくていいのだよ。ただ知っていることをそのまま、親分さんにお話しなさい」

「は、はい。なにしろ、その、岡っ引の親分さんに尋ねられるなんて、初めてでして。さっきから心の臓がばくばくして苦しくて。な、慣れていないものですみません」

「ははは、いいじゃないか。それだけ真面目に生きてきたって証だ。ねえ、親分さん」

「まったくで。岡っ引なんぞと縁がないに越したこたあありやせんよ」

弥吉が息を吐き出した。身体の力が抜けたのが見て取れる。口元もかなり緩んだよう

だ。

遠野屋さんが一緒に来てくれて助かったぜ。

伊佐治は胸の内で呟いた。「うちの手代のことですので、気になりますから」と、遠野屋は同行してくれた。同行してもらってよかった。遠野屋がしゃべるたびに、笑うたびに弥吉の心身が解れていく。解れれば頭も舌も回り易くなるのだ。何かを思い出すのも、思い出した何かを言葉にするのも強張っていては覚束ない。

「旦那さま、あの、申し訳ありませんでした」

「うむ？　何の詫びだ」

「か、勝手に店を抜け出してしまいまして……」

「勝手ではないだろう。おみつにちゃんと断りを入れて、許しを得たんだろう」

「はい、それはそうですが、やはり旦那さまに直々にお許しをいただくべきでした」

「おみつが良しとしたなら、それでいい。おまえに落ち度はないと思うが。まあ、あまり公言できることじゃないが、おみつの裁量に異を唱えられる者なんて、うちの店には大女将より他にいやしないよ」

「はあ、わたしも頭が上がらない口でして」

「同じだよ。わたしもたいていのことは黙って従うようにしている。それでうまく収まっているのだから、男連中は諦めておみつの下に就くしかないな」

遠野屋がくすりと笑う。弥吉も歯を見せて笑みを作った。主人とのやりとりでさらに気持ちが和んだようだ。

こういうとき、遠野屋に深く感心する。物言い、仕草、眼つき、表情、声音。それらが絶妙に合わさって大らかな気配を生む。張り詰めた心を解き、和らげてくれる。

この人なら信じられる。信じるに値する。

そう思う。思わされる。その気質が遠野屋生来のものなのか、商人として身につけたものなのか、伊佐治には測りかねた。ただ、感心するだけだ。

「感心しながら、身構えているんじゃねえのか、親分」

遠野屋の気質を褒めたことがあった。『梅屋』で、信次郎と差し向かいで飲んでいたときだ。酔いのままに、日ごろ胸底にうずくまっていた思念の一つを口にしたのだ。信次郎は薄く笑いながら、返してきた。酒を口にしていたが、酔ってはいなかった。

「身構えている？ あっしが遠野屋さんに、ですか」

「他人を容易く信じさせてしまう相手にだよ。誰かを本気で信じるなんざ、蜘蛛の糸に引っ掛かった羽虫になるのと同じだ。ぐるぐる巻きに絡まれて身動きできなくなる」

「旦那、何を仰ってんです。遠野屋さんは蜘蛛なんかじゃありやせんよ」

「そうかい。けど親分は用心してんだろう。他人を易く信じることも、易く信じさせちまう相手にもな。度量の広い、善の質と見做される商人の皮を一枚引き剥がしたらどん

な顔が現れるか、身構えてんじゃねえのか」

へへ、と信次郎がさらに笑う。その笑みが不快で、伊佐治は横を向いた。このお人こそ蜘蛛だと思った。人を追い詰め、身動きできなくしてしまう。

あのときの酒の苦味が不意に口の中によみがえって、伊佐治は軽く咳き込んだ。

「あ、こりゃあ失礼しやした。じゃあ、ちょいと聞かせてやってくだせえ。弥吉さんは、今の屋さんの葬儀に参列していなすったんですね」

「はい。参列というか葬儀の手伝いをしておりました。今の屋さんとは日ごろから、付き合いがありましたもので。とはいっても、お町さん、あ、今の屋さんのお内儀さんでして。お町さんから葬儀は内輪だけでやると言われてまして、湯灌もお町さんと息子の仁太郎さんで済ましたようでした。えっと、ですから通夜も葬儀もほとんど手伝うことがなくて、大半の者は帰ってしまいまして、わたしも早々に引き揚げようと考えていた矢先、あの騒動が起こったのです」

伊佐治は二度ばかり首肯した。弥吉の物言いはもたもたしてはいるが、散漫ではなかった。

「騒動というのは、徳重の借金の取り立てのことでやすね」

「はい。あれは確か読経が終わって間もなく、佐賀屋さんがお町さんを廊下に呼び出して、そこで借金の話を始めたんです。わたしは台所におりましたから筒抜けで、それで、

今の屋さんが大層な額のお金を借りていてそれを返せずに亡くなったこと、返す期限が
月末に迫っていること、返せなければ『今の屋』が潰れてしまうこと、そういう諸々が
耳に入ってきました。佐賀屋さんはだんだん口汚く、お町さんを責めるようになって、
そこに仁太郎さんも加わってちょっとした騒ぎになりました。わたしも、佐賀屋さんの
言い振りがあんまりなので……ええ、ほんとに酷かったのです。聞くに堪えないような
罵詈雑言で、それで、我慢できず止めに入りました。他人事ではありますが、腹が立っ
て腹が立って、もう少し度胸があれば、あの強欲爺を殴っていたと思いますよ」

口にするのも憚られるという風に弥吉は唇を真一文字に結んだ。当時の怒りが戻っ
てきたように、頬が赤く染まる。徳重は〝佐賀屋さん〟から〝強欲爺〟に変わった。

ここまでは、さして耳新しい報せはない。お町や仁太郎から聞き取ったものとほぼ重
なる。

違うのは、今の屋の家族はみな憔悴していたが、弥吉には怒るだけの力が残っ
ていたというところだ。

「殴らなくてよごさんしたよ。それで、徳重に怪我でも負わせていたら面倒なことにな
ってたかもしれやせん」

「あ、はい。仰る通りで。あのとき殴ったりしていたら、遠野屋の手代が年寄りに手荒
い真似をしたなんて噂になったかもしれません。それを考えれば我慢してよかったとは
思うのですが……。でも、葬儀の場で、周りがあんなに悲しんでいるところで、金を返

せ、返さないと店は貰い受けるなんて、あまりにも薄情な言いようじゃありませんか。人の心があるならあんな非道な真似、できるわけがない」

弥吉の大きな身体が震えた。本気の憤りが伝わってくる。

「後で仁太郎さんから伺いましたが、佐賀屋が騒ぎ出すのが心配で内々の葬儀にしたそうです。恥をさらしたくなかったとか。報せなければ報せないで、怒鳴りこんでくるの

は目に見えていたし、静かに父親を見送ることもできないのが情けないと、涙ぐんでおられました。佐賀屋は誰かを殺したわけでも、何かを盗んだわけでもないでしょうが、あれは悪行です。死んだら地獄に落ちるでしょうよ」

伊佐治は身を乗り出し、声を低くして告げた。

「弥吉さん、佐賀屋徳重は死にやしたよ」

弥吉が固まった。目を見開き、瞬きさえ忘れて動かなくなる。喉仏だけがこくこくと上下した。暫くの後、唾を呑み込み、弥吉は「死んだ」と呟いた。

「死んだというのは……病に罹ったとかですか」

「殺されたんでやすよ。今朝、通いの女中が死体を見つけやした。夫婦揃って血だらけで倒れていやした。昨夜遅くというより、今日の明け方の前に殺られたみてえでね」

「殺し……」

「へえ、殺しでやす。しかもめった刺しにされてね。で、もうちょい突っ込んでお尋ね

しやすが、弥吉さん、あんた、昨夜から今朝にかけては何をしてやした」

「はぁ？」

堂々たる体軀の男から妙に間の抜けた声が漏れた。

「あの……え？　えっ、えっ、お、親分さん、まさかまさか、わたしをお疑いなのですか。わ、わたしが佐賀屋、さ、佐賀屋さんを殺したと」

「弥吉、落ち着け。親分さんはそんなこと一言も仰っていないだろう」

「旦那さま」

弥吉が遠野屋に縋るような眼を向ける。遠野屋はその眼を受け止めて、鷹揚に点頭した。それだけのことで弥吉の頰に血の気が戻る。もう一度、さっきよりゆっくりと唾を呑み込み、弥吉は居住まいを正した。

「昨夜は、今の屋さんのところに行っておりました」

「真夜中にでやすか」

「宵の口にお町さんから呼ばれたんです。相談したいことがあるから来てくれと」

「ふむ。その相談とは」

「猫のことでした。お町さんが可愛がっていた白い雌猫を、引き取ってはもらえないかと頼まれました。よく鼠を捕るから役に立つとも言われて。猫は嫌いじゃありません。けど、どうして急にそんなことをと、面食らってしまって」

弥吉はすっかり落ち着きを取り戻し、そう問えもせず語り続けた。

「そしたら、お町さんから、もう『今の屋』もお終いだ。ここを引き払って、親子二人でひっそり暮らすつもりだと告げられてしまいました。驚きはしましたが、葬儀のときのごたごたを知っているので、いたしかたないのかとも思いました。わたしはお町さんたちが気の毒で、でも、何をできるわけもなくて……猫を引き取るぐらいお安い御用だと答えたんです。そしたら、お町さん、たいそう喜んでくれて、葬儀のときは世話になったのにろくにお礼もできなかったから、今日は御馳走させてくれと膳を用意してくれました。仁太郎さんも加わって、仏壇の前で榮三郎さんの思い出話をしたり、亡くなったときの様子を、急に倒れて、そのまま目を覚まさなかったからさほど苦しまなかったはずだとか、そんな話を聞いたりしながら、夜を明かしましたよ。途中でうとうとしようとして、ふっと目を覚ましたら隣に仁太郎さんが眠っていて、お町さんは仏壇に手を合わせて……泣いていたようでした。声を掛けるのも気が引けて、寝ている振りをしてたら、まだうとうと眠ってしまいました」

「長屋に帰ったのはいつでやす」

「夜が明けて間もなくでした。朝餉用にと握り飯と漬物まで持たせてくれましたよ」

伊佐治は顎を引き、束の間、目を閉じた。葬儀での揉め事についてはかなり突っ込んで問うたつもりだったが、聞いていなかった。

が、その後にまでさほど気が回らなかった。お町はともかく、仁太郎の動きはもう少し調べねばならなかった。さっきの弥吉への推問のように、きっちり確かめるべきだった。

唇を噛む。

いかにも気弱そうな仁太郎の見た目に油断したのかもしれない。ただ、今の屋母子は窶れてはいたが、落ち着いてもいた。人二人を殺して、あの落ち着きはないだろう。昨夜から今朝まで家にいたと、ことさら言い募る風もなかった。弥吉の名も出さなかった。

むろん、自分の手落ちは手落ちだが、さしたる害にはなるまい。それはつまり、事件を解く手掛かりにもならないということだ。大穴を見逃していたなら奮い立ちもするが、見逃して差し支えない穴ぼこ一つ、気にすることもないだろう。

「弥吉、わたしからも一つ、尋ねたいのだが」

遠野屋が伊佐治をちらりと見やる。

よろしいですか、親分さん。

もちろんでやすよ、遠野屋さん。

視線だけで意思を伝え合う。そういうやりとりができるまでの仲になっていた。いつの間にか、だ。

「なあ、弥吉」と、遠野屋はいつもの口調で手代に話しかけた。

「おまえが店を抜けたのは、なぜだ」

「あ、それは……」

「昨夜の酒が残って辛かったわけじゃないだろう。それならそうと、おみつに伝えただろうし、今朝の様子からもそんな風には見えなかったからな」

弥吉が肩を窄め、「はい」と小さく答えた。

「わたしは酒にはわりに強い質ですので……。酔いが残るようなら、深酒はいたしません。仕事に障りますから慎みます」

宿酔（ふつかよい）のまま店に出たりはしない。弥吉のささやかな、しかし、確とした矜持（きょうじ）が窺（うかが）える。奉公人一人一人にこの矜持が宿っている。そこが、遠野屋の商いの強さだ。改めて思いはするが、今は商いの堅脆（けんぜい）などどうでもいい。

「酒のせいじゃないとしたら、どんな理由があったんで」

伊佐治は身を乗り出して、大男の顔を見詰めた。

「おみつさんには、気になることがあって落ち着かないと告げたそうでやすね。その気になることってのを話しちゃくれやせんかね」

「それは……その、ちょっと、いや、今の屋さんの一件とは何の関わりもない話で」

「ええ、関わりはねえでしょうね。わかってやす。けど、聞いて差し支えねえ話は聞いておきてえんで。それも、あっしの役目の内なんでやすよ。弥吉さんが遠野屋さんの仕事に本気なように、あっしもあっしの仕事を為さなきゃならねえんでねえ。いや、もPDF

ろん、無理にとは言いやせん。ほんとに差し支えなければなんです」

やんわりと促す。嘘ではなく弥吉に無理強いする気はなかった。しかし、しゃべれないならしゃべれない理由を探り出さねばならない。遠野屋の手代の身辺を嗅ぎ回るのは、

正直、気が重い。手間もかかる。できるなら、すんなり語って欲しかった。

「弥吉、迷うことはない。親分さんに本当のことをお話しなさい」

遠野屋がやや口調を引き締め、言った。

「おまえはきちんと、おみつに許しを得て店を抜けたのだ。それも一刻あまりのことだろう。それをとやかく責めるほど、わたしは狭量ではないつもりだが」

伊佐治の胸裏を察したかのように、遠野屋も手代を強く促した。

「そんな、旦那さまに責められるなどと毛頭、思っておりません。ただ、その、あまりに自分勝手な都合だったもので少し躊躇ってしまいまして。はい、あの握り飯なんです」

「握り飯ってえと、今の屋のお内儀さんが帰り際に持たしてくれたってやつですかい」

「はい。大振りのものが二つ、ありました。それで、あの、それを二軒先のお高さんにあげようかと思って、その、も、持って行ったんです。お高さんは女手一つで子どもを育てていて、いろいろ苦労してるものですから。そうしたら……」

「そしたら、どうしやした」

「お高さん、夜具に包まってがたがた震えていて、怖い怖いって譫言みたいに繰り返してました。わたしが声を掛けたら、泣きだして……。でも、何を聞いても答えなくて泣くだけなんです。仕事もありますし、ひとまず、お菊に握り飯を渡しておいたのですが。

あ、お菊はお高さんの子で、今年三つになった娘っ子です。お高さんに握り飯を。お腹が空いていたとみえて、握り飯にかぶりついてましたよ。かわいそうでした」

話が見えてきた。

「なるほど、そのお高さんが気になって、様子見に戻ったわけでやすね」

「はい。あまりに怯えていたものですから、お高さんのこともお菊のことも気になって、質の悪い病かもしれないとか、つい考えてしまいまして」

「どんな風でやした」

「お高さんですか。ええ、起き上がって縫物をしてました。握り飯の礼を言われて、怖い夢を見て取り乱してしまったとも言われて、わたしとしては、ほっとしたわけです。

ほんとに、ただそれだけのことで、あの、お騒がせしてしまってすみません」

弥吉が低頭する。伊佐治は慌てて手を振った。

「お騒がせしたのはこっちじゃねえですか。何もかもしゃべらせちまって、申し訳ございません。よくわかりやしたから、これで失礼しやすよ」

腰を上げながら、心内でため息を吐いていた。

意気込んだわりには、たいした獲物はなかった。落胆の味が苦い。

弥吉はそのお高という女を憎からず想っているのだろう。幼い子どもを抱え生きてい

る女を支えてやりたいと望んでいる。その心根は称されはしても咎められるものではな

い。弥吉のような男に想われるのは、お高にとっても悪くはないはずだ。情のあるいい

話を聞いた。けれど、これでは欠片になり得ない。相生町の一件とは、何の繋がりもな

いのだ。

芳之助店から表通りに出る。優しい陽気だ。冬の厳寒も夏の苛烈もない。光も風も人

の姿も芳しい。ただ、伊佐治としては、陽気を楽しむ気分とは程遠かった。

「親分さん、うちで少し休んでいかれませんか」

遠野屋が何気なく誘ってくれた。

「朝からずっと働き通しなのでしょう。お疲れではありませんか。余計なことですが、

昼餉は何か召し上がりましたか」

昼どころか朝もろくに食べていない。朝方、報せを受けたとき、まさに朝飯の最中だ

った。口の中の飯を味噌汁で流し込み、飛び出したのだ。それから、湯呑一ぱいの水を

口にしたぐらいだ。しかし、腹が減っている覚えはなかった。いつもそうだ。事件を追

って江戸市中を走り回っている間は、疲れも空き腹もほとんど感じない。その代わりの

ように、事が一段落すると全身が怠く、歩くのも階段を上るのも、返事をするのさえも

128

億劫になる。

いつの間にかそういう身体になってしまった。

「大丈夫でやすよ。旦那のお屋敷に顔を出す前に、もう一度『今の屋』に寄って弥吉さんの話を確かめてみやす。けど、お気遣いいただいてありがてえこってす」

「今までのやりとりをお報せに行かれるのですか」

「さいでやす。報せるたって、目新しいものも耳新しいものもねえようで。些か面目ねえ気にはなりやすが、これっばっかりはしかたねえ。あっしが見聞きしたことをつぶさに話してきやす。旦那がどんな渋い顔をするか、ちょいと気重じゃありやすがね」

「そうでしょうか」

「へ?」

遠野屋が伊佐治に眼差しを向け、微かに眉を寄せた。

「わたしは親分さんと弥吉のやりとりしかわかりませんが、何もなかったとは言い切れない。むしろ、何かがあると、そんな気がしてならないのですが」

「遠野屋さん、そりゃあどういうこってす」

遠野屋を見上げる。若い商人の眼に、惑いの色が過ったようだ。

「あっしにはわからない何かを、遠野屋さんは察しなすったってことでやすか。だとしたら、それは何でやす」

そのつもりはなかったが、つい詰め寄る口調になる。遠野屋が心持ち、眼差しを泳が
せた。

「わかりません。ただ、感じただけです。全て辻褄があっているようで、その実、どこ
かがずれているような、落ち着かなさを感じる。それだけなのです」

「ずれている、でやすか」

伊佐治は足元に視線を落とした。桜の花弁が二枚、無残に土に塗れている。目を上げ
れば、傍らを過ぎた荷車の俵の上にも花弁は散っていた。

「あやふやな物言いで申し訳ありません。ただ感じただけで、それがなぜなのか、どこ
に感じるのかわからないのです。いや、まるで見当外れのことを言っているような気も
して……。我ながら心許なくて歯痒いのですが」

そこで、遠野屋は一瞬、顔を歪めた。ほんの一瞬、瞬きにも足らないほどの間だった
が、苦しげに、あるいは悲しげに歪めたのだ。

「木暮さまなら、おわかりでしょう」

ひらり。風に乗って花弁が流れてくる。地に落ちて、やはり土に塗れてしまう。

「木暮さまなら、こんな曖昧なことは仰らないはず。わたしが漠としか感じられないも
のをきっちり言葉にしてくださると思います」

伊佐治は頷き、「わかりやした」と答えた。

「旦那に事細かく全てを報せて参りやす。そして、旦那の言ったことを取り零さず、今度は遠野屋さんにお伝えしやすよ」

遠野屋が目を伏せ、低頭した。

「お手間を取らせやす。わたしが口を挟む立場でないとは、重々わかっておるのですが」

「珍しく歯切れが悪い。どことなく、躊躇いさえ伝わってくる。

「すっきりしやすからね」

長身の商人を仰視したまま、伊佐治は胸のあたりを押さえた。

「このあたりに溜まっていたもやもやを説き明かしてもらえば、何て言いやすか、淀みがすっと流れたような、息が楽になるような心持ちがするもんです。ありゃあ厄介なもんで、ちょいと癖になりやすね」

「まさに仰る通りです。厄介で心地よくて……。そうですか、親分さんも同じですか」

「旦那との付き合いは遠野屋さんより長えですからねえ。酒毒みてえなもんでさ。身体に悪いってわかってはいるのに、どうしても欲しくなる。あっしなんかもう、害毒に塗れちまって治りようがねえって諦めてやすよ」

「なるほど。木暮さまとのお付き合い、親分さんほど長くない身とすれば、抜けるなら今のうちということでしょうか」

「抜けられるなら早いに越したことはありやせんがね」

「抜けられるなら」

　呟き、遠野屋は視線を上に動かした。伊佐治も釣られて空を仰いだ。

　雲が丸い。綿花に似た白い雲が江戸の空を過っていく。

「では、あっしはこれで。今日は同行してもらって助かりやしたよ。近いうちに、一度、寄らせていただきやすんで」

「お待ちしております」

　遠野屋は軽く頭を下げ、道行く人々に交ざり去っていった。その後ろ姿を見送りながら、胸の高鳴りを噛み締める。

　遠野屋さんが何かを感じたなら、その何かってのがあるわけだ。

　だとしたら、空手ではなく獲物を摑んでいる。

　伊佐治は光に右手をかざしてみた。陽光の中でゆっくりと指を握り込む。仄かな温みを捉えた気がした。

　伊佐治と別れ、清之介は裏手から遠野屋に戻った。

　隣の敷地には、抱え職人のための住まいを兼ねた仕事場が並んでいる。家々はまだ新しく、木の香りがした。

店のざわめき、人の動く気配、店で焚いている香の香り。立っているだけで、遠野屋の音や匂いや色に包まれていく。

自分の生きる場を踏みしめていく。その安堵が胸を浸す。ここに、余計なものを引っぱり込んではならない。この安堵を崩してはならない。

己に言い聞かす。言い聞かしながら、口の中の苦味を呑み下した。

口惜しい。こんなにも確かな足場を得ながら、余計なものに心惹かれる自分が口惜しく、情けなく、腹立たしかった。

それでも知りたい。見たい。聞きたい。弥吉の話に耳を傾けながら、胸に萌した違和の正体を明かしてもらいたい。それを目の当たりにした一時の、〝淀みがすっと流れる〞快楽を味わいたい。商人には無用の快楽とわかっていながら、求めてしまう。

くそっ。

清之介は我知らずこぶしを握っていた。それで、傍らに生えている梅の幹を叩く。細い幹が揺れ、枝が揺れた。桜より一足も二足も早く花を咲かせ散らせる木は、緑の葉を茂らせて、花ではなく実の青い匂いを漂わせた。

気息を整える。指を開く。遠野屋の主人の顔になる。商いと向き合う商人の顔だ。それを待っていたかのように、呼ばれた。

「遠野屋さん」

廊下の端におうのが立っていた。口元に笑みを浮かべている。

「お戻りになったばかりで申し訳ないのですが、見ていただきたいものがあるんです
よ」

おうの笑みが広がる。初々しい娘を思わせる表情だ。

「どうしました？　何事ですか、おうのさん」

「ふふ。見てのお楽しみですよ。さ、こちらへ」

おうのの後について表座敷に入る。敷居を跨いだ足が止まった。

「え、これは」

座敷の真ん中に女が三人、座っていた。

義母のおしの、おみつ、そしておくみだ。年も姿形もまるで違う女三人には、それぞ
れに化粧が施されていた。濃くはない。晴ではなく藝の化粧の類だ。にもかかわらず、
三人が三人、それぞれに美しかった。

「驚いた。年からいって、おくみが化粧映えするのはわかるが……」

「旦那さま、それ、どういう意味でしょうか」

おみつが軽く睨んでくる。その眼つきがいつものおみつだったので、清之介は何とな
く安心できた。おしのが手鏡を覗き込み、「ほんとにねえ」とため息を漏らす。

「久しぶりにきちんと化粧してもらったよ。何だか、背筋がしゃっきりするもんだね」

「おっかさん、間違いなく五つ、いや六つは若返ってますよ」

「おや、五つ六つかい。あたしは十はいくと思ってんだけどね」

おしのが鬢の毛を撫でながら、肩を煉める。仕草まで若々しい。

「あたしも十は若返りましたよ。おやまあ、とすれば二十歳とちょっとですか。まだ嫁入り先があるかもしれませんねえ。どうしようかしら」

「おみつ、鯖をよむのもたいがいにおし。おまえ、年の数を十引いたって二十歳とちょっとにはならないだろ。幾らなんでも無理が過ぎるよ」

「まっ、大女将さん。せっかくのいい気持ちが台無しじゃないですか。こういうのはご愛嬌で相槌の一つも打ってくれないと。でも、ほんとに気持ちがしゃんとしますね」

「そうだね。化粧することで、こんなに気持ちに張りが出るもんなんだねえ。何て言ったらいいのか、うきうきしちまいますよ。ね、おうのさん」

「はい。それも化粧の力かと思います」

おうのが膝をつき、手際よくおしのの髷を整えた。おしのは手鏡の中の自分に笑いかけている。そうかと清之介は気が付いた。義母は若返ったのではない。生き生きしているのだ。今このときを楽しんでいる。今の己に満足している。

それが美しい。

「あの……あたしは生まれて初めて、化粧ってものをしていただいたのですが、やっぱ

り、身にそぐわないというか、恥ずかしいです」

おしのの横で、おくみがもぞもぞと身体を動かす。途方に暮れた顔つきになっていた。正直、

驚いている

「いや、おくみ、恥ずかしがらなくていい。おまえがこんな佳人（かじん）だったとはな。

嘘ではなかった。おくみはいつものお仕着せではなく、古手ながらこざっぱりした小紋に着替えている。髷にも朱塗りの櫛が挿（さ）してあった。頬には紅が叩かれ、唇も薄紅色に艶めいていた。若さの艶を紅が引き出したように思える。

「これは見事な化粧術だ。たいしたものですよ、おうのさん」

「ふふ、あたし一人の手柄じゃないですよ。たいそう腕の立つ助手（すけて）を見つけたんです」

「え、助手？」

おうのが振り返り、手招きする。

「おちやさん、そんな隅に縮こまっていないで、こちらにお出でな」

「いえ、別に縮こまっているわけではないのですが」

おちやが膝を滑らせて、前に出てきた。こちらはまったく化粧気はない。襷（たすき）でお仕着せの袖を絞り、前掛けを付けている。奉公人の形（なり）だ。

「助手というのは、おちやのことですか」

「そうです。驚かれましたでしょ。おちやさん、色の組み合わせがとても上手でねえ、

何度も舌を巻きました。

　遠野屋さん、お三人の頬の紅、色合いが違っているのはおわかりでしょうか」

「ええ、わかります。光の塩梅（あんばい）でまるで違っても見える。これが、おうのさんの言っていた暈（ぼか）し紅ですか」

「まだ、そこまではいきません。でも、その元にはなるはずです。おちやさん、暈し方がそりゃあもう見事なんですよ。おちやさんと二人でもう少し、あれこれやってみますね。白粉や目紅（めべに）の使い方も工夫すればもっと女人が映える気がします。いえ、必ず映えますよ。化粧で女がどんどん変わっていくんです。もちろん小間物、着物、帯、履物まで思案に入れての化粧。化粧によって着付けが変わり、身に着ける品で化粧が変わる。

　それを試してみたいのです。ねえ、おちやさん」

「え？　い、いいんですか」

「できるさ。おまえにその気さえあれば、才は有り余るほど持ってるんだからさ」

　おしのが振り向き、告げる。大きくはないが凜（りん）とした張りのある声だ。

「おうのさんが太鼓判を押してくれたんだ。やれることに励みな。それが遠野屋のためになるんだから旦那さまは許してくれるよ。と、どうだい、清さん」

「ええ、むろん異存はありません。おっかさんの言う通りですよ。しかし、おちやの才を見抜けなかったのはわたしの落ち度だな」

「大女将さん、旦那さま。あ、ありがとうございます。あたし、頑張ります」

立ち上がろうとして勢いがあまり、おちゃがつんのめる。手に持っていた化粧刷毛や

白粉椀が転がり、畳を汚す。

「きゃっ、ど、どうしよう。また粗相しちゃった」

「おちゃさん、慌てちゃ駄目。白粉踏んでしまうから。雑巾、雑巾を」

「あ、はい。ごめんなさい。おくみさん、雑巾、どこ、どこにあるの」

おしのが声を上げて笑う。おみつはため息を吐いて、渋面を作った。

「色合わせの才云々という前に、この粗忽を直さなきゃあねえ。これも一仕事だわ」

「いいじゃないか。おちゃがいると笑うことが多くて、おもしろいよ。ははは」

義母の笑い声を聞きながら、清之介は廊下に出た。こちらに歩いてくる信三の姿が見え

た。信三も主に気付き、小走りに近寄ってきた。

「旦那さま。お戻りなさいませ。弥吉はどんな様子で」

「信三」

「は、はい」

「吹野屋さんと三郷屋さんに人をやって、急な相談があるのだが、今夜、集まれないか

と尋ねてみてくれ。必ず返事をもらってくるようにな」

「承知いたしました。すぐに手配いたします」

何も聞かず信三は身体の向きを変え、走り去った。

無理に若返るのではなく、若く見せるのでもない。今、このとき、誰の内にもあるその者なりの艶を引き出す。それが装う意味ではないか。

"遠野紅"ならその意味に応えられる。いや、紅だけではない。三郷屋の帯なら、吹野屋の履物なら、遠野屋の小間物なら人に力を与えることができる。組み合わせることで、自在に使い分けることで、さらに応えていける。

この世には枠がある。身分という枠、家という枠、男である枠、女である枠。枠は堅牢で押しても引いても揺すってもぶつかっても、びくともしない。生き方は生まれによって決められ、年齢によって決められ、揺らぐことはない。けれど、義母はどうだ。おくみはどうだ。老齢の枯れるだけだと決めつけられる女が、貧農の出の、美しさとは縁がないと決めつけられる娘が、ああも照り映えているではないか。

人の世の枠に対するささやかな抗いだ。枠の中に閉じ込められている女たちに、この抗いを示してみたい。諦めることはない。決めつけられることはない。ささやかに抗い続ければいい。遠野屋は支える。

おうのが背後に立った。微かに梅の香りがしたようだ。

「おうのさん、三郷屋さんたちとの相談の場に顔を出してもらえますか」

「はい、喜んで」

「今度の催しのとき、雛形になる者たち何人かに化粧を施してもらいたいのです。年齢も着ている物も体躯もまちまちな女人たちに、です」

「何人というのは、どれくらいの数になります」

「ざっと十人と、わたしは考えています。三郷屋さん、吹野屋さんがどう言うか、それによって変わりもしますが」

「十人。かなりの人数ですね。でも、無理じゃありません。ええ、大丈夫です。やれますよ。おちやさんを、助手にお願いしてもよろしいですよね」

「むろん」

「"遠野紅"、使わせていただけますか」

「好きなように。ただ、"遠野紅"を謳う場ではない。そのことを忘れないでください」

「かしこまりました。帯や着物の着付けは三郷屋さんたちとご相談します。ふふ、何だか心が弾んできましたよ。こんな浮き立つ気持ち、いつ以来でしょう。初めてかもしれません。商いって、おもしろいですね。遠野屋さん」

清之介は息を吸い込んだ。おもしろい。おもしろくて堪らない。商人だけが味わえるおもしろさだ。

胸の底で黒い塊が蠢く。

蛇のように鎌首をもたげ、こちらを見てくる。弥吉ずるっ。

の話の最中に覚えた違和感だ。商いとは何の関わりもない。剣呑さを秘めた塊。

おしのが笑っている。おみつもおくみもおちゃも笑っている。商いの気配と笑いが交差するこの場は、清之介が作り上げ、守り続けたものだった。

ここがあれば十分なのだ。なのになぜ、おれはあの男の言葉なぞ、聞きたがる、見境なく求めてしまう。

「さて、ここまで綺麗にしてもらったんだ。みんなで芝居見物にでも繰り出そうかね」

「わっ、本当ですか、大女将さん」「馬鹿だね。冗談だよ。今は見たい演目なんてないだろう」「なんだ、がっかりですよ」「あたしはもう着替えていいですか。台所仕事が残ってるんです」「あら、おくみさん、ごめんなさいね。化粧を落とす？」「あ、それはもう少し、このままにしときます」「どうしましょ。雑巾が白粉だらけだわ」

女たちのやりとりは、賑やかで軽やかだ。おみつが笑い、その声に驚いた雀が枝から飛び立った。

屋根瓦の向こうに消えた鳥を清之介は目で追う。

日は傾き、空が僅かに赤みを帯び始めた。

第四章　釣忍

　親父は死にました。

と、男は告げた。

　信次郎とさほど違わぬ年端の、いかにも大工らしい屈強な体躯の男だった。松之助と名乗り、松之助というのは『角松』の棟梁として、十人ほどの大工を束ねる者が代々受け継いできた名前なのだと付け加えた。

　男は五代目の松之助にあたるのだとか。

「そうかい。由緒正しい家柄ってわけだな」

　信次郎は軽く息を吸い込んだ。削られたばかりの材木が立て掛けられ、清々とした匂いを放っている。棚には内丸、外丸、平、反など多くの鉋が並び、壁には幾本もの手斧が下がっていた。赤銅色の肌をした大工たちが、ちらりと視線を向けて店の奥に入っていく。あるいは奥から通りに出て行く。

『角松』は、そこそこ繁盛しているようだ。気配が緩んでいない。

「そういう話じゃねえです。ただ、続いているってだけで」

松之助は肩を窄め、ちらりと信次郎を見やった。眼つきに用心が溢れている。宝来寺からの帰りなので羽織は身に着けていない。むろん、十手も携えていなかった。それでも小銀杏髷から同心と悟ったのか、五代目松之助の口は重く、丁寧だった。座敷に上がれとまでは言わなかったが、上がり框に腰を下ろした信次郎に茶を淹れてくれた。

宝来寺のものより幾分ましな味がした。

「それで、お役人さま。あっしにどんな御用がおありなんで」

用心深い眼つきのまま、松之助が問うてくる。大工たちが豆絞りの手拭いを肩に出て行くのは粋を気取っているだけではなく、一風呂浴びて汗を流すためだろう。松之助もそうしたいと暗に告げているのは、わかっていた。

気にはしない。相手の都合を気にしていては、同心は務まらない。もっとも、これが同心としての仕事だと言い切るのは、やや無理があるだろうが。

「先代が亡くなったのは、いつのこったい」

「親父ですか。もう、かれこれ三年と半年になりやすかね」

「亡くなったのは病を患ったのか。それとも、命取りになるような怪我でも?」

松之助が顎を引く。眉間にくっきりと皺が刻まれた。

「病って言えるんでしょうかね。徐々に衰えて、結局、一年ほど寝付いて亡くなりまし

た。前の年におふくろが亡くなっちまって、それでがっくりきたみてえでした。急に老け込んじまって、店のことは全部、おまえに任せる。棟梁を続ける気力がわかねえなんて弱音を吐いてましたねえ」

「そりゃあ難儀だったな。けど、立派な五代目が控えてたんだ。そうそう憂いもなく、お内儀さんのいる世に旅立てたんじゃねえのかい」

「畏れ入ります。けど、親父の亡くなり方に何かあるんで？」

「ないな。おれが尋ねてえのは、ちょいと昔のことだ。二十年以上は昔になる」

「え？」

「二十年以上昔、この店の大工が盗人騒ぎを起こした。宝来寺って寺の金をくすねて、逐電したんだ。その事件のことを訊きたかったのよ」

「宝来寺の事件……」

「覚えてるかい」

目を眇めて、若い棟梁を見詰める。そのころ、この男はまだ五つ、六つの子どもだっただろう。五つ、六つ。普段とは違う出来事を記憶に留めるには、十分な年齢だ。

「……覚えてます。親父とおふくろがひどく狼狽えて、おふくろなんか泣いてましたから。子ども心にも何かとんでもないことが持ち上がったって、思いましたね。ええ、覚えてます。というか、思い出しました。ずっと忘れてたのに……」

松之助が瞬きを繰り返す。視線がふいっと虚空に向けられた。

時が、日々が、年月が手繰り寄せられる。二十年以上を遡り、まだ四つ身を着ていたころに戻る。そこで、何を見たか。何を聞いたか。何を知ったか。素直に語ってくれるか。ありのままの話を聞かせてくれるか。

「確か、佐吉という名前の男だったはずです。元は渡り職人だったとかで、腕のいいのを見込んで親父が住み込みの職人にしたんです。大工の仕事は『穴掘り三年、鋸五年、墨かけ八年、研ぎ一生』とよく言われますが、佐吉はうちに来たとき既に墨で罫引（線入れ）ができたってことですから、親父としても掘り出し物だと思ったんでしょうね」

「それが、とんでもねえ紛い物だったわけか」

「ですかねえ。よくは覚えてねえです。でも、佐吉が持ち逃げした金子は親父が尻拭いしたんじゃねえのかなあ。箱屋の、えっと……ああ『竹乃屋』だ。『竹乃屋』の親方と折半して償ったはずですよ。そのせいじゃないでしょうが、『竹乃屋』は暫くして店を畳んじまいましたからね。今は紺屋になってますよ。親父は身体が弱って、寝付くようになってから、あっしに『どんなに手が足らなくても、渡り職人だけは雇うんじゃねえぞ』って事あるごとに言ってました。あれは年寄りの繰り言じゃなくて、昔のあの一件を思い出して親父なりに忠言してくれてたんですかね」

「かもしれねえな。けどよ、いい跡取りがいたおかげで『角松』は、紺屋にもならず、

こうして店を続けていられる。だから、おれは話が聞けるってありがてえ寸法さ。で、棟梁、その佐吉って男、おまえさんから見てどんなやつだった」

「え、どんなと言われても、あっしはまだガキでやしたから」

「そのガキが見た男を知りてえんだよ。大人だと、どうしても余計な思案がくっついちまう。世話になった棟梁を裏切って盗みに手を染めた悪人、ってな。けど、子どもの眼ってのはそういう思案とは無縁でいられる。見たまま、感じたまま、それが全てさ。だから、時と場合によっちゃあ、大人より子どもの言い分の方が真実に近えってこともあるんだよ」

偽り言や出まかせではない。大人は先入主や情を通して他人を見てしまう。そういう見方をする。けれど、子どもは面紗を掛けず、己の感じたままに見る。当てにはできないが、おもしろくはある。思いがけない手掛かりを渡してくれたりもする。滅多にないことではあるが。

「へえ、そういうもんなんで」

松之助の口元が固く結ばれる。全身の気配が強張った。何かを探すかのように、黒目がうろつく。さっきのような柔らかさはない。

「どうした?」

顎の張った、いかつい横顔を見据える。幻の釣り糸がひくりと動いた。指先にその動

きが伝わる。この先に獲物が引っ掛かっているのかどうか。信次郎は静かに息を吸う。

松之助の呟きは、ほとんど独り言だった。耳をそばだてても、聞き取れない。

「いえ、何か思い出しそうで……でも、何だろうな。よくわからねえや」

「わからねえか。まっ、何かの拍子に思い出したら、また教えてくんな」

何気ない調子で言う。人と魚では釣り方が違う。人の場合、待たねばならない。一日、二日、一月、三月、長ければ一年近く待たねば獲物が上がってこない。これはと当てにしたものがただの屑であったり、古過ぎて使い物にならなかったりもする。大半がそれだ。しかし、稀に活きのいい、望み通りの獲物が手に入ることもある。

先刻、この指に伝わった引きがどうなるのか。暫く待つしかないようだ。

「ああ、でも、佐吉のことなら一つ、思い出しました」

思い出せない何かを振り払うように松之助は顔を上げ、横に振った。

「泣いてたのを見たことがあったんです」

「泣いてた？　声を上げてか」

「いえ、声は何にも聞こえませんでした。場所はどこかよくわかりませんが、薄暗かった気がするから路地の突き当たりか、背戸あたりだったんでしょうかね。そこにこう座って」

松之助は床の上で両膝を立て、背中を丸めた。ひどく叱責された童の恰好だ。

「ぼろぽろ泣いてましたよ。俯いて、背中が震えてたな。何だか苦しそうだった。苦しくて泣いているみたいな風でした。ああいう泣き方を初めて見たんですよ。その、ほら、大人の泣き方っていうんですかね。隠し通さなきゃいけない泣き方って気がしたんですよ。そしたら、何だか、その、見ちゃいけねえものを見てしまったって気分になって、そっとその場を離れられましたね」

「それは、いつぐれえのことだね」

うーんと松之助が唸った。

「ちょっと、わかんねえな。もうずい分と昔のこったですからねえ」

「宝来寺の本堂の修繕を請け負う、前か後かはわからねえか」

「へえ。多分、前だったような……ええ、前でしたね。親父について一、二度、寺にいったことがありました。そのとき、佐吉が普通に働いているのを見て、このおじさんはどうして泣いていたんだろうかと考えた覚えがあります。けど、やっぱり昔のことなんで、はっきりしたこたぁ言えませんが」

松之助がもぞもぞと身体を動かす。日はかなり傾いた。

「棟梁、邪魔したな」

信次郎は徐（おもむろ）に腰を上げた。やれやれと安堵の顔付になるかと思ったが、大工は生真面目な表情のまま見上げてくる。

「お役人さま、何のために二十年の上も昔のことを、今さら蒸し返すんで？　あの事件が関わるような何かがあったんですか？」

「いや、ねえな。おれのちょいとした気紛れさ」

そうだ。ちょっとした気紛れだ。宝来寺の一件は今の何とも繋がってはいない。

気紛れ？　おれがか？

それはない。その時々の気分で目処もなく動く。そういう愚行はしない。一歩踏み出すのも、一指動かすのも自分の意思だ。

気紛れではない。では何だ。なぜ、わざわざ墓参りの帰りに『角松』を訪れたりした。かなりの回り道になるというのに。

死の間際、何を見たのであろうか。

あの台詞だ。瑞穂の遺した呟きが頭から離れない。

ここでも〝なぜ〟だ。なぜ、離れない。なぜ、こんなにも囚われている。なぜ、こうまで拘ってしまう。なぜ、とうの昔に罷り去った者の一言が付き纏う。付き纏われている。

る。

母だからではない。情は一切、関わりない。

『角松』を出て、通りを歩く。春が長けて、夏に変わろうとする境の季節は風まで青い匂いに満ちている。暮れ泥む空の下で人は伸びやかに歩いている。と、目には映った。

むろん、映るだけだ。花が咲いても、風が匂っても、青葉が美しくても人の憂さや悩みは減じてくれない。

気配を感じた。追ってくる人の気配だ。足を止め、振り返る。

「お役人さま。お待ちを」

松之助が駆け寄ってきた。足元から土埃が立つほどの急ぎ足だ。

「す、すいやせん。でも思い出しました」

汗が二筋、赤銅色の肌を滑っていく。

「思い出しやしたよ。さっきのあれ、思い出しやした」

獲物は思いの外早く、釣り上がって来たらしい。大物なのか雑魚なのか見極めるのは、これからになるが。

「同じことを訊かれたんです」

首に掛けた手拭いで汗を拭き、松之助が告げた。

「昔、お役人さまとそっくり同じことを言われたんですよ」

「同じこと?」

唾を呑み込み、松之助が首を前に倒す。

「へえ、大人より子どもの言い分の方が真実に近いって、やつです。あれ、言われました。すげえ昔に言われたんです。だから、思ったまま見たままを聞かせてくれないかっ

て。思い出しました。こう」

自分の喉を軽く撫で上げ、息を吐き出し、続ける。

「痺えてたものがすっと上がってきたって感じです」

痺（つか）えが取れた。正体のわからないもやもやが不意に晴れた。それは、ある意味、心地よくはあるだろう。が、心地よさなどどうでもいい。

「誰に言われた？　覚えているか」

「覚えてます。忘れちゃいませんでした。何で忘れてなかったのか自分でもわかりませんがね。でも、ええ……思い出しました。ただ名前とかどういう人なのか、それはわかりません。ほっそりした、綺麗な女の人だった気はしますけど」

「女？」

「へえ。どこでいつ話しかけられたのか定かじゃありませんが、やはり佐吉のことを尋ねられたんですよ。ひどく寒い日だったのは覚えてますね。店の前の水溜りがかちかちに凍っていて、それを割って遊んでたんです。子どもって、そういうの好きじゃねえですか」

「だな」

短く受け答える。幻の釣り糸が震える。

「あっしはその、大人の女の人に、しかも、武家の女の人に話しかけられたことも話し

かけたこともなかったんで、少し怖気てしまってね。五つ六つのガキなんだから当たり前っちゃあ当たり前なんですが、それだけじゃなくて、何かその人にじっと見詰められると、……うーん、何と言うか、怖いってのとはまた違うけれど、身が竦むような、ええ、そうそう、身が竦むような気がしたんです」

「その女は武家の形をしていたわけか」

「へえ、髷も身形も物言いもお武家の御新造でしたよ。今、考えてみりゃあ地味な、どっちかというと質素な形だった気がします。だから、高位とか大身のご身分じゃなかったはずですが、それでもおふくろとか伯母さんとか近所のおかみさん連中とか、あっしの知っている女とは違ってました。お武家の女を知らないわけじゃない、やっぱり違ってて……どの女とも違いましたよ。ええ、全然違いましたね。見た目とかじゃなくて、そういうのじゃなくて、えっと品があるというか、女でしかも華奢なのにちょっと気圧されるみてえなとこがあってね。見ているだけで身が縮む気がしました」

『角松』の棟梁は、自分の言葉をなぞるかのように身体を縮めた。

「その女は、佐吉の何を尋ねた?」

「へえ、ちょっとあやふやじゃあるんですが。たぶん、さっきお役人さまが尋ねたようなことだったはずです。だから、泣いてたこととかも話しちまったんでしょうね。うん、話した、話した。親父から佐吉の話はするなって言われてて、あのおじさんのこたぁしゃ

べっちゃいけないんだって、子ども心にも思ってました。なのに、その女の人にはしゃべってたんですよ。知ってることをほぼ全部ね。いや、怖いとかじゃねえです。怖くはありませんでした。でも、しゃべらなきゃいけないって気がしちまって。うーん、どうして、そんな気になったのか……。あの人、誰だったんでしょうか。えっと、あの、まさか物の怪なんてこたぁねえですよね。妖しとか狐狸妖怪の 類 とか」

松之助を見下ろし、薄く笑む。

「人だよ。安心しな」

松之助の肩を軽く叩く。

「いい話を聞かせてくれた。 礼を言うぜ、 棟梁」

「いえ。でも、お役人さま、お役人さまはあの方が誰かご存じなんで」

「まあな。もうこの世にはいねえ、とっくに死んじまった女さ」

「は……」

松之助の口が僅かに開く。 背を向けると、 息を吐き出す音が聞こえた。

さて、これはどういうことだ。

歩きながら、 独り言つ。

おふくろはなぜ、 佐吉のことを探っていた。 博打に手を出し、 にっちもさっちもいかなくなった挙句、 盗人に堕ちた男。 それだけのことだ。 盗み方は些 か巧妙ではあるが、

すぐに底の割れる代物だった。おれなら頭の隅にも残さなかった
だろう。それをわざわざ、仕事先まで出向いて探る？

おふくろは何を見たんだ。

死の間際、何を見たのであろうか。そう呟いた母自身は、何を見たのだ。あるいは何
に気が付いたのだ。徳重とお月の死に顔が妙にくっきりと浮かんできた。伊佐治曰く
「何かにひどく驚いて、驚いたまんま死んじまった」顔だ。

頭の中で小さな火花が幾つも散った。闇を照らすには、心許ない。しかし、火花が合
わされば焔が燃え立つ。

まだだ。まだ、そこまではいかない。焔の糧が足らないのだ。

信次郎は足を止め、空を仰いだ。薄雲が落日に彩られ、金色に輝いている。「まあ、
綺麗な空だこと」。すれ違った娘が小さな感嘆の声を上げた。

長い一日がようやっと暮れようとしている。暮れてしまわぬうちに、伊佐治は顔を見
せるだろう。老獪でしぶとい岡っ引は、どんな糧をくわえてくるか。

信次郎は前を向き、組屋敷へと足を速めた。

季節の変わり目は、空も惑うものらしい。昨日は碧く輝いていたはずなのに、今日は
濃淡、鼠色の雲に覆われている。風も纏わりつく湿り気を帯びていた。

それでも、清之介の胸の内は軽い。昨夜、吉治や謙蔵と膝を突き合わせて話し合った。その余韻が残っている。残って上昇する流れとなり、清之介の心を押し上げるようだ。

「おもしろい試みだ。やってみる値打ちはあるかもしれませんな」

謙蔵が身を乗り出した。おうが進言した化粧についての答えだ。

「女人というのは化粧一つでずい分と変わりますからねえ。化けて粧すとはよくも名付けたもんだ。言い得て妙ですよ。うん、確かに化ける、化ける」

「あら、吹野屋さん、化けるだなんて女を狐みたいに言わないでくださいな。あたしとしては化粧することで、むしろ、そのお方の素が引き立つと思ってるんですから」

おうが笑みを浮かべて、口を挟んだ。謙蔵の頬がみるみる紅潮する。

「あ、いや、べ、別に狐だなんて、そんなんじゃないんですが。お、おうのさんの仰る通りで、まことに結構です。はい、ほんとうにね。まったく、まったく」

珍しくしどろもどろになりながら、謙蔵が額の汗を拭く。夜風は涼しく、汗ばむ暑さとは無縁の座敷であったのに。おうのがいる謙蔵はたいてい、こんな風に小さく乱れる。ちらちらとおうのを見やりながら、言葉に詰まり、汗を拭く。

履物問屋の主、吹野屋謙蔵はしたたかで、抜け目なく、やり手の商人だ。その商才も商いへの熱も、したたかさも抜け目なさもよくわかっている。情で容易く動く男ではな

いが、金勘定だけが全てと割り切ってもいない。未来を見据える眼差しを持ち、未来の商いを論じる力がある。新しい商いの仲間としては、この上ない相手だった。その商人が、おうのがいると妙に落ち着かなくなる。幼馴染みでもある三郷屋吉治は「謙蔵のやつ、おうのさんに懸想してんですよ。惚れちまってるんです」と、あっさり看破し、断言する。

「こと商いに関しちゃあ妙手も考え付くし、前にも出る。なのに、女となるとからっきしでねえ。自分は女とは縁がないと決めつけちまってるんです。醜男だからとか女房のいる暮らしに馴染める性分じゃないとか、いろいろ言っちゃあおりますが、要するに袖にされるのが怖いんですよ。それなら黙っている方がましだって、考えるような男なんです。まったく、商いのときの半分、いや、四半分でも豪胆だったら、とっくに身を固めているはずなんですがね。幼馴染みとすれば、謙蔵が所帯を持つのに不向きとは思えないんですが」

気遣いを顔に浮かべ、そう告げたこともあった。清之介もそう思う。意固地で気難しい面も確かにあるが、女房を蔑ろにしたり、いい加減に扱うような男ではない。信じるに値する者だ。だからといって、おうのとの間を取り持つ気はなかった。謙蔵とは、そして吉治とも、あくまで商いで繋がる、新たな商いを模索し挑む同志でいたい。そのおうの自身、誰であろうと女房になる気は欠片も持た分を外れたくはなかった。それに、おうの自身、誰であろうと女房になる気は欠片も持た

ってはいまい。遠野屋で働く仕事人としての覚悟や志を強く感じられはしても、男を求める気配は毛筋ほども伝わってこないのだ。

「三郷屋さん」

清之介は、吉治の方に顔を向けた。先刻から黙り込んでいる。次の集まりでの化粧試しについて、良いとも悪いとも発していない。

「この案、いかがでしょうか。思うところがあればお聞きしたいのですが」

「あ、はい」

清之介、謙蔵、おうのの順に視線を泳がし、吉治は口を開いた。

「新しい試みなので、正直、あたしなんかには見当が付きかねます。ただ、新しい試みだから、見当がつかないからやってみればいいと思います。というか、あの催しはそういう場でもありますからね。新しいことを試すという場で……すよね」

「おい、吉治。どうした」

「どうしたって、何がだよ」

「いつものおまえらしくないぞ。やけに慎重というか、考え考えしゃべってないか」

「は？　何だ、それ？　おれがいつも考えなしで物を言ってるみたいじゃないか」

「みたいじゃなくて、その通りだろうが。頭でじっくり考える前に舌が動いちまうってのが、三郷屋吉治だったじゃないか」

が上目遣いに清之介に視線を向ける。

「あの、遠野屋さん」

「はい」

「実はその、わたしもお見せしたいものが一つ、ありまして。いえ、"遠野紅"ほど大層な代物じゃありません。うちは帯屋なんで、えっと、あの」

「じれったいねえ、おまえは。さっさと、その大層じゃない代物を見せてみろよ」

謙蔵が吉治の背中を叩く。吉治は顔を歪めたけれど、何も言い返さなかった。

「だから、あの、これを見て欲しいんです」

傍らの風呂敷包を前に回し、解いていく。清之介と謙蔵はその手元を見詰めた。

帯が一条、現れた。表は黒繻子、裏は紫縮緬の昼夜帯だ。主に、貧しい小戸の娘や奉公人の少女が使う質素な物だった。

「これが、どうかしたかい？　ただの帯じゃないか」

謙蔵が眉を顰める。

「おまえんとこの売り物にしちゃあ、お粗末だな」

「売り物じゃない。おタヨに借りてきたんだ。あ、遠野屋さん、おタヨってのはうちの

台所で働いている奉公人なんです。この春から奉公に来た娘です。今、謙蔵は粗末って言いましたけど、これでもおタヨの一張羅の帯なんですよ。数年前に亡くなった母親の形見なんだそうで」

「触ってもよろしいですか」

「もちろんです」

吉治が風呂敷包を押し出す。清之介は昼夜帯を手に取った。おうのが覗き込んでくる。確かに粗末な、ごくありふれた帯だ。珍しくもなく、目を引く美しさもない。

「これを飾ることはできませんでしょうか」

顔を上げる。吉治と目が合った。気弱な、少し臆したような眼つきだ。

「飾るというのは?」

首を傾げてしまう。吉治の言わんとすることを解せなかった。

「遠野屋さん」

吉治が膝を進める。眼の奥に小さな光が灯り、気弱さを呑み込んでいく。

「前に仰いましたよね。わたしたちの、あの催しについて、このままではいずれ行き詰まると。広がりを欠いて萎んでしまうと」

首肯する。確かにそう言った。本音だ。まだ思案として整う前の漠とした心持ちだったが、清之介が紛いもなく感じたことを二人に告げた。商いの仲間であるからだ。

159

「客の裾野を広げねばならないとも仰いました」

「確かに」

「あの催しをお大尽や分限者に限るのではなく、形を変えてもっと広く、つまり、さほど裕福でない人たちの所まで広げたいとも」

「はい。申しました」

「ですよね。それでしたら」

「いい加減にしろよ」

謙蔵が割って入る。今度は、吉治の膝を音が響くほど強く叩いた。

「さっきから聞いてりゃ、遠野屋さんへの念押しばっかりで話がちっとも前に進まないじゃないか。苛々するから、さっさと手際よくやってくれ。まったく、おまえはガキのころから要領が悪いやつだったが、いまだに治ってないね」

「おまえのせっかち、短気の病も治ってないよ。すぐに手を出す癖もな」

膝をさすりながら、吉治は唇をもぞもぞと動かした。

「いや、自分でも上手くしゃべれないとわかっちゃいるんです。けど、この前、遠野屋さんの話を聞いてから、わたしなりにずっと考えておりましてね。商いというのは儲けてこそです。少しでも利を上げるために、商人は励んでいるわけですから」

吉治の物言いは、やはりもたもたとしか前に進まない。しかし、謙蔵はもう急かさな

かった。おうのは息さえ潜め、清之介も真剣に耳を傾ける。

「ただ、やっぱり利だけではなく自分たちの商売が人を、わたしたちの売っている品々を買ってくださったお客を幸せというか、ちょっとした憂さ晴らしでもいいのですが、幸せな気持ちにさせるとしたら、やっぱり商人冥利に尽きる気がするのです」

さらに深く首肯する。商いがこの世に何を残すか、何を蒔くか、何を守り、変えられるか。人の幸せとやらにどう携わっていけるのか。清之介自身、思案し続けている。

「それで、おタヨなんです。下働きの女で、まだ十五です。朝から晩までよく働いてくれます。その娘がうちの帯を見て、『綺麗だ、綺麗だ』って感心するんですよ。こんな綺麗な物見たことないって。まあ、巣鴨村の下作人の娘ですからちょっと洒落た帯や着物なんて縁がなかったんでしょうが。けど、装いたい気持ちってのはあるんですよ。いつもじゃない、年に一度か二度、晴れの日に藝とは違う装いをして、自分を飾ってみたいと。けど、高直な、豪華な品には手が出ませんよね。あの、ですから、おタヨみたいな娘が自分の給金の中で洒落てみせられる、そういう手立てってないもんでしょうか。え、っと、その、おくみさんですか、遠野屋さんの女中さんが化粧して見違えたってお話だったでしょ。それを化粧だけじゃなくて、ちょっとした工夫で……えっと、ですから」

吉治が口の中の唾を呑み下した。清之介は、古い質素な昼夜帯を行灯の明かりにかざしてみる。

黒繻子が濃く艶めいた。

「なるほど。つまり、手持ちの品に僅かに手を加えて洒落た装いを作る。それができる

かどうかというお話ですね」

「そうです。そうです。まさに、それです。さすが遠野屋さん、わたしの言いたいこと

をずばりと言い表してくれました」

吉治が嬉しそうに言い表してくれました」

吉治が嬉しそうに手を打ち鳴らした。

「おまえがまだるっこし過ぎるんだよ。まあ、吉治の言うこともわかるさ。自分を飾

ってのは、何も財持ちだけに許されたことじゃない。下働きの女でもそれなりに洒落ら

れる手立てってのは、なかなかだと思うぜ」

「おっ、謙蔵、わかってくれるか。珍しく気が合ったな」

「おまえと気が合うことなんざ、この先百年はないよ。なかなかではあるが、思い付き

の域は出てない。つまり商いとして成り立ったんだろう。あまりに薄利過ぎるからな。ほ

とんど儲けにならないんじゃないか。それに、こと帯に関しちゃ、結び方でけっこう派

手にも地味にもなるだろうし。手を加えるって余地はないんじゃないか」

「そうですね。吹野屋さんの仰る通りかもしれませんね」

謙蔵の言葉をおうのが受ける。吉蔵は少し慌てて、おうのから眼を逸らした。

「お文庫、小龍、千鳥、引締め、吉弥、おたか、文庫くずし、だらり、路考、密夫、

立矢……ほんとにたくさんの結び方があります。廃れたものもあるけれど、これから新

しい形も出てくるんじゃないでしょうか。でも、帯の結び方云々では商売には繋がりま

せんものね」

「繋げるためにはどうしたらいいと思います」

問うた清之介を、おうのは束の間見据え、「小間物かしら」と呟いた。

「たとえばですけど」

髷から堆朱の簪を抜き取ると、それを帯に挿し込む。

「この簪は小さいのでさほど目立ちませんけれど、もう少し大きな平打ちなどならちょ

っとした飾りになるかもしれません。髷と帯に同じ簪を挿す。そういうのもおもしろい

かもしれませんねえ」

「半襟はどうです」

謙蔵が顎を突き出す恰好で、割って入る。真っすぐに清之介を見ていた。

「遠野屋さんは、いい半襟職人を抱えていますよね。半襟と帯、それに下駄や草履の鼻

緒を揃えるってのは、どうです。同じ布を使う。あるいは色や模様を合わせるとか」

「おい、ちょっと待てよ。おれは古い、どうってことのない帯を活かす工夫はないかっ

て、相談してるんだぞ。半襟だの鼻緒だのに話を持っていくな」

吉治が両手を上下に振る。謙蔵は鼻を鳴らした。

「馬鹿だね、おまえは。だからじゃないか。古い物にちょっとばかり新しい工夫を加え

る。それで、古物が活きてくる。そういう話をしてんだよ」

「あ、そ、そうか。なるほどな」

「そうだ、そうだ。遠野屋さん、古手屋から帯なり小袖なりを仕入れてきましょうか。化粧と同じく、古手の帯や着物、もちろん履物も生まれ変わったみたいに洒落てくる。そういう雛形を幾つか拵えてみるんです」

実際にやってみるのが一番ですよ。

「それも手ではありますね。しかし、三郷屋さんにしろ吹野屋さんにしろ、新しい品を売らなくては利には結びつかないでしょう」

「そこですよ。古手と新しい物をどう上手く組み合わせていくか。下手をすれば、どちらも活きてこなくなる。そこを考えねばなりませんな。遠野屋さんは小間物だから、幾らでも使い道は作れるでしょうが」

謙蔵の眉間に皺が寄った。渋面には見えない。楽し気な明るさが表情を照らして、満足げでさえある。

「古い帯と新しい半襟や下駄。古手の小袖に新しい帯と化粧。手ごろな値で購えるけれど、納得できる品。お客が買ってよかったと納得できる品。やはり、そういうところに行きつきますね」

清之介の言葉に謙蔵は頷き、小さく唸った。吉治がまた、忙しく手を振る。

「いや、だから待てったら。おれを置いて勝手に話を進めるなって」

「勝手になんぞ進めちゃいないよ。おまえが乗っかってこないだけじゃないか。さっさと追いかけてこい」

「何だよ、それ。子どもが追いかけっこしてるのと違うだろうが。そういやあ、謙蔵はガキのころから駆けっこが苦手だったな。鬼ごっこなんて、からきし駄目で」

「吉治、今は商いの話をしてんだ。わかってるのか」

「まっ、おかしい」

謙蔵と吉治のやりとりに、おうのが笑う。清之介も笑みながら、頭の中で思案を巡らせる。

吉治の言葉、謙蔵の考え、おうのの意見。それぞれを吟味する。遠野屋の表座敷で催される華やかな集まりと年に何度かの廉売、諸々の商いの姿を思い描く。

一人ではない。商売仲間がいて、遠野屋の面々がいる。なにより、品を求めてくれる客がいる。支え、支えられ、どう商いを育てていくか。守るもの、攻めるもの、終えること、始めること……。

昨夜、木戸の閉まろうかという刻(とき)まで話し合った。夜具に入ったのは、子の刻(ね)(こく)を過ぎていただろう。それでも今朝は目覚めが心地よい。疲れを引きずった重さはなかった。

庭に降り、空を見上げる。

雲がやや濃さを増したようだ。昼前あたりには雨になるかもしれない。

雲のせいなのか、庭の片隅にまだ薄く闇が残っている。その暗さにふっと心が引かれる。

ぞくり。背筋に悪寒が走った。指を握り込むと、ひやりと冷たい。

あの残り闇よりずっと濃い暗闇に潜んで、殺せと命じられた相手を待っていた。月明かりの下、草陰から、あるときは虫の音が、あるときは蛙の古声が響いていた。月明かりの下、柄の先に蜉�が止まったこともある。

気は昂りはせず、心は波立ちもしなかった。

ただ、張り詰めていく。

近づいて来る贄の気配を捉え、心身が研ぎ澄まされていく。自分自身が一振りの刀身となり、月明かりに蒼く光るのを感じた。

闇の向こうに、淡く提灯が浮かびあがり、ゆらゆらと揺れる。近づいて来る。近づいて来る。

「旦那さま」

我に返る。闇はどこにもなかった。薄闇さえさらに色を失い、もう闇とは呼べない。曇り空ながら陽光は地を明るくし、朝の風景を照らし出す。清之介は何も帯びない商人の姿で、飛石の上に立っていた。

「どうかなさいましたか」

おこまを抱いたおみつが近寄ってくる。「ととさま」。おこまが身を捩った。おみつの

太い腕が幼女をしっかりと抱きかかえる。

「おこまちゃん、危ないでしょ。落っことしてしまうじゃないの」

「ととさま、ととさま」

おこまは足をばたつかせ、両の手を清之介に向けて伸ばしてきた。清之介も両腕を差

し出し、小さな身体を受け止める。確かな熱と重さにどうしてだか、少し狼狽えていた。

おれは何を見ていたのだ。

遠野屋の庭に立ちながら、昔の何を見ていたのだ。

くっくっくっ。また、あの嗤笑を聞く。生国での夜々、闇の中、自分の背後にあの

男はいたのではないか。一部始終を見ていたのではないか。薄らと笑みながら。

「ととさま、怖い」

細い腕が縋ってきた。おこまは少し涙声になっている。

「怖い？　どうしたんだ。何が怖い？」

「夢……見た」

「怖い夢を見たのか？」

答える代わりに、おこまは腕に力を込めた。背中が微かに震えている。

『ととさま。ととさま』ってずっと旦那さまを探すんで

「泣きながら起きて来てねえ。

すよ。あたしや大女将さんがどうあやしても、駄目で。こんなこと、今までなかったんですけど」

おみつが眉を寄せる。

「おこま、ほら、もう大丈夫だ。怖くないだろう。朝が来たから怖い夢は、どこかに行ってしまったぞ。おとっつぁんと一緒に朝餉を食べようか」

「ととさまがいなくなった」

「え?」

「手を繋いで歩いてたの。ととさま、おこまだけ置いて……どんどん、どんどん、行っちゃった。おこま、待っててって言ったのに待っててくれなかった」

おもわずおみつと顔を見合わせる。おみつが瞬きを繰り返した。

「どんどん行っちゃうの。追いかけたのに、どんどん行っちゃうの。それで、それで……」

「うん、それでどうした」

「わかんない。消えちゃった。真っ暗などこかに消えちゃった。怖かった。ととさまがいなくなって、怖かった」

「まあ」とおみつが息を呑む。清之介は震える背中を軽く叩いた。

「おこま、それは夢だ。ただの夢だ。おとっつぁんは、どこにも行ってないだろう」

おこまが顔を上げる。黒目がちの眼がまっすぐに向けられる。おりんに似ていると思った。そんなはずはないのに、おりんと同じ眸だと感じる。

おこまの手が清之介の頬を触った。

「ほんとだ。ととさま、ちゃんといるね」

「いるとも。おこまを置いて消えたりするものか」

「消えない？　ほんとに？」

「当たり前だ。おこま、おとっつぁんはな、ずっとおこまの傍にいる」

ここより他に生きる場所はない。おこま、おとっつぁんはな、おこまの傍より他に行く所はないんだぞ」

「おこまちゃん、よかったね。これで、"怖い怖い" のなくなったでしょ」

おみつがひょいとおこまを抱きとる。温もりが腕の中から遠ざかる。

「さ、じゃあ、美味しいご飯をいただきましょうかね。お祖母ちゃんが蜆のおつけを作ってくれてますよ。おこまちゃんの好物だよね」

「うん。おこま、蜆のおつけ大好き」

おみつが相好を崩す。この幼い少女が可愛くてたまらない。そう告げている顔付だ。

その顔のまま、おみつは奥に去って行った。

清之介はもう一度、庭に眼差しを巡らせる。闇はなく、闇に潜む自分の姿もない。し

かし、低く耳朶を打つ噛い声だけは残り、響いていた。

頭を振る。今、この耳で聞くのは冷えた嘲いの声ではない。遠野屋が発する商いの音だ。

昨夜、吉治は三郷屋でも古い帯を扱いたいのだと告げた。

「とはいえ、古い物を古いままで売るつもりはありません。それじゃ、古手屋と同じになりますからね。そうじゃなくて、前とはちょっと違う、少し洒落た品に変えて商ってみたいんですよ。もちろん、新品よりはずっと手ごろな値でね。遠野屋さん、謙蔵、どうだろうか。力を貸してもらえないですか。あの催しの形を変えて広げていくにしても、別の催しを試みるにしても、そこに三郷屋の古帯ってのを入れてもらえないですか」

おもしろいと清之介は思った。古手の品に細工することで、あるいは何かを付け加えることで、新品同様に、いや事によっては新品とは違う味わいがえらせる。存分に金を使った豪奢な美とは無縁の、しかし、商人の矜持が底光りするささやかな美がある。それは美しさの枠を外す、あるいは押し広げるものではないか。

ここでも一つ、枠が外れはしまいか。

実におもしろい。この話を信三に伝え、意見を聞いてみたい。

さっき、おこまが触れた頬に指先をやる。商家の主の面容（めんよう）になっている。商いのおもしろさも恐ろしさも呑み込ん間違いなく、商家の主の面容（つらがまえ）だ。息を整え、店へと足を向ける。

だ、江戸の商人の面構えだ。

きい。小さな音がした。裏木戸が開く音だ。表の戸は小僧が開け閉めするが、裏手の戸を閉めるのも開けるのもおくみの仕事だった。たいてい、明六つには閂を外している。とはいえ、この刻に裏木戸を出入りするのは物売りぐらいだろう。物売りなら台所の裏口に回るはずだ。しかし、足音は清之介のいる中庭に向かって来る。忍びやかだが、迷いのない足運びだ。

これは……。

中庭の奥には、小さな庭蔵がある。商いの品々や帳面を仕舞う内蔵とも、金蔵とも別の雑蔵だ。日々の暮らしに入り用ながら、季節によっては不用な道具が入れられている。この前までは蚊帳とか簾障子とかだったが、今は火鉢や炬燵が仕舞い込まれていた。

その雑蔵の陰から、足音の主が現れる。

「親分さん」

察してはいたから驚きはしなかった。が、訝しくはある。

「こんな刻にどうされました」

「遠野屋さん、何とも不躾なこって申し訳ねえ」

伊佐治が真顔で頭を下げる。

「いや、不躾などとは思いもしませんが、表の戸も開いておりましょう。そちらからお出でになればよろしかったのに」

確かに他家をおとなう刻限ではない。が、
伊佐治は他の者とは違う。

不躾とも無分別とも咎められても仕方ない。早朝であろうと深夜であろうと、動かねばならないときは動く。その一刻を無駄にすれば取り返しのつかない羽目に陥りかねないのだ。目の前の老人の役目がどういうものであるか、解している。表では拙い理由があるからなのか。

た方向が気に掛かる。なぜ、裏木戸からなのか。刻限云々よりも訪れ方向が気に掛かる。なぜ、裏木戸からなのか。表では拙い理由があるからなのか。

「遠野屋さん。ちょいとお伺いしてえことがありやす」

「はい。なんなりと」

庭に降りようとした清之介を手で制し、伊佐治は踏石の上に足をかけた。

「弥吉さん、おられやすかね」

「弥吉ですか。ええ、そろそろ店に出てくるころですが、弥吉に何か？」

「すいやせん。お店にいるかどうか、調べちゃあもらえませんかね」

疲れているのか、伊佐治の声音はいつもより掠れていた。しかし、眼つきは鋭い。向き合った者を射貫くような力があった。

「わかりました。見て参ります。もし、いるようならこちらに呼べばよろしいですか」

「へえ、お手数かけやすがお願いしやす」

ひとまず座敷に上がってくれと勧めたけれど、伊佐治は廊下に腰かけ、ここで十分だとかぶりを振った。

弥吉に用があるとは何事なのか。問いたい思いはむろんあったが、強いて抑えつける。

伊佐治のことだ、伝えていい話なら後で詳しく教えてくれるだろう。弥吉に危害を加えるわけもない。何より、この早朝のおとないが信次郎の意を受けての動きなのは、明らかだ。とすれば、佐賀屋夫婦の一件に関わっていると推察できる。

何事だ。弥吉が何をした？

手代の身が案じられる。弥吉が殺しに関わっている見込みなど万に一つもない。しかし、わざわざ裏口に回って現れたのは、他の奉公人の前で弥吉を問い質(ただ)したくないという、伊佐治なりの気遣いなのだろう。つまり、昨日から後、新たに問わねばならない何かが出来(しゅったい)したことになる。

店では奉公人たちが忙し気に働いていた。店先は既に掃き清められて、小僧が水を撒いている。木箱を抱えた手代たちが足早に動き回り、職人が品を納めにやってくる。遠野屋の朝の、いつもと変わらぬ光景だ。

弥吉の姿は見えない。

「旦那さま、おはようございます」

帳場から信三が立ち上がった。手代や小僧たちも一斉に頭を下げる。普段なら挨拶を返すところだが、今朝は先に問うことがあった。

「信三、弥吉はどうした」

「弥吉は、まだ出て来ておりません。実は、わたしも少し気になっていたところです。いつもならとっくに働いている刻ですから」

「何か報せはなかったか」

「弥吉からですか。いいえ、別段何も。間もなく来るとは思うのですが」

信三の眉が寄る。

「旦那さま、弥吉が何か？」

「いや。店に出て来たらすぐに、わたしのところに顔を出すよう言い付けてくれ」

「かしこまりました」

何か言いたそうな信三に背を向ける。

まだ、来ていない。

吸った息が胸に沈んでいく。

弥吉はいつもの刻に、なぜ店に出ていないのだ。いや、騒ぐほどのことではない。寝坊したか、長屋でちょっとした厄介事でも持ち上がったか。

廊下を拭いていたおくみに、茶を運ぶよう言い付けて奥に戻る。

曇り空から降りてくる光を浴びて、伊佐治は一人廊下に腰かけていた。背中を丸め、足元をぼんやりと見詰めている。ひどく老いて、頼りなげにさえ感じられた。老いも頼りなさも霧散す

弥吉は店にいないと告げる。とたん、伊佐治の背が伸びた。

る。鋭く尖った眼つきだけが残った。

「弥吉さんが無断で店を休むってこたぁ、これまでありやしたか」

「わたしの知る限り一度もありません。親分さん、小僧を芳之助店まで走らせましょうか」

「いえ。そっちは、あっしがここに来る前に覗いてきやした」

短く息を吐いて、伊佐治は続けた。

「弥吉さん、いませんでしたよ。部屋はもぬけの殻でやした」

「え……」

さすがに気持ちが波立つ。家にもいない。店にも出て来ていない。だとすれば、今、弥吉はどこにいるのだ。

「あ、遠野屋さん。心配はねえと思いやすよ。弥吉さんはおそらく、お高を探してるんだと思いやすからね」

「お高？　ああ、弥吉が気にしていた方ですね。女手一つで幼い子を育てていると言っておりましたが」

「さようです。そのお高もいなくなっちまったんで。えっと、順序立てて話をしまさあ。けど、遠野屋さん、お忙しい刻ですかね」

「いえ、構いません。ぜひ、お聞かせください」

居住まいを正す。伊佐治が軽く頷いた。

「昨日の夜、旦那のところに顔を出しやした。一日の報告に行かなきゃなりやせんし、これからの指図も仰がねばなりやせんので」

「そうか」

と、一言呟いたきり、信次郎は暫く黙り込んだ。

おや？　と、思う。自分の話の中に主を沈思させる何かがあっただろうか。

遠野屋さんが感じた"ずれ"とやらと、通じるのか。

伊佐治は行灯の明かりに照らされる同心の横顔から、視線を外した。主が黙り込んだのなら待たねばならない。その思案が言葉になり、指図になるまで待つ。待つのは苦にならない。信次郎の沈黙は待った後に必ず、待つに値する実りを示してくれる。

身体の力を抜き、周りに目を遣る。

やけに散らばってるな。

明かりの届かない隅々は暗く、闇が固まっていた。明かりにぼんやりと浮かび上がるあたりに、帳面らしきものが散乱している。調べ物の最中だったらしい。

「じゃあ、今の屋の女房も倅も、その弥吉って手代のことは親分にしゃべらなかったわけか」

「そうでやすね。あっしの尋ね方が拙かったみてえで、もうちょい踏み込んで問えばよかったと悔いてやす。一応、女房のお町に確かめめはしやした。弥吉さんの話に間違いねえようです」

「ふーん、なるほどな」

何がなるほどなのか伊佐治には解せない。信次郎は再び黙し、あたりは静まり返る。どこかで犬が吠えている。長く尾を引いて嘀声が消えると、静寂は一際、深まったようだ。

「親分」

「へい」

「明日、もう一度、芳之助店とやらに行ってくんな」

「わかりやした。で、行ってどうすりゃあよろしいんで。弥吉に尋ね零したことがありやしたか」

「弥吉じゃねえ。お高って女だ」

「お高？　あの、夜具に包まって震えてたって女でやすか」

「そうさ。そいつを森下町の自身番にでも引っ張って来てもらいてえ」

「へ、へえ」

会ったこともない女だ。会う用はないと思っていた。弥吉の話にちらりと出てきただ

けだし、相生町の殺しと僅かも重なるとは思えない。

「お高を引っ張って来て、どうするんでやす」

「別にどうもしねえさ。ただ、尋ねるだけだ。何がそんなに怖かったんだってな」

「……夢を見たとか言ってたようでやすが」

「大の大人が、しかも自分一人で子を育てている女が、その子に飯も食わせないで震えてる。どれだけ怖い夢だったんだ。気になるじゃねえか」

何で気になるんですと、問おうとして止めた。今はあれこれ問うより従うときだ。命じられるままに動くときだ。

「承知しやした。明日の朝、木戸が開き次第、行ってきやす。旦那は自身番の方にお出ででくだせえ」

「ああ、頼む。それと、扇の件はどうなった」

「あぁ、そっちは手下が調べてきやした。浅草寺前の『安芸屋』って扇屋が出処でやした。確かにうちの品だと認めやした。ただ、誰に売ったかまでは覚えてねえし、控えもねえそうでやす」

『安芸屋』は、浅草界隈でも名の通った老舗だった。構えはさして大きくはないが、先々代、先代、今の主と手堅い商いを続け、品の質もよく、評判は高かった。手下の集めてきた諸々を伝える。

「なるほど。で、『安芸屋』の主人ってのは幾つぐれえの男なんだ」

「四十を幾つか出たところのようで。女房と、七つと十二の娘、五つの倅がおりやす」

「昨夜はどうしていた」

「浅草寺近くの料亭で仲間内の集まりがあったそうで。主人はその席に出ていたとのことです。料亭に確かめたところ、嘘じゃありやせんでした。集まりが引けた後もそうとう遅くまで飲んでいたらしくて、帰るときはべろんべろんに酔っていたと、料亭の女将から聞き出しやした」

「なるほど。そのべろんべろんが芝居じゃなければ、相生町で二人殺すのは無理だな」

「酔っていなくても人を二人、殺すのは至難だ。並の度胸ではやれない。余程の胆力の持ち主か、気持ちの箍が外れているかでないと。もっとも、人の箍は思いの外容易く、外れてしまうものだが。

『安芸屋』の主人が徳重たちを殺さなきゃならねえ理由がありやすか。徳重から金を借りてたわけじゃありやせんよね。『安芸屋』の商売は手堅く回ってるようでやすから」

信次郎は軽く、肩を竦めて見せた。

「その通りだ。いつもながら、調べに抜けがねえな。てえしたもんだぜ、親分」

「おそれいりやす。手下がよく働いてくれやすんでね」

「そういう風に躾けてあるんだろう。で、もう一踏ん張り、その手練れの手下連中を働

「かせてもらおうか」

「へい。なんなりと」

「医者を調べてくれ。今の屋榮三郎が倒れたとき呼ばれたって医者だ」

「医者でやすね。わかりやした」

「それと、目端が利く男を何人か『今の屋』に貼り付けときな。二六時中見張っとくん
だ」

『今の屋』をでやすか。え？　旦那、もしかしてお町や仁太郎を疑ってんで」

それはない。榮三郎の女房も息子も徳重を怨みもしていただろう。しかし、昨
夜、二人は家を一歩も出ていないはずだ。弥吉の話から、そう推察できる。むろん、弥
吉が真実を語っていればの話だ。ただ、伊佐治には弥吉が自分たちと企んで、口裏を合わせたとも
らない、どんな事由も思いつかなかった。お町たちと共に企んで、口裏を合わせたとも
考え難い。短い間しゃべっただけだが、弥吉が遠野屋での奉公に甲斐と矜持を抱いてい
るのは、見て取れた。見間違いではないだろう。弥吉は己の現に満足している。それ
を捨ててまで、口裏合わせをしたとしたら余程のことだ。今のところ、弥吉にその〝余
程〟があるとはどうしても思えない。それに、お町も仁太郎も自分たちから弥吉のこと
を告げたわけではなかった。伊佐治が問い質さなければ、しゃべらぬままだったかもし
れない。

「弥吉は昨夜一夜、ほとんどをお町たちと過ごしてやす。うとうとしてふっと目が覚めたときも仁太郎もお町もいたと、はっきり言い切ってやすからね。で、夜が明けてから長屋に戻ったんでやすが、そのころには『今の屋』にも裏の長屋にも人の出入りがありやしたし、血の乾き具合からしても、死体の強張り具合からしても徳重たちが殺られたのは明け方より前、まだ暗えうちでやしょう。弥吉が仮寝している間に、森下町を出て相生町で二人を殺し、また戻ってくる。ちょいと無理がありやすよ。町木戸の方は新道を通るなり、番太郎の目を掠めるなりして通り抜けるのは、そう難しくはねえでしょうが。番太郎の爺さん、夜中はたいてい眠りこけてやすからね。けど、それでもえらい勢いで走り抜けたら気がつきまさぁ。かといって、忍び足で抜けていたら、かなり時がかかりやす。ええ、ちょいとどころでなく、実際に無理でやすよ。弥吉が嘘をついているとも考え難い気がしやすしね」

頭に浮かんだ思案を一息にしゃべる。何も言わず主の命に従うべきときも、己の考えを隠さず吐露すべきときもある。使い分けは勘だったが、滅多に外れはしない。

「そうだな、無理がある。弥吉もおそらく嘘をついちゃあいめえ」

伊佐治の思案をなぞるように、信次郎が呟いた。それから、口調がくらりと変わる。

「けどよ、親分。嘘をついてねえからって真実を語ってるとは限らねえだろう」

「へ?」

「というか、真実なんてものは人の見様（み）よう）によって変わっちまうからな」

「いや、そりゃあねえでしょう。この世の本当のことがころころ変わっちゃあ、たまりやせんよ。真実が一つだからこそ、あっしたちはそれを探し出そうと、走り回ってんですぜ。三つも四つもあったら、どうにもなりゃあしませんよ」

「なるほどな。親分らしいご意見だ」

くすくすと信次郎が笑う。行灯の明かりのせいなのか、気の迷いなのか無垢（むく）な笑みと目に映る。伊佐治は横を向いて、寸の間、目を閉じた。

旦那が無垢に見えるようじゃ、おれもお終（しめ）えだ。先が長くねえのかもしれねえな。

「真実は一つ。けどよ、それを語るのは人だ。語る者によって真実の形が違ってくる。犬を狼だと信じ込めば、狼が通りを走っていると騒ぎ立てるやつが出てくる。そういうこともあるんじゃねえか」

「旦那」

伊佐治は三寸ほど膝を進めた。取り散らかった帳面が膝の下敷きになる。かさりと乾いた音を立てた。

「毎度のことですけどね。そういう謎掛けみてえな言い方、止めてもらえやせんか。あっしにもわかるように話してもらいてえんで。え？　どういうこってす。人によって真実ってのが違ってくる？　そりゃあ、弥吉のしゃべったことが弥吉にとっては真実でも、

他所から見りゃあ違ってくるってそういう

口をつぐむ。

そういうことか。

弥吉は嘘などついていない。自分の知っている真実を確かに語った。しかし、犬を狼

だと信じ込めば、犬は犬でなく狼になる。

伊佐治は大きく頭を横に振った。

駄目だ。やっぱり、わからねえ。

「親分、膝をどけてくれ」

「は？ あ、こりゃあ、どうも粗相しやした」

慌てて膝をずらす。信次郎は古ぼけた帳面を摘まみ上げ、文机の上に置いた。

「例繰方から無理やり借り受けてきた旧記だ。傷めるとぐちぐち文句を言われる」

「え、旦那。呉服橋に行かれたんで？ 母上さまの墓参りじゃなかったんでやすか」

「墓参りの帰りに寄ったのさ。急に、調べてえことが出来ちまったからな」

また、膝が前に出てしまう。

「そりゃあ、相生町の一件に繋がるんで」

「いや、繋がりはねえな」

あまりにあっさり否まれたものだから、身体の力が抜けた。伊佐治は心持ち目を細め、

信次郎を見据える。何の情も読み取れない横顔だ。

旦那は下手人の目星がついてるのか。この一件の正体が見えているのか。だから、半分、興を失くしている？　いや、そりゃあねえだろう。

胸の内でかぶりを振る。

まだ始まったばかりじゃねえか。いくら旦那でも、そう容易く嵌め絵ができるわけがねえ。第一、欠片が足らねえ。おれが集めた欠片だけじゃ、とても足らねえはずだ。それに。

膝の上でこぶしを握る。

それに、弥吉は遠野屋の奉公人だ。遠野屋さんが与ってくる件に旦那がそそられねえなんて、考えられねえ。

「親分」

呼ばれた。あれこれ取り留めのない思案に沈んでいたものだから、返事が遅れた。

「あ、へ、へい。何でやしょう」

「おふくろのことをどれくらい知ってる？」

「はぁ？」

ひどく間の抜けた声が出た。自分のものとは思えないほどだ。

「おふくろって、あの、瑞穂さまのこってすか」

184

「おれの母親が他にいるのか」

「いねえとは思いやすが……へえ、瑞穂さまでやすか。うーん、よくわかりやせんねえ。ほとんど何にも知っちゃあおりやせん。あっしが右衛門さまから手札をいただいて間もなく、お亡くなりになりやしたから。お身体はそんなに丈夫じゃなかったみてえで、それでなのか、透き通るみてえな綺麗な白肌のお方でしたねえ。それだけは覚えてやすよ。生まれてから一度もお天道さまに当たったことがねえみてえな肌の色をしておられやした。あっしが知ってるのはそれくれえのもんでやすかねえ。けど、何で急に母上さまのことなんかお尋ねなんで?」

「さあ、どうしてかな。命日だから懐かしくなったのかもしれねえな。おふくろを知っている誰かとじっくり語り合いたいってな。ま、ただの気紛れさ」

そんな戯言をと言いかけて、何とか呑み下す。閉じた口を伊佐治は一文字に結んだ。

戯言だ。母親であれ、父親であれ、情を交わした女であれ、信次郎が誰かを懐かしがることなど、天地がひっくり返っても起こり得ない。

伊佐治はもう一度、暗い室内を見回した。徳重の帳簿らしい綴り、書付、それに旧記と思しき帳面の山。丸められた反古紙もあちこちに散らばっている。

何をしていなさるんだ?

「ともかくお高の件、医者の件、取り零しのねえように頼んだぜ」

伊佐治の視線と疑念を断ち切るように、信次郎が話柄を変える。

「わかりやした。それじゃあ、明日、森下町の自身番で」

「あ、そのことだがな。ちっと考えが変わった」

腰を浮かしたまま、信次郎と目を合わせる。

「弥吉は遠野屋の手代だったよな」

無垢とは程遠い薄ら笑いを浮かべて、信次郎は伊佐治を見ていた。

「……それがどうかしやしたか」

「いや、よくよくこちらの仕事に絡んでくる男だと思ったまでさ。血の臭いのするとこ
ろが余程好きだとみえるぜ」

「どこに血の臭いがしやす。遠野屋さんの手代がたまたま芳之助店にいて、今の屋さん
と親しかったってそれだけじゃねえですか。血の臭いなら旦那やあっしの方が、よっぽ
ど染み込んでまさぁ」

信次郎は伊佐治の返し言葉に眉毛一本、動かさなかった。耳に届いていないかのよう
だ。

「てことで、お高は自身番じゃなく、遠野屋に連れてきな」

「へ？　旦那、何を仰ってんです。そんなこと、できるわけがありやせんよ。遠野屋さ
んは商家でやすよ。商売をしてるんです。人を吟味する場所でも、引っ張ってくるとこ

でもありやせん。朝っぱらから騒ぎを起こしちゃ迷惑じゃねえですか」

信次郎は耳のあたりを掻き、その手をひらりと横に振った。

「ああ、わかったわかった。きゃんきゃん吠えるなって。親分の好きなようにしな。け

ど、もしかしたら、こっちの思惑とは別に、そうなるかもしれねえぜ」

「そうなるってのは、どうなるんで」

「遠野屋に役者が揃っちまうってことさ。ただし、一幕目だけのな」

意味がわからない。お高という女が遠野屋に何の用があって、足を向けるのだ。けれ

ど、伊佐治は口を結び、黙って頭を下げた。これ以上突っ込んでもはぐらかされる、あ

るいは、蠅を追うような仕草で追い払われるだけだ。

廊下に出て、振り返ってみる。信次郎は腕組みしたまま、闇の一点を見詰めていた。

「ってのが、昨夜のあらましでやす」

語り終えて、伊佐治が息を吐き出した。それから、「いつごろ咲きやすかね」と顎を

しゃくった。一株の芍薬が植えてある。株はさほど大きくないが、紅色の艶やかな花

を咲かせてくれる。

「あと一月ばかりでしょうか。牡丹ほど派手ではありませんが庭を彩ってくれますし、

「でやすね。うちの庭なんて猫の額の半分ぐれえしかねえし、日も当たらねえんで、花

とも実とも縁がありやせんよ」

おくみが茶を運んでくる。茶請けに大根の粕漬と小さな握り飯が付いていた。おみつの気配りだろう。伊佐治の口元が綻んだ。

「すいやせん。おみつさんにまで、お手間を取らせちまいましたね」

「おみつは、親分さんが好きですからね。もてなしたいのですよ。今度はちゃんとした膳を整えますので、ゆっくりおいでください」

「ありがてえこってす。この一件が片付いたらお邪魔させてくだせえ」

そこで伊佐治はもう一度、吐息を漏らした。

「もっとも、今のところ、あっしにはどう片付くのか見当が付きやせんがね。ええ、まったく付きやせんね。一寸先も見通せねえ闇中に放り出された心持ちがしやす」

伊佐治は弱音や愚痴を滅多に口にしないし、体裁を取り繕うこともない。この老練な岡っ引は、弱音や愚痴を吐いているのではなく、ありのままを口にしている。ただ、事実だけを淡々と語る。その正直さ、真直な心根は、いつ接しても快かった。

茶をすすり、伊佐治は「ああ、美味えや」と呟いた。

「木暮さまは、闇を見通しておられるのでしょうか」

さり気なく問うてみる。名を口にしただけで、微かな苦味を覚える。

「おそらく、旦那には見えてるんでしょうよ。何もかも全部とまでは言いやせんが、あ

つしにとって闇夜であっても、旦那には夕暮れ前ぐれえの明るさなんだと思いやすよ」

「弥吉やお高さんがいなくなることも、おわかりになっていたと？」

「ある程度は見越していたんでしょうね。でなきゃ、遠野屋さんに役者が揃うなんて台詞出てこないでしょうから」

「うちに役者が揃う。そう仰ったのですね」

「言いやしたよ、確かにね。意味がわかりやすか、遠野屋さん」

「木暮さま一流の言い回しではありますが、おそらく……」

伊佐治の眉が心持ち吊り上がった。湯呑を置き、清之介に顔を向ける。

「おそらく、何でやす」

清之介が答える前に、伊佐治が立ち上がった。

足音がする。

伊佐治のときと同じ庭蔵の向こうから、伊佐治よりもゆっくりと重く響いて来る。

我知らず、清之介は息を詰めていた。背筋が張る。奥歯を嚙み締める。

馬鹿者が。ここで気を張ってどうする。

己を叱る。息を詰め、背筋を強張らせた自分が忌々しい。

「旦那」

伊佐治が数歩、前に出て、形ばかりの辞儀をする。

「ずい分とお早いお出ましでやすね。あっしは、まだ何にもお報せしてねえでしょう」

着流しに巻き羽織。定町廻り同心の形をした信次郎が右肩をひょいと上げる。

「朝っぱらから機嫌が悪いな、親分。昨夜の酒が残ってるのか」

「あっしは酒を飲んで寝る癖はござんせんよ。機嫌が悪いわけでもありやせん。旦那の動きが読めねえもんで、ちょっと苛ついちゃあいやすがね」

「苛々は身体に毒だぜ。人ってのは年を経るごとに気短になる。困ったもんだな」

今度は、伊佐治が肩を竦めた。

「あっしも気長にのんびりやりてえとは望んでやすよ。けど、旦那にくっついていちゃあどうにも無理なようでしてね。もう半分、諦めてやす」

岡っ引の皮肉を聞き流し、信次郎は廊下に上がった。

手をつき、頭を下げながら迎える。

「久しぶりだな、遠野屋。元気だったかい」

「おかげさまで、何とかやっております。本当にご無沙汰でございました。遠野屋の在り処をお忘れかと気を揉んでおりました」

「忘れる？　おれが？　ふふ、そりゃあねえだろう。何があっても忘れたりはしねえよ。死ぬまで覚えておいてやるさ、遠野屋」

信次郎の笑みを含んだ眼差しを受け止め、顎を上げる。

「それはようございました。お待ちする甲斐もあるというものです」

伊佐治が音をたてて、息を吐いた。

「まったく、遊女屋の駆け引きみてえなやりとり、しねえでもらいてえ。あっしとしちゃあ、お二人とも相手のことなんざさっさと忘れて、"久しぶり" も "ご無沙汰" もなくしちまう方がいいと思いやすがね」

「だとよ、遠野屋。尾上町の親分のご意見、どう思う」

「正論かと存じます」

「正論だ。さっさと忘れて背を向けられるものなら、そうしたい。信次郎と一生関わらぬ道を行けるなら重畳だ。が、しかし、それはあり得ない。互いの生が束の間交わったあの朝から、既に道は絡まり、深く食い込んでしまった。

だから、見届けるのだ。この男がどう生き、どう死ぬのか。それを己が眼で見届ける。

見届けてみせる。

ふわり。信次郎が欠伸を漏らした。

「おれも茶をもらおうか。美味えやつを一杯、馳走してくんな」

「かしこまりました。すぐにご用意いたします。座敷の方にお上がりください」

「すまねえな。ああ、ついでにこれも頼む。どこかに架けておいてくれ」

腰から刃引きの刀を引き抜くと、信次郎は投げ出すように渡してきた。とっさに差し

出した両手に、刀剣の重さが伝わる。

刀とは、こんなに重い物だったか。

「木暮さま、うちは商家です。刀架はございません」

「ああ、そうかい。構わねえよ、そのあたりに立て掛けておいてくれりゃいいぜ」

「旦那。言いたかありやせんが、旦那だってお武家の端くれじゃねえですか。なのに、お腰の物をそんないい加減に扱っていいんですかい」

「ようがす。あっしがこうやって、後生大事にお守りをしてあげやすよ」

伊佐治は清之介の手から一振りを捥ぐように奪い取った。

「主を睨みながら、伊佐治が刀を抱え込む。

「守などいらねえよ。座敷の隅に放り投げておいてくれりゃいい」

苦笑を残し、信次郎は廊下を歩きだす。遠慮も迷いもない足取りだった。

「まったく、侍が刀を放り投げてどうするよ。しかも、わざわざ遠野屋さんに渡すなんざ、料簡違えも甚だしいや。何でああも他人を弄りたがるんだ。遠野屋さん、勘弁で

すぜ」

伊佐治の文句を聞きながら、清之介はかぶりを振った。

「違いますよ、親分さん」

「え？　違う？」

「ええ、木暮さまはわたしを弄ったわけではありません。お腰の物が本当に鬱陶しかっ

たのではありませんか」

ほら刀を持てと、信次郎は煽ってきたわけでも、むろんな

い。本気で煽り弄るつもりなら、もっと機を摑んだ、清之介に最も痛手となる折柄を狙

う。そういう男だ。

清之介の言わんとすることを解したのか、伊佐治が唸った。

「確かにね。うちの旦那は一応お武家じゃありやすが、刀を武士の命だなんて思っても

ねえでしょうね。放り投げようが、部屋の隅に転がしておこうが拘りはありやせんよ」

では、あの男が拘っているものは、捨てておけないものは何だ？

伊佐治と視線が絡んだ。なぜか伊佐治は横を向き、あらぬ彼方に眼差しを投げる。清

之介も目を逸らし、黒羽織の後ろ姿を追った。その羽織と同じ色の蝶が一匹、芍薬の

蕾に止まっている。曇天の下でも翅は美しく、黒く煌めいた。

刀身も煌めく。

闇に包まれていてさえ蒼白い光を放つ。おれは、そのことを知っている。

「さ、参りましょう。茶を入れ替えますから」

「あ、握り飯と漬物はいただきやすよ。美味え漬物でやした。今度、漬け方を教わって

『梅屋』でも作ってみてえな」

「親分さんのお店で使っていただけるなら、おみつが大喜びしますよ」

伊佐治と笑い合う。しかし、老岡っ引の笑顔はすぐに消え、口元が強く引き締まる。

「遠野屋さん」

「ええ、どうやら……」

信三が急ぎ足に近づいて来る。伊佐治に気付き、一瞬、頬を強張らせた。

「これはこれは、親分さん。おはようございます」

それでもそつなく挨拶をし、信三は清之介の前に膝をついた。

「旦那さま、弥吉が店に出て参りました」

「そうか。すぐに、裏の座敷に来るように伝えてくれ」

「それがその、一人ではないのです。子どもを抱いた女の方と一緒でして」

もう一度、伊佐治と目を合わせる。今度は、伊佐治も逸らそうとはしなかった。

「親分さん、役者が揃ったというわけですか」

「へえ、一幕目のね」

伊佐治が唾を呑み下した。

芍薬の上で、黒い蝶はまだ優雅に舞っている。

第五章　藻屑火

幸薄そうな女だな。

お高を一目見たとき、伊佐治は胸の内で呟いた。

決して醜い女ではない。目鼻立ちは整い、肌も白い。しかし、その整い方、肌の白さがどことなく不幸せを印する。そんな女だった。

痩せて、目元に翳があり、ずっと俯いている。

首筋も白い。

遠野屋の座敷に湿った風が吹き通った。そのせいではないけれど、重苦しい気配が漂う。

「何で逃げた」

上座に座った信次郎が切り出す。前置きも、それなりの挨拶もない。唐突過ぎる問い掛けだった。

お高が身を縮める。

束の間だったが、眼を信次郎に向ける。お高の娘お菊が母親の膝

に縋った。何か不穏を感じたのだろう、瞬きもせず母を見上げる。

「答えな。何で芳之助店からずらかろうとしたんだ」

「お、お役人さま」

傍らに寄り添っていた弥吉が腰を浮かす。

「あ、あのお高さんは逃げたとかそういうのではなくて、急に家移り（ちょう）をしただけなんで。咎められるようなことはしてないと」

「答えな、お高」

信次郎は弥吉の申し立てに見向きもしなかった。耳にさえ届いていないように振舞う。

弥吉が力なく腰を下ろした。

「聞いたとこによると、おめえ、朝早く誰にも告げずに長屋を出たらしいな。ほとんど夜逃げ同然によ」

「……はい」

お高がか細い声で答える。

「何でそんな真似をした。長屋から逃げなきゃならねえ、どんな理由（わけ）があったんだ」

「それは……言えません。あたし……」

お高の身体が震える。瘧（おこり）のようだ。それほど暑くもないのに、頬に幾筋もの汗が伝う。

「あたし……言えません。言うわけには……」

「お高、おれはな伊達や酔狂でここに座ってるんじゃねえんだ。お役目ってのを果たしてるのさ。おめえが誤魔化すなり、黙りを決め込むなら、もっと違うやり方で役目を果たさなきゃならなくなるんだぜ」

明らかな脅しだった。お高の震えが止まらない。

不意にお菊が泣き出した。母に縋りついたまま泣き喚く。

「旦那、こんなちっちぇえ子を怖がらせちゃいけやせんよ。お高さんは罪人じゃねえ。もちっと穏やかな、優しい言い方しても罰は当たりやせんよ」

伊佐治は眉を顰め、主を諫めた。ただ、わかってはいた。お菊は信次郎の物言いだけに怯えているわけではない。座敷に淀む重苦しさを感じ取って、怖気ているのだ。

ちっ。信次郎が舌打ちする。匕首を振り回す不逞の輩よりも、泣く幼子の方がよほど癇に障る。そういう舌打ちだった。

「弥吉」

「は、はい」

「このガキを追い出せ。うるさくて敵わねぇ」

弥吉が答えるより先に、遠野屋が口を開く。

「木暮さま、守役なら用意しておりますから」

言い終わらない内に軽やかな足音が聞こえた。開け放した障子の陰から、おこまがひょいと顔を覗かせる。市松人形を胸に抱えていた。後ろに立つおみつを見上げ、それから遠野屋に駆け寄った。遠野屋が何かを囁く。おこまは人形を抱いたまま、お菊の傍にかがみ込んだ。

「ねえ、お人形で遊ぶ？」

お菊が小さくしゃくりあげた。

「これね、ばばさまが作ってくれたの。もう一つ、あるよ。遊ぶ？」

お菊がこくりと首を前に倒す。「あっち、いこう」。おこまの差し出した手を握り、素直に立ち上がる。慌てたのはお高だった。

「そんな、いけません。遠野屋さんのおじょうさまと遊ぶなんて、あまりに畏れ多いです」

「よろしいではありませんか。子どもは子ども同士が一番です。ここにいてもお菊ちゃんは辛いばかりでしょう。さ、おこま、妹だと思ってしっかり遊んであげなさい」

遠野屋がおこまの背中を軽く叩く。

「うん。あたし、お姉ちゃんね。いこう」

二人の幼子は手を繋いだまま、座敷を飛び出していった。

「おやまあ、元気だこと。ほんと子どもは可愛いわ。泣かせる人の気が知れませんよ」

　皮肉を一つ残して、おみつも去って行く。

　伊佐治はお高ににじり寄り、いつもより緩やかに語り掛けた。

「お高さん、あっしたちは寄ってたかって、あんたを問い詰そうとしてんじゃねえ。ただ、本当の話が聞きてえんだよ。あんたが何で急に芳之助店を出て行ったのか、そこを話しちゃくれねえか。おれの調べたところじゃ隣近所と揉めていた様子も困り事があった風もねえ。実際、あの長屋での暮らしに不平不満があったわけじゃねえんだろう」

　お高はちらりと伊佐治を見やり、首肯した。さっきのお菊とよく似た仕草だ。

「不満なんてありませんでした。むしろ、とても居心地が良くて……。亭主に死に別れてから越してきたんですけど、みなさん、本当によくしてくれました」

　女手一つで娘を育てる女。裏長屋の住人はそういう女を放ってはおかない。なにくれとなく世話を焼く。困ったときはお互いさまと言うけれど、それは建前でも綺麗事でもなく、生きていくための手立てだった。困窮する者、助勢する者。その線引きは容易く崩れ、入れ替わる。他人に手を差し伸べない者は自分も孤立無援を覚悟しなければならない。それが江戸の町に根付く法度だった。

「なのに、あんたは周りの誰にも告げず、挨拶一つしないで出て行った。こういうこたあ言いたくねえが不人情過ぎねえかい。おかみさん連中も腹に据えかねるって様子だったぜ」

「……不義理は百も承知してます。いろいろお世話になったのに……でも、でも……」

「でも、なんでぇ。不義理を承知で出て行ったのはなんでだ？」

お高の唇が固く結ばれる。そのせいか、目尻が吊り上がって見えた。血の気の失せた横顔は作り物めいて目に映る。

こりゃあ、ちょいと難物だ。

さっきの信次郎ではないが、舌打ちしたくなる。

どうしやす。

主の表情を窺う。信次郎は遠野屋の淹れた茶を啜っていた。

「怖い夢を見たそうだな」

湯呑を置き、問う。さっきとは打って変わった穏やかな口調だ。お高の黒目が揺れた。

「今の屋の葬儀の翌日の夜だよ。夜が明けて弥吉が覗いたとき夜具に包まって震えてたそうじゃねえか。怖い夢を見て取り乱したとかなんとか、後で言い訳したんだろ。けどよ、子どもじゃねえ。一人前のいい大人が怖くて動けなくなる夢ってのは、どんなもんなんだ。後学のためにも、聞かせてくんな」

お高はさらに青白くなる。唇の色さえ褪せていく。その顔を二度、三度横に振った。

「い、嫌です。ゆ、夢の話なんて……したくありません」

「お高さん」

遠野屋がお高に湯呑を持たせた。白い大振りの湯呑から微かな湯気が上がる。

「水飴を温い湯に溶かしたものです。飲むと落ち着きますよ」

「え？　水飴……。あ、ありがとうございます」

震える指先で湯呑を摑み、お高はこくこくと中身を飲み干した。

「幽霊を見たのか」

信次郎がやはり穏やかな口調で言った。

「夢じゃなくて現に幽霊を見たんだろう、お高」

白い湯呑が転がる。お高は大きく目を見開き、信次郎を見詰めていた。

「なぜ……なぜ、それを……どうして……」

「図星だったか。ふふ、まぁそうだろうな。あの夜、おめえは幽霊を見た。で、恐ろしくて恐ろしくて夜具をひっかぶって震えてたわけだ。一夜が明けても怖気は収まらず、どうにも耐えられなくて、後先考えず芳之助店を飛び出しちまった。そういう顚末か」

お高はそうだとも違うとも答えなかった。目を見開いたまま、動かない。伊佐治と遠野屋は瞬き一つ分ほどの間、顔を見合わせた。

伊佐治には信次郎の言葉の意味が半分も解せなかった。

幽霊？　何のこった？

人が怨みや未練を残してこの世を去ることは、ままある。むしろ、心残りも痼りもな

く綺麗に彼岸に渡れる者の方が少ないだろう。　人の怨念がどれほど根深いか厄介かも知り過ぎるほど知っている。

人には魂がある。それを疑ったことはない。

しかし、幽霊はねえだろう。

怨みも未練も悲しみも嘆きも、生きている者だけが抱えるものだ。人は死ねば、みな成仏する、仏になると伊佐治は思っている。物の怪はいるかもしれない。鬼も天狗も狐狸妖怪も、いても不思議はない。子どものころ、夜具の中で父や母が語ってくれた物語には大百足や人をさらう鬼が出てきた。だからだろうか、人の道に悖る者は大百足に食われ、鬼に操られると心の隅では信じている。けれど、幽霊は嘘だ。人は人として生まれ、人として死ぬ。そして仏になる。人ならぬものとなって、この世を彷徨ったりしない。あれは読本や芝居の中だけのものだ。

伊佐治は信次郎に目を向ける。

この同心が幽霊話を真に受けるはずがない。人の魂も仏もまるで信じていない男なのだ。そして、こちらの男も。

遠野屋を窺う。口元にあるかなしかの笑みが浮かんでいる。

こちらの男も幽霊など意に介すまい。

「あたしは怖くて……怖くて、どうしようもなかったんです。あのまま、芳之助店にい

たら呪われる気がして……と、取り殺されるのが怖くて……」

お高が泣き伏す。背中が波打ち、嗚咽が漏れる。

「ふふん、幽霊さまに、他言すれば取り殺してやるとでも言われたのか」

お高の背中がびくりと震えた。

「しゃべんな、お高。しゃべったって、何にも取り憑きゃしねえよ。ああ、そうだ。いいこと教えてやらあ。遠野屋のご主人はな、霊験あらたかなるお方なんだぜ。そこらへんをうろちょろしている悪霊なんざ寄り付きもできねえよ。だから、安心して、しゃべるんだ。おめえの見たことを洗いざらいな」

「木暮さま、些かお口が過ぎませぬか」

遠野屋がお高の転がした湯呑を片付ける。

「わたしには霊験などございません。ただ、お高さん、ここにいる誰かがあなたの話を外に漏らす心配はありませんよ。どうか我々を信用してください。それに、自分の胸一つに仕舞い込んで、ずっと怯え続けるのは辛いでしょう。いつか、あなたの心が耐えられなくなるのではありませんか」

「まったくだ」

伊佐治は深く頷いて見せた。

「遠野屋さんの仰る通りだぜ。このままじゃいけねえや。どこに家移りしたって、逃げ

たって怖いって気持ちは軽くはならねえ。この先、風の音にも人影にもびくびくしながら生きていかなくちゃならなくなる。それより、吐き出しちまった方が楽じゃねえのか」

お高が顔を上げる。顎の先から涙が滴った。

「大丈夫だ。これ以上、おまえさんを苦しめるようなこたぁさせねえ。幽霊だろうが人だろうが、な」

「お高さん」

弥吉がお高の腕を摑んだ。

「話してくれよ。その方がいいよ。おれがいるから、お高さんもお菊も守るから……だから、本当のことを話してくれ。何にも言わないで消えちまうなんて、それはやっぱり、その、やっぱり間違ってるって」

「お高さん」

新たな涙がお高の頰を流れていく。おこまとお菊の笑い声が、絡まり合いながら聞こえてきた。それだけで、ふっと気持ちが和む。

「さ、もう十分だろうが。いいとこ踏ん切り付けて、しゃべっちまいな。こっちも暇じゃねえからな。いつまでも付き合ってるわけにはいかねえんだ」

「お高さん、木暮さまが霊験を以て悪霊を退治してくださるそうです。あなたの見た幽

霊の正体を日の下に引きずり出してくださいますよ」

遠野屋の一言に、お高は僅かに口を開いた。細い息が漏れる。

「本当ですか。それは、本当に……」

「遠野屋、口が過ぎるな。おれにも霊験なんざねえよ」

「でも、幽霊を引きずり出すお力はお持ちです。でなければ、お高さんを呼びつけたり

はなさいませんでしょう」

「おれは呼びつけたつもりはないぜ。遠野屋の手代にくっついて来ただけじゃねえか」

「くっついて来ると、木暮さまはわかっておいででした。弥吉がお高さんを探し出して

くると承知だったから、遠野屋にお出でになったのでしょう。ふふ、弥吉、おまえの動

きなど、木暮さまにはお見通しだったようだ。幽霊などよりずっと恐ろしくはないか」

遠野屋が柔らかく笑んだ。信次郎の目尻がひくりと一度だけ動く。

「あ、てこったから、安心して話しちまいな」

伊佐治は二人から目を逸らし、お高をさらに促した。

「はい。申し訳ありませんでした。口にするのも怖くて……。でも、ええ、何もかも洗

いざらい、お話しします」

お高は膝の上でこぶしを握り、背筋を伸ばした。頬の熱で涙が乾いていく。

「あの夜、あたしは夜更けまで仕事をしてました。あの、あたしは針仕事を引き受けて

口過ぎにしてるんです。あの夜は、急ぎの仕事が溜まってしまって、それで……行灯をつけてずっと針を使ってました。言われた日までに納めないと、次から仕事を回してくれなくなるので必死でした」

伊佐治は何度も点頭する。

「そうかい。女手一つで子を育ててるんだものな。　苦労もあらぁな」

適当に合わせるつもりはなかった。並大抵ではなかろう女の苦労を、ただの一言でも労いたかっただけだ。お高が口元を緩める。初めて見る笑顔だった。

「それで、夜が明ける前にやっとできあがって……。少しうとうとしたのかもしれません。でも、肩も腰も凝りに凝ってしまって眠れなくて、それで外に出たんです。路地で腕を回したりして、それから一寝入りしようかと……そしたら、木戸の向こうにぼわっと明かりが浮いて……」

お高が身震いした。弥吉がその手を握る。

「い、行かなきゃよかったんです、行かなきゃ。でも、気になって……ふらふらと、近づいてしまって……。そしたら、そしたら……」

震えがひどくなる。しかし、お高はしゃべり続けた。掠れて聞き取りづらくはあったが、話を止めなかった。

「そしたら、明かりの中に今の屋のご主人の……か、顔だけぼんやりと浮いてて……あ

たし、こ、声も出せなくてその場にしゃがみ込んで……。後はよく覚えていません。

『よくも見たな。誰かに漏らせば呪い殺す』みたいなことを、い、言われたような気もするけれど……わ、わかりません。もう恐ろしくて恐ろしくて、何とか逃げ帰って、ずっと夜具の中で震えていました。震えが止まらなくて、朝になっても起き上がれないぐらいでした」

伊佐治は呻きそうになった。

雲の多い、湿った夜。明かりに浮かぶ死人の顔。呪いの言葉。

なるほど、ちょっとした怪談だ。

「このまま芳之助店にいたら取り憑かれる、呪い殺されるって思いました。思ったらどうにも逃げることしか思い浮かばなくて……。それしかなくて……」

信次郎が鼻の先で嗤った。

「なるほどね。気持ちはわかるが不義理はいけねえな。お高、おめえ、長屋に帰りな。帰って、おかみさん連中に謝るんだな。幽霊を見て怖さのあまり、逃げ出してしまったってな。それが仁義ってもんさ」

「か、帰るのですか……」

「そうさ。帰って元通りに暮らすんだ。わかったな」

「そんな、そんな……無理です。あたし、怖くてとても……できません」

「おめえのできる、できねえを聞いちゃいねえよ。やれって言ってんだ。いいな、お高、幽霊を見た気がする。気だけかもしれないが、どうにも恐ろしくてたまらなかった。一日経って気持ちが落ち着いたら、自分の軽はずみが恥ずかしくなった。こうして戻ってきたので今まで通りよろしく頼む。そう頭を下げるんだ。わかったな」

「はぁ……」

お高の眸がうろつく。信次郎の噛んで含めるような調子にも言葉の中身にも戸惑っているのだ。けれど、一息を吐き出し「わかりました」と短く答えた。

「お役人さまの言う通りにいたします」

「そうかい。いい子だ。しっかり、頼むぜ」

「木暮さま」

遠野屋が身を乗り出した。

「言わずもがなではございますが、お高さんの身が危うくなるような羽目には、なりませんでしょうね」

「おいおい、遠野屋のご主人、おれは定町廻りだぜ。町方の暮らしがうまく収まるよう働くのが役目じゃねえか。なのに、誰かを危うくするって？　あり得ねえだろう」

十分にあり得やすよ。

声には出さず呟く。声に出せば、お高をさらに怯えさせるだけだ。

遠野屋が心持ち目を狭めた。

「弥吉」

「はい」

「お高さんを長屋まで送って差し上げなさい。おまえは今日は休んでいいから、傍にいてあげるのがよかろうな。お高さんもその方が心強いだろう。あ、お菊ちゃんは遊んでいてもらえばいいから。今、帰られると、おこまがむくれるかもしれない」

「そんな、大丈夫です」

お高が首を振る。

「あたし、後先考えずに芳之助店を飛び出したものの、行く当てもなくて……お菊を連れてどうしようかと途方に暮れてたんです。そんなとき、怖い気持ちが消えて、弥吉さんが捜しに来てくれて、正直、ほっとしました。あのときは、怖い気持ちが消えて、弥吉さんが捜しに来てくれて、本当に安心できたんです」

「いや、闇雲に捜し回ってただけで……見つかってよかった。けど、あの、旦那さま、報せもせず仕事に遅れてしまいまして申し訳ありません」

弥吉が深々と低頭した。

「そうだな。そこは、おまえの手落ちだ。番頭も気を揉んでいたぞ。どういう事情であれ報せだけは忘れぬよう今後、心するように」

「は、はい。本当にすみませんでした」

「さて、お高さん。一つ、お尋ねしたいことがあるのですが」

「はい、なんでしょうか」

お高が軽く顎を引いた。怯えと用心がまた、眼の中を過る。

「さっき、針仕事を生業にしておられると仰いましたね」

「あ、はい。そうです。娘のころからずっと針一本で家族を養ってきました」

「お菊ちゃんの着ていた物も、あなたの仕立てですか」

「そうです。でも、あの、新しい着物を仕立ててやることはできないので、古手屋で買った物の仕立て直しなんですけど……」

「ええ、確かに布地は古い物でしたが、仕立てそのものは実にしっかりしていましたね。あれなら、何度水を潜っても形は崩れないでしょう。見事な腕前です」

お高の頰が赤らむ。頰を赤らめながら笑む。遠野屋の主人からの、掛け値なしの称賛だ。嬉しくも誇らしくもあるだろう。伊佐治は、さっきまでとは別人のように生気の満ちた女を見詰める。

これが遠野屋の力だと思う。何気ない一言、衒いのない称賛、心底からの肯い、確かな目利き。人は励まされ、支えられ、身の内に生きた熱い血を巡らせる。

弥吉が胸を反らした。

「お高さんの針はすごいんです。打掛だって黒縮緬の定紋付だって緞子帯だって、一

糸も乱れず縫い上げられるんですよ」

「まあ、弥吉さん、やめてよ。打掛の仕事なんて滅多にきやしないのに」

「お高さんは帯も縫えるのですか。打掛の仕事なんて滅多にきやしないのに」

「はい。針を使うなら、大抵の仕事は引き受けられます」

「一度見せてもらえませんか」

「は？」

「あなたの縫った小袖や帯を見せて欲しいのです。実は、帯屋のご主人と、古い帯に小間物を合わせて新しくよみがえらせてみたいと話をしているのですが」

弥吉が身動ぎした。

「旦那さま、帯屋とは三郷屋さんですか」

「そうだ。おもしろい試みだと思う。しかし、そのためには、腕のいい仕立屋や針妙がどうしても入り用になる。ですから、お高さん、ぜひ一度、あなたの仕事を見せていただきたいのです」

「まあ、ほんとに……」

お高の顔にさらに血が上る。そうすると身の内側から光に照らされているようで、さっきまでの幸薄い女の影が拭い去られる。おそらく今、お高の念頭からは幽霊のことなどきれいに消えているだろう。

弥吉の物言いも重苦しさを捨てて、弾んでいる。

「よかったな、お高さん」

「ええ、何だか夢のようです」

「三郷屋さん、吹野屋さんにも見定めていただかなければなりませんが、近いうちに、仕立ててた帯と小袖、見せていただけますね。もしかしたら、見ただけで終わるかもしれませんが」

「はい。遠野屋さんに品定めしていただけるだけで十分です」

お高は両の指を拝むように合わせた。己の指、己の技に対する誇りが眼つき、顔つきに滲み出す。いい顔だ。伊佐治はつい綻びそうになる口元を引き締めた。

昂った気配を残して、お高と弥吉が出て行く。

『今の屋』とは別に、お高さんの周りにも手下を張り付けておきやしょうかね。夜っぴいて様子を見るように言い付けておきやす。日が暮れるまでは弥吉さんにお頼みして心配はねえでしょう」

伊佐治は信次郎に顔を向け、そう告げた。自分の役目をきっちり為そうと思う。お高のように誇れる技は持っていないが、仕事を果たしきる矜持だけは負けない。

「大丈夫だろうよ。明るいうちから、のこのこ出てきたりしねえだろうさ。昼間の幽霊ってのも、いかにも間抜けでおもしろそうじゃあるがな」

信次郎は気怠げな口調で答えると、壁にぐたりともたれかかった。

「それにしても、遠野屋。おぬしは何でも商いに結び付けちまうんだな」

「商人ですから」

茶を入れ替えながら遠野屋が短く応じる。

「商人ねえ。頭の中は常に商いのことでいっぱいってことか」

「そのようにありたいと、思っております」

茶の香りが仄かに漂う。「ふむ、美味いな」と信次郎は笑みを浮かべる。好物の菓子を与えられた子どものようだ。屈託ない楽しげな笑顔。遠野屋が心なしか表情を曇らせたように見えた。

「そうだな。いつまでも商いだけを考え続けられれば、いいけどな」

「お言葉の意味を測りかねますが」

「そうかい。よく、わかってると思うがな。世の中ってのは何が起こるかわからねえ。一寸先は全て闇さ。特におぬしのような危殆な御仁はな。ふふ、進む道が平らかにどこまでも延びてるとはゆめゆめ思っちゃいねえだろう。そこまで能天気じゃねえよな」

「旦那」

湯呑を持ったまま、伊佐治は主を睨みつけた。

「旦那が遠野屋さんの行く末を心配するこたぁありやせんよ。ありがた迷惑ってやつにしか、なりやせんぜ。どこがありがたいのかわかりやせんがね」

「いえ、木暮さまの仰る通りかもしれません」

遠野屋は伊佐治に向かって、軽く頭を振って見せた。

「この世に確かに約束されたものなど、ないのでしょう。公方さまとて、天子さまとて未来の道が確かだとは言い切れませぬ。人の行く末とはそういうものかと思いますが」

「誤魔化すなよ、遠野屋。おれは誰とは知らぬ大凡人の話をしてんじゃねえ。おぬしの話をしてんだ。下手な手妻じゃあるまいし、すり替えるのは止めな」

「では、木暮さまはいかがなのですか」

遠野屋は居住まいを正し、信次郎に身体を向けた。

「木暮さまは、ご自分の未来をどのように見ておられるのです。平らかに延びていると

は、よもやお考えではありますまい」

「そうかい。これでも役人の端くれだからな。贅沢言わなきゃ食ってはいける。まぁそれで良しとすれば、なかなかに楽な道じゃねえのか」

「お戯れを。それでは、誤魔化しにもなりませぬよ」

口元だけで笑み、遠野屋は続けた。

「わたしからすれば、木暮さまほど危殆な方はおられませぬ。そういう方が何を良しとされるのか見当がつきかねるのです。人の道も心も一寸先は闇。その闇を、木暮さまは楽しんでおられると、それだけはわかります。何が潜んでいるか見通せないからおもし

214 ろいと」

「ふふ、まあ、おもしろいっちゃあ、おもしろいかもな。　闇の中にいるものを引きずり
出す。　その醍醐味ってのはなかなかだぜ」

「それで、今回は何を引きずり出してくださるのです」

信次郎の眼差しが険しくなる。

「てえした獲物じゃねえさ。　少なくとも、おぬしほど得体の知れねえ輩じゃねえな。　ま
あいいさ。　大物釣りを残しておけば、後々の楽しみになるってもんだ」

「わたしも獲物だと、そう仰っておられるのですか」

「そうさな。　釣り上げていい塩梅に料理してやるさ、いつかな。　その日まで、せいぜい
泳ぎ回り、逃げ回ればいい。　商人面して商い話に耽るのもよかろうさ」

「逃げ回る？　まさか。　木暮さま、先刻、申し上げたはずです」

遠野屋はまだ、笑みを浮かべている。

「お待ちする甲斐があると。　わたしはこれまでもこれからも遠野屋におります。　いつで
もお出でください。　心底からお待ち申し上げておりますから」

「それはそれは、ぞくぞくするほどありがてえお誘いだな」

信次郎が肩を竦め、薄く笑う。

我慢できなくなって、伊佐治は自分の膝を音高く打った。

「ああ、もう、いいかげんにしてもらいてえ。あっしも先刻、言いましたぜ。遊女屋の駆け引きみてえなやりとりは止めてくだせえってね。旦那が何を釣ろうが、遠野屋さんが誰を待とうが構いやせんけどね、今、やらなきゃならねえのは釣りでも待ちでもありやせん。旦那、これから、どうするんでやす。さっきのお高の話はどういう種明かしになるんでやすか。幽霊ってのは誰なんでやすか。誰が、何のために、今の屋さんの幽霊の振りをしてるんです。わかってるなら、さっさと明かしてくだせえ。その上で、どう動くか差配してもらわねえと、動けねえじゃねえですか」

まくし立てる。信次郎はさらに肩を竦め、遠野屋は僅かに後退りした。

「わかった。わかったから、そんなにきゃんきゃん吼えねえでくれ。耳がどうにかなっちまわあ。まったく、年寄りってのは気が短くて困るぜ」

「言っときやすけど、あっしの気の灯心をちょん切ってるのは旦那でやすからね。それに、遠野屋さんもだ。あっしだって怒鳴らず、苛つかず、仕事がしてえんですよ。それなのに、いつもいつも、お二人がつまんねえやり合いをするから、声を張り上げなくちゃならなくなるんじゃねえんですかい。わかってんですかい」

くか、あるいはどちらもが血を流す結末になるはずがない。ただの言葉のやりとりに過ぎ

嘘だ。つまらないなら放っておけばいいのだ。放っておけなかった。止めなければならないと思った。遠野屋はむろん信次郎も丸腰だ。刃を交わすわけもなく、どちらか

ないのだ。わかっているのに、伊佐治は怖気る。ぞわぞわと背筋が寒くなる。刃が喉を斬り裂くようにも、腹を抉るようにも感じてしまう。血の臭いや血潮の生温かさまで感じる。だから、割って入る。不機嫌な年寄りの振りをして、きゃんきゃん吼える。

疲れる。この二人といると気持ちが磨り減るのがわかる。本当に疲れる。それなのに、高揚する。心の一隅が熱を放ち、弾む。

止めたくない。放っておけば、どうなるのか。幻でない血が流れ、現の風景を紅に染めるのか。その風景の中で微笑んでいるのはどちらなのだ。

伊佐治は生唾を呑み込む。目頭を押さえる。おまえはとんでもない阿呆だと、己を叱る。

「誰も今の屋の振りなんかしてねえさ。お高ってのは、ああ見えてなかなかしっかり者のようじゃねえか。遠野屋の旦那が美味しい話を持ち出したとたん、しゃっきりしたぜ。生きる上での損得勘定がちゃんとできる女だ。それに針仕事を生業にしてんだ、目の方もしっかりしてんだろうよ」

「曲がりなりにも腕一本で子どもと自分の口を養ってんですからね、しっかりもしてるでしょうよ。けど、お高さんがしっかり者だからって、どうだっていうんです」

「お高は芳之助店の住人だ。今の屋の顔はよくわかってるだろう。おれは直に見たこたあねえが、瘤や痣、大きな黒子があるとかやけに鼻が高いとか、目立つ微はねえ顔な

んだろ」

「へえ、あっしは何度か見かけてやすが、そんなものはなかったはずです」

「あれば誤魔化せる。偽の黒子でもくっつけときゃあ人の目ん玉ってのは、存外容易く騙されるからな。しかし、今の屋にはそれがない。しかし、お高には一目見ただけで、今の屋だとわかった。だからこそ、あんなに怖がったんだ」

「だから、それは誰かが上手に化けたんじゃねえんですかい」

「何のために死んだ男に化けなきゃならねえ。化けて、真夜中にうろつかなきゃならねえ。まさか、子持ちの針女を驚かせるためじゃねえだろう」

それはない。

「お高が夜なべ仕事の後、外に出ていたのはたまたまだ。予め誰にも、お高自身にだってわかりゃしねえことだ。お高はたまたま見ちまった。見た方も仰天したろうが見られた方も慌てただろうよ。まだ夜が明けてもねえのに起きてるやつがいるとは思ってなかったろうからな。それで、とっさの口封じに呪い文句を囁いたってとこじゃねえのか」

「け、けど、お高は顔がぼうっと浮かんでいたと……」

口をつぐむ。傍らで遠野屋が「なるほど」と呟いた。伊佐治も閃いた。

なるほど、そういうことか。

「そうさ。黒い衣を着て、提灯なり手燭なりを持ってりゃあ闇の中に浮かんで見える。光に目が吸い付けられてりゃあ余計にな。ふふ、幽霊に明かり道具なんざいらねえだろう。闇を照らさなきゃ道を歩けねえのは人、だけさ」

遠野屋が息を吸い込む気配がした。

「ちょっと、ちょっと待ってくだせえ。伊佐治も喉の奥に息が痞え、咳き込んでしまった。旦那の話があっしには読めやせん。お高の見たのが幽霊じゃなく人だってなら、やっぱり、今の屋さんに化けた誰かってことになりやすよね。誰かが今の屋さんに化けて夜中に……」

江戸の町を歩き回っていた？　何のために、だ。

「誰も化けていなかったとしたら？　何のために？」

遠野屋が微かに息を吐き出した。

「今の屋さん、ご自身ということですか」

伊佐治は目を見開いて、遠野屋を凝視した。唇が乾いていくのが自分でもわかる。

「馬鹿な。そんなこと、あるわけねえでしょうが。葬式まで出てんですよ。墓の下に埋められてんですよ。どうやって生き返るんです」

「どうなのです、木暮さま。どういう絡繰りなのでしょうか、教えていただけますね」

遠野屋が身を乗り出す。　信次郎は空になった湯呑を転がした。

「もう一杯、茶をくんな」

「かしこまりました」

遠野屋が茶筒から新しい茶葉を取り出す。ゆっくりと湯を注ぐ。あいかわらず手際が
いい。伊佐治の鼻腔を前の物とは違う柔らかな香りがくすぐった。もっとも、今の伊佐
治には茶の香りも味もどうでもよかったけれど。

「それにしても、おぬしがそんなに知りたがりだとは思わなかったぜ。かなり長え付き
合いになるが、まだまだ、わからねえもんだな」

「わたしも自分がこんなにも知りたがりだとは、驚いております。さらに申し上げれ
ば戸惑ってもおります。しかし、知りたい気持ちはどうしようもありません。木暮さま
は、相生町の一件の全貌を摑んでおられるのでしょう。それをぜひ聞かせていただきた
いと、うずうずしておるのですから、我ながら始末に負えないと言うしかありません」

「ずい分と正直だな」

「ここで下手に虚勢を張っても、木暮さまにからかわれるだけですので」

「おれが遠野屋のご主人をからかう？ そんな大それた真似するもんかよ」

「どの口が言うのやら、というやつでしょうか」

遠野屋が小さく笑う。湯呑を受け取り、信次郎も笑い声を漏らした。

伊佐治は上目遣いに若い商人と同心を見やる。重なる笑声。ほわりと立ち上る薄い湯
気。気心の知れた者たちの

何気ないやりとり。

打ち解けた一刻とも思える。

さっきより強く、寒気を覚える。口を挟む気は失せていた。やりあっているのなら留（と）め立てもできるが、穏やかに笑い合っている者たちを怒鳴りつけるわけにはいかない。身体その気力も湧いてこなかった。まったく始末に負えない輩だ。

伊佐治は湯呑の中身をすすった。萌黄（もえぎ）色の茶は渋みが少なく、円（まろ）やかで優しい。身体が温まり、気持ちが落ち着く。

「美味いな」

「美味いな」

信次郎が満足げに息を吐いた。

「何でここの茶はこんなに美味いんだ。茶葉がよほど上等なのか」

「さほどの物ではありません。湯加減と葉の量さえ間違えねば、茶は美味しく淹れられます」

「加減ねえ。宝来寺の坊主に聞かせてやりてえぜ」

「宝来寺？」

「いや、こっちのこった。で、遠野屋の旦那は何を聞きたいって？」

「今の屋さんが幽霊ではなく生身であったとすれば、葬儀は芝居だったということですか。つまり、今の屋さんは生きておるのに死んだと見せかけて、葬式を出したと」

「そういうことだろうな」

こともなげに、信次郎が答える。伊佐治は湯呑を持ったまま腰を浮かせた。

「まさか。まさか、そんなこと信じられやせんよ」

「何でだ。内輪だけの葬儀だったそうじゃねえか。誰にもほとんど知らせずひっそりと片付けたんだろう。人が入れ代わり立ち代わり、悔やみに来たわけじゃねえ。女房と倅、後は奉公人が……何人だったっけな、親分」

と、片付けたんだろう。

信次郎の声音は低く落ち着いていた。伊佐治はそっと腰を下ろす。束の間とはいえ、取り乱したことを恥じる。

「三人でやす。三人とも通いで、内一人は台所仕事の女中です。先月までは五、六人は抱えていたようですが、商いが思わしくねえってことで暇を出されたそうで」

気息を整え、伊佐治も声を低くした。

「なるほどね。人減らしができてたわけだ。通夜も葬儀も内々で片付けた。外から手伝いにきてたのは弥吉ぐれえのもんだろう。その弥吉だって仏の顔を拝んだわけじゃねえんだ」

「へえ、ずっと台所にいたって言ってやしたね。でも、旦那。今の屋が倒れたとき医者が呼ばれてるんでやすよ。その医者が心の臓（しんぞう）の病で亡くなったと告げたんですぜ。そこんとこは、どうなるんです」

「医者の名前は調べたかい」

「調べてありやす。今朝、芳之助店に寄ったついでに今の屋の女中に確かめてきやした。六間堀町の松村東周って医者だそうです。あっしもよくはわかりやせんが、名前ぐれえは聞いたことがありやすよ。確か、裏長屋じゃなく表に一軒を構えているはずでやす。評判も悪くはありやせん。とりわけ火傷の治療には定評がある医者でやす」

信次郎が二度ばかり頷いた。

「なるほどな。縄張り内のことは鼠の巣まで知ってるってな。いつものことながら、見事なもんだ。舌を巻くぜ。そう思わねえか、遠野屋」

「思います。本所深川界隈で親分さんの眼や耳から逃れられる者はおらぬのですね。人並み外れた力ではありませんか」

「怖え親仁だろう。人より化物に近えや。そのうち、尻に二尾ぐれえ生えてくるかもしれねえぜ」

伊佐治は鼻から息を吐き出した。異形そのもののような男たちに異形をとやかく言われたくない。

「その東周とやらは、今の屋の掛かり付けか」

「そうでやす。前の掛かり付けの医者がお町の気に入らなくて、先月から東周に替えたそうでやす。東周は京都で医学を学んだ立派なお医者だそうで。いいお医者に巡り合えたと、お町が喜んでいたって、女中から聞き込みやした」

「ふーん。奉公人に暇を出したのと医者を替えたのが、ほぼ同じころか」

「あ……確かに重なりやすいが。それは、たまたまじゃねえんですかい」

"たまたま"の一言を信次郎が忌んでいるとはわかっている。嫌いだし危ない。この使い勝手のいい言葉で済まそうとする安易な思案は嫌いだ。嫌いだし危ない。この使い勝手のいい言葉で終わらせてしまったら、事件の大半が解き明かされないままになってしまう。しかし、今回だけは、たまたまとしか考えられない。

信次郎は懐から四つ折りにした紙を取り出した。それを伊佐治の膝の上に投げた。開いてみる。名前が幾つか並んでいる。松村東周の四文字が目に飛び込んできた。

「旦那、これは？」

「徳重の貸付帖さ。金を貸した相手の名前と金額がきっちり書き留められていた、あれだ。その中から医者と思しきやつを書き出してみた」

「……東周も徳重に金を借りていたわけですか」

「そのようだな。しかも、まだ返していない。証文の類はねえが、それは徳重たちを殺った下手人が持ち去ったんだろうよ。車簟笥の中身と一緒にな。それが約束だったか もしれねえな。今の屋を死者にしてやる代わりに証文を渡してもらうという約束だ。因みに、東周は借金のかたに、地所と屋敷を入れてたぜ」

「今の屋と同じく、借金が返せなければ何もかも取られちまうってことでやすね」

唾を呑み下そうとしたが、うまくいかない。唇どころか口の中までからからに乾いてきた。喉も渇く。湯呑の茶を飲み干すと、鼓動の音が耳に響いてきた。

目の前に何重にも張り巡らされていた帳が一枚一枚、剝がされていく。そんな風に感じる。胸が高鳴る。気持ちが昂る。

「たまたまではありませんね」

遠野屋が伊佐治の摑んだ紙を見詰める。

「奉公人を減らし、医者を抱き込み、葬式まであげる。実に周到に用意されてきた企て。そういうわけですか」

「そういうこったな」

「弥吉がわざわざ呼ばれたのは、あの夜の間、お内儀さんたちがずっと家にいた、今の屋から一歩も出なかった。その証人にさせるためですか」

「だろうよ。主人は死んでいる。お内儀も跡取り息子も家にいたとなりゃあ、相生町の殺しとは無縁でいられる。下手人と疑われる心配はなくなるってわけさ。しかも、そのことをことさら吹聴するのではなく、それとなく明るみに出す。いかにも自然のなりゆきって風にな。なかなかに手が込んでるじゃねえか」

「ああっ」

伊佐治は我を忘れて大声を上げていた。目の前の最後の一枚、厚い帳が落ちた。ばさ

りと重い音が耳に突き刺さってくる。

「あの顔は、徳重とお月のあの死に顔は……」

「幽霊を見たんだよ。しかも、その幽霊に殺された」

信次郎がにやりと笑った。伊佐治は笑えない。ほんの一時、瞼を閉じる。殺された夫婦の顔が眼裏に浮かぶ。驚くほど鮮やかに、浮かび上がる。

驚愕が刻み込まれた二つの顔だった。死者が残したものの意味がやっとわかった。

「幽霊に殺された」

遠野屋が呟く。吐息のような呟きが伊佐治の耳朶と心を震わせる。

第六章　散り花

女中のお澄、手代の春助、そして番頭の矢次郎。それぞれに最後の給金を渡す。かなりの額だ。これまでの給金とは比べ物にならない。

「三人ともこれまで、今の屋のためによく働いてくれたね。春助と矢次郎にはさらに上乗せした。店を畳むことになってしまって本当に申し訳ないけれど、勘弁しておくれね」

お町が涙声で告げると、お澄が両手で顔を覆った。切れ切れに嗚咽が漏れる。春助も唇を噛んで、俯いていた。

「お内儀さん、わたしたちこそ申し訳なく思っております。お店を支えることができませんでした。我が身の力の無さが無念でなりません。どうか、お許しください」

矢次郎が両手をつき、低頭する。春助とお澄もそれに倣った。それから、三人は重い足取りで座敷から出て行く。出て行く間際、矢次郎が振り返り、暫く躊躇い、「お内儀さん」と呼んだ。お町は座ったまま、先代からつごう三十年近く今の屋一筋に働いてきた老奉公人を見上げる。もう、何も言わないで欲しい。言わないでもらいたい。胸の内

で呪文のように唱える。

「ほんとにこれで……これで、よかったんでしょうかね」

嗄れ声の呟きだった。お町は強くかぶりを振る。

「いいも悪いもないんだよ。こうするしかなかったんだ。よく、わかってるだろう」

少し険のある物言いになっていた。矢次郎はさらに何か言いたげに唇を動かしたが、言葉は続けなかった。一礼して、出て行く。

お澄と春助は既に新しい奉公先を探してある。矢次郎は生まれ在所の下目黒村に帰り、隠居するつもりらしい。慎ましくではあるが、余生を過ごせるだけの金は渡してある。

一人になった座敷で、お町は両の指を握り込んだ。

榮三郎の仏壇に顔を向ける。さっき火をつけたばかりの線香が薄い煙を上げていた。

「ね、おまえさん、これでよかったんですよね」

知らぬ間にまた、ため息を吐いていたのか薄煙がゆらりと揺れた。

「おっかさん」

襖の陰から仁太郎が覗く。忙しく瞬きをして、あたりを見回す。昔から優しく、よく気の回る性質だった。その代わりのように小心で肝が据わらない一面を持つ。このところとみにおどおどと落ち着かずにいる。無理もないと思うのは、母親の甘さだろうか。

「どうしたんだい。店の方は片付いたかい。もう日数がないよ」

榮三郎の初七日を済ませてすぐに川越に移る手筈になっていた。お町は本所で生まれ育った。他の場所で暮らしたことは一日もない。住み慣れた江戸を離れるのは、身体のどこかを小さく浅く傷つけられるような気がする。心が疼く。疼くたびに、仕方ないのだと己に言い聞かせる。

仁太郎はこくこくと首振り人形に似た仕草で頷いた。

「あ、うん。わかってるさ。それで、おっかさんにお客さんだけど……」

「お客？　焼香客ならお断りしておくれ。家の中が取り込んでおりますからって」

「いや、そうじゃなくて……芳之助店のお高さんだ。ほら、おっかさんがよく着物の仕立てを頼んでた人だよ」

「ああ、仕立て屋のお高さんね。お高さんが何の用なんだい」

仁太郎が眉を寄せ、口元を歪ませる。血の気がないせいか、髭の剃り跡が目立つ。お町は、鬢のほつれ毛を掻き上げた。

「誰であろうと、今は会いたくないね。おまえ、用件だけ聞いておいておくれ」

仁太郎の喉仏がひくっと動いた。

「……親父を見たんだと」

「え？　何だって？」

「お高さん、親父の幽霊を見たって言うんだ」

　母と息子は目を合わせ、暫し黙り込んだ。お町が先に視線を逸らし、立ち上がる。

「お高さんは、どこに？」

「台所だよ。勝手口から入ってきたんだ」

「他人さまを猫の仔みたいに言うんじゃないよ。おまえは、本当に商人の基ができてないねえ。そんなんじゃ心配で、おとっつぁんが三途の川を渡れないじゃないか」

　台所に向かいながら、やや声を大きくする。お高に聞かせるためだ。亭主に死なれ、それでもしゃんと生きているしっかり者の女。それを見せつけなければならない。

　お高は竈の前にひっそりと立っていた。

　小さな針で糧を得て生きている女。その腕は本物だ。お町も小袖や羽織の仕立てを何枚も頼んだが、仕上がりに落胆したことは一度もない。

「あ、お内儀さん、突然にすみません」

　お高が頭を下げる。お町はわざと、そっけない口調で答えた。

「いいですけどね、何のご用です？」

「あ、は、はい。若旦那さまにもお話ししたんですが、あたし……あたし、あの……」

「うちの亭主の幽霊を見たとかなんとか、仁太郎は言ってましたけど」

「はい。そ、そうなんです。あたし、はっきり見たんです。今の屋のご主人を……」

「お高さん、あたしたちをからかうつもりなら、許しませんよ」

はたとお高を睨みつける。

「急にあの人に亡くなられて……あたしがどれほど辛いか、心細いか……あなたにはわからないでしょうよ。お店も畳んでしまわざるを得なくなったし、ほんとうに辛くて……」

目頭を押さえる。お高が「わかります」と答えた。

「あたしも亭主を亡くしていますから、よくわかります。子どもと二人で遺されたときにはどうしたらいいかわからなくて、毎日、泣いてました。ですから……ですから、あの、お伝えしに来たんです」

お高が一歩だけ前に出てくる。瞬きもしないでお町を見据えてくる。

「お内儀さん、だからなんです。あたし、遺された者の辛さや悲しさを少しは知っています。だから、ちゃんと伝えなくちゃと思ってお邪魔したんです」

「伝えるって何をです」

この女から目を逸らしたい。出て行っておくれと叫びたい。お町は唇を一文字に結び、視線を動かすことも叫ぶこともこらえた。

「あたし、はっきりと今の屋さんを見ました。ご葬儀の次の日の夜、いえ、もう明け方近くでした。あたし、路地に出ていたんです。そしたら、今の屋さんが木戸の向こうにぼうっと立ってて……」

「まさか、そんな……他人の空似ってやつで、誰かを……」

声が喉に絡まってしまう。お町は我知らず胸を強く押さえていた。

「見間違いなんかじゃありません。あれは、確かに今の屋さんでした。お内儀さん、今の屋さんはお内儀さんたちのことが心残りで、どうしようもなかったんじゃないでしょうか。気になって成仏できなくて幽霊の姿で彷徨っていたんじゃないでしょうか」

お町は黙って仕立て女の言葉を聞いていた。どう応じればいいのか、どう振舞えばいいのか見当がつかない。

「きっと、そうです。あたし、そのことをお内儀さんたちに報せなくちゃいけないって思ったんです。でも、幽霊を見たなんて言ったら、気味悪がられるかもと躊躇いもあって……あれこれ思案したのですけれど、やって参りました。あの、今の屋さんがちゃんと成仏できるように、お内儀さんから伝えてあげてください」

「うちの人に、こちらは心配しなくていいから成仏してくださいと伝えるって？」

「はい。そうしないと、今の屋さん、いつまでも彷徨ってしまうのではないでしょうか」

お高が目を伏せ、頭を下げる。

「出過ぎた真似だと重々わかってはいるのです。でも、放っておけなくて。すみませ

ん」

早口で詫びると、お高は勝手口の戸に手を掛けた。

「あっ、待って。ちょっと、お高さん」

慌てて呼び止める。腰が浮き、お町は前のめりに転びそうになった。お高が振り向き、瞬きする。

「あんた、このことを誰かにしゃべったりしたかい」

「幽霊を見たことは、おかみさんたちに話しました」

お町は眩暈を覚えた。世の中がくるくると回り、砕けてしまう。

「でも、今の屋さんのことは話していません。ただ、怖いものを見た気がすると、それだけです」

「長屋のみんなは何と?」

「何を見違えたんだとか、幽霊の季節にはまだ間があるとか、笑ってました」

「笑っていた?」とすれば、お高の話を真に受けてはいないわけだ。

気持ちが落ち着く。お町は腰を下ろし、胸元に手をやった。財布を取り出す。

「そう、よかった。だったら、この先も誰にも言わないでちょうだいな」

土間に降りると、お高の手に一分金を握らせた。お高が身を捩った。

「お内儀さん、これは」

「取っておいてちょうだいな。わたしたちのことを案じてくれた。そのお礼だからさ」

「とんでもない。こんな大金、いただくわけには参りません。それに、あたしはそんなつもりで来たんじゃないんです」

「わかってる。よーくわかってますよ。お高さんの気性だって、ちゃんと呑み込んでるんだからさ。あんたがお金目当てに来たんじゃないって心得てますよ。あたしは心配してくれたお礼がしたいだけなの。あ、それとね」

お高の顔を覗き込む。覗き込まれた方は顎を引き、僅かに後退った。

「お高さん、今の話を誰にもしないでもらいたいんですよ。幽霊の話、ね。今の屋の主人が幽霊になって彷徨っているなんて噂になったら困るんですよ」

そこで、せつなげにため息を吐く。

「実はね、この家、店ごと全部売りに出すつもりなんです。それで、今、買い手を探してもらってるところでねえ。その話が纏まる寸前なんですよ」

お高は「まあ」と言ったきり、唇を結んだ。何と言っていいか戸惑ったのだろう。

「ですからね、幽霊が出るなんて噂になったら、ほんとに困るんです。それを瑕にして買い叩かれるかもしれなくて……」

目を伏せ、お町はもう一度、息を吐いた。

「薄情な女だって思ってるでしょう。女房なのに亭主の幽霊を疎んじるなんて、酷い話

「そんな、お内儀さん」

「いいの。その通りだから仕方ないもの。でもね、お高さん、あたしもあたしの倅も生きていかなきゃならない。この先もずっと生きて、暮らしていかなくちゃならないの。わかるでしょう」

「はい、わかります」と、お高が答えた。囁きに近い小声だ。お町は畳みかける。

「そりゃあね、あたしだって本音は亭主に逢いたいですよ。幽霊だってかまやしません。もう一度逢えるなら、逢いたいに決まってます。でも、でもね」

袖口を目尻に強く押しあてる。

「お内儀さん。すみません。あたし、お内儀さんを悲しませるつもりなんてなかったんです。ただ気になって……それに怖いのもあって、ちゃんとお伝えした方がいいと思っただけです。お内儀さんの気持ち、よくわかりますから」

「じゃあ、黙っといてくれますね」

深く一度だけ首肯すると、お高は逃げるように出て行った。

全身から力が抜ける。背中が冷たい。嫌な汗にべとりと濡れている。尻を直に床に着け、お町は何度目かの吐息を漏らした。

「おっかさん」

隠れて聞いていたのか、仁太郎が妙に緩慢な足取りで入ってきた。

「幽霊を見たって……あれ、大丈夫なのか」

「大丈夫って、何がだよ」

返事はわかっていたが、わざとつっけんどんに問うてみる。誰かと何かを話していないと、叫び声を上げそうだった。

「お高さんさ、親父のこと、親父の幽霊を見たってこと、しゃべったりしないかな」

「大丈夫さ。銭も握らせたし、口外しないって約束もしたじゃないか」

「そんなの当てになるのか」

尻座りのまま、お町は息子を睨み上げた。

何をごちゃごちゃ言ってるんだ。本当なら、おまえが相手をして上手くあしらわなきゃならないんだよ。おまえが頼りにならないから、おっかさんが苦労する羽目になるんだ。

怒鳴りつけたいけれど、そこまでの気力が湧いてこない。額の隅がひくひく震えるのは、青筋が立っているのだろう。

「裏の長屋の女たちって、しょっちゅう立ち話してるじゃないか。四、五人集まってわいわい騒いで、笑って、よくあれだけしゃべることがあるなってぐらい」

「だから何なんだよ。言いたいことがあるなら、さっさとお言い」

手のひらで床を叩く。それが精一杯だった。床は、ぼこっと間の抜けた音を立てただけだ。

「あ、うん。だ、だから、おかみ連中に詳しく話せとか責付かれて、つい親父を見たと言っちまうことも……」

そこでやっと、仁太郎は母親の眼つきの険と額の筋に気が付いたようだ。口をつぐむ。お町は目を閉じる。

芳之助店の女たちが井戸端でしゃべっている。

ちょっと、あの話、聞いたかい。

話って、どの話？　池に落ちた子どもを犬が助けたってやつ？

え、そんな噂があるのかい。初めて聞いたよ。けどさ、そっちじゃなくてね。ほら、そこのお高さんがさ、見たんだって。

幽霊の話？　その幽霊が今の屋のご主人だったってやつ。

ああ、あれね。聞いた聞いた。でも、本当のことなのかね。

え、何のこと？　あたしは知らないよ。

幻の声が頭の中で響く。わんわんとこだまして、耐えられないほどだ。目を開けると、今度は眩暈だけでなく吐き気にも襲われた。

背中にまた冷たい汗が噴き出る。生きた心地がしない。

お町は袂で口を覆い、低く呻き続けた。

榮三郎の初七日の前夜、空に月はなかった。雨雲に覆われていたのだ。

夕方まで降り続いた雨は上がっていたが、季節が逆戻りしたような寒さはまだ居座っていた。とっくに花を散らした桜の枝を風が揺らす。その風があまりに冷たくて、つい襟元を掻き合わせていた。

「寒いですか」と今の屋のお内儀、お町が尋ねてくる。

「あ、はい。少し」

お高は正直に答えた。背筋に悪寒を覚えるのは季節外れの寒さのせいだろうか。

「雨戸を閉めますね」

お町は立ち上がり、手際よく雨戸を閉め切った。月明かりが差し込んでいたわけでもないのに、急に座敷が暗くなった気がする。お高は近くにある行灯に目をやった。明かりは柔らかな臙脂色で、あたりを仄かに照らし出していた。お高たちとは違って、上等な油を使っているせいで臭みはまったくない。むしろ、油のねっとりと甘い香りが微かに漂っていた。その香りを吸い込み、お高は風呂敷包を解いた。

「お内儀さん、どうぞ、お確かめください」

お町は鷹揚に頷くと、包みの中身、白装束を手に取った。しげしげと見入る。

「まあ、ほんとに見事だねえ。たった一日でよくここまで仕上げられたこと。さすがだわ。ほんとにすごいよ。お高さんの針は、すごい」

やや大仰過ぎる褒め言葉をお高は俯いて聞いていた。

昨日、お町が羽二重の反物一反を持ってきた。初七日に着る衣を縫ってくれと言うのだ。あまりに急な申し出に戸惑いはしたが、引き受けた。お町はほっとした顔付になり、胸の上を二度、三度撫で下ろした。

「まあ、よかった。葬儀のときに着た物を粗相して汚してしまってねえ。醤油の染みを作っちゃったんですよ。しかも前にべったりと。そんな物を着るわけにはいかないし、どうしようかと思案してたんだけど、お高さんなら何とかしてくれるって思ってね。無理を承知で頼みに来たんです。ああよかったこと。ほっとした。お高さん、初七日の前夜までに何とか仕上げてくださいな。お願いします」

と、一反にしては、あまりに多過ぎる仕立賃を置いて帰って行ったのだ。喪衣とはいえ着物一枚、根を詰めれば一日で何とかなる。弥吉がお菊の世話を引き受けてくれたから夜なべして縫い上げた。急ぎはしたが手抜きはしていない。どこに出しても恥ずかしくない出来栄えだと胸を張れる。

「では、あたしはこれで失礼いたします」

「あら、まだいいじゃないですか。お茶でも淹れますよ。いただき物だけど、美味しい

羊羹があるんですよ」

「あ、いえ。本当にもう帰ります。お菊を一人にしているんで」

「あらそうですか。残念だこと。じゃあ、お菊ちゃんのお土産に、羊羹を包んであげましょうかね。ちょっと、待っててくださいね」

止める間もなく、お町は廊下へと出て行った。

お高は一人、残される。

白い喪衣は広げたまま、放り出されるように置いてあった。少し悲しくなる。針を持てば、絹物の仕立てだろうが綿物の掛継ぎだろうが差異はない。精魂込めて一針一針を使う。縫い上げた一枚に、直した一枚にお高なりの矜持があった。それを邪険に扱われるのは、悲しいし腹立たしくもある。お茶の心配をする前に、きちんと畳んで欲しかった。

喪衣に手を伸ばし、畳む。指先に羽二重の滑らかさが伝わってくる。縫い手にとっては厄介な布だが身に着ければ心地よく、極上の品位を放つ。もっとも、お高は絹物など身に着けたことは一度もないが。

背後で気配が動く。

行灯の火が揺れた。

振り向いたお高の眼に、鈍く光を弾く刃が映る。

とたん、足音や悲鳴が入り交じる物音が響き渡った。「あんた、逃げて」。物音を突き破って、お町の叫びがぶつかってくる。明かりの届かない闇の中で幾つもの影が入り乱れて、闇そのものが歪んでいくようだ。

「野郎、おとなしくしやがれ」

「逃げられねえぞ、観念するんだ」

「おい、手燭だ。明かりを持ってこい」

足音、喚き声、荒い息遣い、男の体臭、汗の臭い……あらゆるものが混ざり合い、うねり合い、お高を包み込む。お高はとっさに白装束を抱き込んだ。誰かに踏みつけられ、汚されでもしたら泣くに泣けない。

雨戸が開けられ、行灯と手燭が運び込まれてきた。風が臭いを、明かりが闇を払う。

「今の屋の旦那。生き返ってきたのはいいが、ここでお終えだぜ」

老いた岡っ引が低い、しかしよく通る声で告げた。

数人の屈強な男に押さえつけられて、今の屋榮三郎が呻いていた。お高の見知った穏やかで鷹揚な商人の面影はどこにもない。傷つき、捕らえられた野犬のように、荒んでいる。

「さっ、しょっ引きな」

岡っ引が顎をしゃくった。

241

その後のことを、お高はよく覚えていない。確かに見ていたはずなのにどうしてもくっきりと思い出せないのだ。靄がかかり、何もかもぼやけてしまう。ただ、お町が座敷に飛び込んできたこと、「あんた」と叫びながら男たちにぶつかっていったこと、そこは現だったと思う。でも、それから……それから、どうなったのだろう。不意を衝かれた男が倒れ、榮三郎が跳ね起きた。転がっていた匕首を摑み、自分の喉に突き立てて……。いや、それらはみんな幻だろう。

みんな倒れる音も何一つしなかったもの。だって、あたし、何も聞こえなかったもの。とても静かだったもの。人の声もかかった無音の風景が目の前に広がる。

靄のかかった無音の風景が目の前に広がる。

お菊、お菊のところに戻らなくちゃ。弥吉さんとお菊が待っている現に帰らなくちゃ。

お高は立ち上がり、ふらつきながら廊下に出た。

「お高さん」

呼び止められる。お町が風呂敷包を手に近付いてきた。一歩一歩確かめるような、どこか覚束ない足取りだ。頬と襟元に血が飛び散っている。

「この喪衣、差し上げますよ」

「え……」

「せっかく縫ってくれたのに着ないままになりそうでね。それじゃあんまりもったいないな

いじゃないですか。布も仕立ても極上品なのにさ」

お町の声ははっきりと耳に届いた。靄のかかった記憶の中で、お町だけが鮮やかだ。

「ね、受け取って」

お町に風呂敷包を押し付け、お町はにっと笑った。

「あたしはね、わかってたんですよ。こうなるって、わかってたんだ。わかっていた」

わかっていた。ええ、わかっていた。わかっていた。わかっていた。

頬を亭主の血で汚したまま、お町が繰り返す。眼差しは虚ろで、もうお高を見てはい

ない。座敷から出てきた捕り方がお町の腕を摑み、どこかに連れて行った。

廊下は暗く、寒い。風呂敷包に顔を埋め、お高は絹の匂いを吸い込んだ。

「まったく、どうにも言い訳できねえしくじりをやっちまいました」

伊佐治が長い息を吐き出す。

「しくじりとは言えませんでしょう。今日何度目かのため息だ。

清之介は老岡っ引のどことなくやつれた顔を覗き込んだ。

「逃げられちまいましたよ。どう足掻いても、もうお縄にはできねえあっち側にね」

ここで、またため息が漏れる。

「お高さんに囮みてえな真似までさせたのに、首尾よく榮三郎を捕らえられなかった。

自死させちまった。みんな、あっしの手落ちでやすよ。お高さんにも怖い思いをさせちまって、申し訳が立たねえや」

「お高さんを囮にしたのは、木暮さまでしょう」

清之介は日差しに明るく映える庭に目をやった。遠野屋の中庭だ。表の庭ほど広くも整ってもいない。庭蔵があり、裏口に通じ、逍遥に適しているとはお世辞にも言えなかった。

しかし、清之介はこの庭が好きだった。整えられていない分、愛嬌がある。おみつの気の向くままに植えられた木々や花は、今の時期より秋から冬にかけてが見ごろだった。それでも、遠慮なく光を弾く青葉や日ごとに深くなる苔の緑はこの季節ならではの美しさだ。

「幽霊を捕まえるのには、それなりの手管ってもんが要る」

あの日、弥吉がお高を連れ戻してきた日、遠野屋の奥座敷で信次郎は言った。

「生きている人間を捕まえるのだって手管は要りまさあ。けど、わかりやす。この世にお出まし願わなくちゃならねえ。いや、引きずり出さなきゃならねえって、そういうこってすね」

伊佐治が身を乗り出す。

「まあ、そういうことだろうな」

信次郎の口調はいかにも億劫そうで、熱も勢いもほとんど感じられなかった。

「旦那」

伊佐治の声音に苛立ちがこもる。眼つきが明らかに険しくなった。清之介は僅かに退き、茶葉を入れ替えるために茶筒に手を伸ばした。

庭のどこかに目白が来ているらしい。さっきから美しい囀りが響いている。いつもなら、信三や手代頭たちと仕事の段取りや品の相場について話しているころだ。しかし、動けない。誰かに強いられてではなく、清之介に動く気が起こらないのだ。

さて、どうなるのか。

信次郎と伊佐治のやりとりを見詰め、聞く。目の奥にも耳の底にも埋火があって、ちりちりと身を炙るようだ。商いを疎かにしてまで、見たい聞きたいと欲する自分に呆れる。舌打ちしたくもあるし、戒めたくもある。それでもやはり、動けないのだ。

「さあ、ご差配くだせえよ。この先、あっしたちはどうすりゃあいいんですかね。手下をずっと張り付けて、幽霊が出てくるのを待つんでやすか、親分」

「そんな悠長なことやってられるのか、親分」

ふふっと信次郎が笑う。伊佐治の顔は、逆に強く顰められた。

「やらなくていいなら、それに越したこたぁありやせんがね。待つんじゃなくて引きずり出すために、どんな手立てを打つんでやすか。そこを聞きてえんで。さ、もういいとこ、しゃんしゃん話を進めてくだせえよ」

「うるせえな、まったく。舌を嚙みもせず、よくそれだけしゃべれるな」

小指で耳を搔く主を、伊佐治が睨みつける。

「旦那、言わせてもらいやすが、ここは自身番じゃねえ。遠野屋さんの座敷だ。いつまでも尻を落ち着けているわけにはいきやせんよ。だいたい」

「お高を使いな」

「へ?」

伊佐治が腰を浮かした恰好で動きを止めた。

一瞬、静まった座敷に目白の声が届き、広がっていく。その波紋が見えるようだ。

「……お高さんをどう使うんで」

伊佐治が問うた。それから、ゆっくりと腰を下ろす。信次郎の言葉を一言一句、聞き逃さぬように耳をそばだてる。その張り詰めた気配が清之介にも伝わってくる。我知らず息を詰めていた。

聞き終えて、伊佐治は目元、口元をさらに引き締めた。

「けどね、旦那。それじゃお高さんを囮にするってことになりやすぜ。ちっと剣呑（けんのん）じゃ

ありやせんか。お高さんの身になにかあったら大事でやすよ」

「親分がどじを踏まなきゃ大事にはならねえさ。で、親分がどじを踏むたぁ考えられね
え。そうだろ、遠野屋」

信次郎が清之介に目を向ける。鋭くも険しくもない。柔らかでも穏やかでも、むろん
ない。この眼が嫌だ。得体が知れない。絡みついてくるのか、斬り掛かってくるのか判
じられないのだ。

清之介は急須に湯を注ぎながら、気息を整えた。

水、茶葉の量、湯の加減、そして急須から湯呑に注ぐまでの間。茶の味の良し悪しは
それで決まる。爽やかな香りと円やかな味を持つ上質の茶葉に温めの湯を注ぎ、ゆっく
りと湯呑に注ぐ。小振りの湯呑に視線を落としたまま、答える。

「確かに考えられませぬが、だからといって、なぜ、お高さんを囮にしなければならな
いのか、そこのところは解しかねます」

「そうですぜ。今の屋を見張っていれば、お町たちが動きやす。それを追えば榮三郎に
辿り着くんじゃねえですかい。任せてくださりゃあ、居所は必ず突き止めやす」

馥郁と香り立つ茶を信次郎と伊佐治の前に置いたが、伊佐治は見向きもしなかった。

信次郎の方は目を細め、満足げな笑みを浮かべた。

「まったく、おぬしの淹れた茶に勝るものはねえな」

「おそれいります」

「ほれ、親分もそんな仏頂面してねえで馳走になりな。なかなか味わえねえ美味さだぜ」

深い色合いの茶をすすり、信次郎は「親分は下手人を捕らえてえんだろ」と言った。

「お町たちを泳がせて榮三郎の隠れ家をすすり、信次郎は「親分は下手人を捕らえてえんだろ」と言った。な、そこに踏み込んでどうなるよ。借金から逃げるために偽の葬式をいたしました。申し訳ありませんと平身低頭されて終わりだぜ。徳重の車簞笥に入っていた金子は榮三郎が持ち帰ったはずだ。江戸を離れて後の暮らしの足しにするつもりだったんだろうが、それだって小判に名前が刻まれているわけじゃなし、今の屋の有り金を掻き集めたと言われりゃそれまでじゃねえか。つまり、騙りの罪は問えても佐賀屋殺しの下手人としてしょっ引くこたあできねえ。何の証もねえんだ。証が一つもねえ以上、石を抱かせて白状させるなんて荒業も使えねえ。騙りだけなら、どんなに重くても百日入牢のうえ重敲が関の山だ。温情裁きなんてことになったら、叱りだけで放免てこともあり得る。人二人殺っといて、それじゃあ道理が通らねえだろう」

清之介も伊佐治も身動ぎもせず、信次郎の言葉を聞いていた。聞き終えて、伊佐治が背筋を伸ばす。

「お高さんの口封じに榮三郎が現れたら、それが動かぬ証になる。そういうこってすね」

「まあな。少なくとも、何も知りませんと白を切り通すのは難しくなるだろうさ。てこ

とで、親分、お高に言い含めて役をさせな」

伊佐治は唸り、小さく「へい」と言承けをした。

雲が薄れたのか、日差しが心持ち明るくなる。

いつの間にか、目白は鳴き止んでいた。

今日は薄雲が僅かに広がるだけの空だ。

光の眩しさも暖かさも夏の兆しさえ含んで、存分に地に届いている。目白の代わりに

雀たちが姦しく鳴き交わしていた。

「お町がお高さんに仕立てを頼みに来たって聞いたときは、正直、震えやしたよ」

伊佐治が膝の上を軽く叩いた。手の甲に晒が巻いてあるのは、榮三郎を取り押さえ

るさい浅く斬り付けられたからだ。伊佐治曰く、榮三郎は「手負いの獣みてえに暴れや

した」とか。暴れた後、自ら喉を突いたとも聞いた。

「ほんとに震えたんで。旦那の思案の通りに進んでるって、ぞくぞくしやした」

「ええ。今の屋のお内儀にそれとなく幽霊を見たと告げる。それを餌として獲物を釣り

上げればいいと、木暮さまは仰いましたね」

「子どもの遊びみてえなもんで、半分寝ていても釣れるとも言ってやした。あのときは

まさかと思いやしたが、確かにその通りになったわけでねえ」

「さすがの木暮さまも今の屋さんが自害するとまでは見抜けなかった、ですね」

「へえ……。いや、そこはあっしの手落ちなんで。今の屋にずっと張り付いて、お高さんの後に榮三郎が中に入ったのを確かめて、すぐに雪崩れ込んだんでやすが。生きて捕らえることはできやせんでした」

伊佐治の肩が下がる。落胆ではなく無念の色が滲む。

二人、殺している。榮三郎は死罪を免れなかった。それでも、処罰までの日々を生かしておかなければならなかったと伊佐治は言う。

「どうせ死罪だからどこで死のうと構わねえって、そんなこたあねえ。あっしはそう思うんでやすよ。どんな極悪非道なやつだって人でやすからね。自分のやったことを思案する一日でも一刻でも要りまさあ。そりゃあ、みんながみんな、罪を悔いるなんて思やしませんよ。そこまで甘くはねえ。でも、百人の内一人でも二人でも、悪かった、申し訳なかったって心底から悔やむやつがいればいいじゃねえですか。罪人のまま死んでいくのと、少しでも悔いて詫びて打ち首になるのとじゃ、閻魔さまの裁きも違ってくる気がするんでやすがね。やっぱり、あっしは甘えですかねえ」

榮三郎にその機会を与えられなかった。己の所業を顧みる一日を一刻を奪ってしまった。それが無念だと唇を噛むのだ。

「今のお話、木暮さまになさいましたか」

「うちの旦那でやすか。しやせんよ。したって嗤われるだけでやすからね」

伊佐治の口元が歪む。

そうだろう。あの男なら嗤うだろう。

どれほど悔やもうが、許しを請おうが罪は罪、人殺しは人殺し。軽くも重くもなり

はしねえ。なかったことにもできねえし、善行で昔の残虐が消えるわけでもねえさ。

嗤笑とともに語られる一言が、はっきりと聞こえる。それを払うように、清之介は

岡っ引に問い掛けをした。

「親分さん、これで佐賀屋さんの一件は片付いたわけでしょうか」

「へい。まあ……下手人は榮三郎に間違いないわけで、本人は死んじまったわけでやす

からね。この上、穿るこたぁあまりねえんですが……」

「まるっきり、ないわけでもない。そういう口振りでやすよ」

「遠野屋さんも納得していないって口振りでやすね」

伊佐治がすっと背筋を伸ばす。

「裏木戸のことでやすね」

清之介も居住まいを正し、点頭した。

「ええ、親分さんの話だと戸は抉じ開けられた跡もなく、内側から開けられたのは確か

ということでしたね」

「さいです」

「親分さん、榮三郎さんはそのことを知っていたのですね。あの夜、裏の戸の門が外されていると知っていた。偽の葬式を出し、弥吉まで証人に使ったのです。そこまで周到に整えられた企てが行き当たりばったりのわけがない」

伊佐治は腕を組み、顎を引いた。

「まったくで。家の内に入らなきゃ何にもできやせんからね。榮三郎は塀を乗り越えられるほど身軽くねえし、乗り越えた跡もありやせんでした。ええ、あの戸は予め開いていたんですよ。間違いありやせん」

「とすれば、誰が開けたのです。榮三郎さんには仲間はいなかったのでしょう」

「いねえはずです。とことん調べやしたが誰一人、浮かんじゃあきやせんでした。お町や仁太郎は家から外には出てねえ。これは、弥吉さんの話で確かめられやす。医者の東周を疑いもしやしたが、一晩、馴染みの女のところに転がり込んで楽しんでいたみてえです。この女に入れあげたうえに博打の深みにはまって、徳重に借金する羽目に陥ったんでやすよ。それに、東周はでっぷり太って、ちょっと走っただけで息が切れるって体たらくで。跡も残さず塀を乗り越えるなんて芸当、できるわけがありやせん」

「通いの女中はどうです」

伊佐治は腕を解き、今度はかぶりを振った。

「おさいは毎朝、裏木戸から出入りしてやした。木戸も表戸も外側から開けられるような細工はありやせんでした。お月が開けていたんで。おさいが忍び込んで木戸を開け、榮三郎を中に入れたって筋はちっと無理なようで」

「なるほど。では残るのは……」

伊佐治の顔を覗き込む。眉間に皺が刻まれていた。

「徳重かお月か、どちらかってことになりやすねえ」

二人の内どちらかが、あるいは二人して榮三郎を招き入れた。そして、殺された。

どういうことだ？

徳重という老人のことを清之介は知らない。しかし、たいそう用心深く、戸締りにもうるさかったと伊佐治から聞いてはいた。そういう人物が容易く他人を家内には入れまい。まして、夜だ。では、お月なら……。

「木暮さまは何と仰っているのですか」

伊佐治の皺がさらに深くなる。

「……面倒臭え、と」

「は？　面倒臭いとは」

問うてすぐ、ああと呟いていた。

「そういうことですか。木暮さまには全てが見えている。しかし、現の証となるものを

まだ手に入れておられない」

「そうでやす。それを見つけ臭いらしいんで。まったく、証を見つけ事件に筋道

をつけるのが自分の役目だって、わかってるんでしょうかねえ。面倒だの、怠いだの文

句ばかり唱えたって埒が明かねえでしょうに」

「下手人の正体が明らかになり、全てが見えてしまえば、つまらない。興は失せ、どこ

にも面白味などありはしない。耳の奥で木暮さまのお声が聞こえるようです」

伊佐治は寸刻、清之介を見据え、首を左右に振った。

「遠野屋さん、いけやせんよ。旦那の声を間違いなく聞き取れるようになるなんて、そ

れこそ面倒ですぜ。いや、厄介で剣呑かもしれやせん。旦那の言の葉は祟りやすから

ね」

冗談めかした口調だけれど、伊佐治の眼は笑っていなかった。

「あ、確かに。つい……」

「遠野屋さんとの付き合いも長くなりやしたからねえ。けど、あんまりね」

老岡っ引の口にしなかった戒めを、これも耳の奥で聞いてしまう。

踏み込むな。

そうだ。踏み込んではならない。祟りものにあえて近づく愚を犯してはならない。

伊佐治が腰を上げる。

「てことで、失礼しやす。昨日の捕物の経緯を伝えるだけのつもりでやしたのに、また、長尻しちまいました。申し訳ねえ」

「顛末を教えてくれとねだったのは、わたしです。お話を伺いたくて、ついついお引き止めしてしまいました」

「いや、あっしも仕事の前にここで一服させてもらうと頑張りが利くんで、ありがてえんでやすよ。さ、もう一踏ん張りして面倒臭え仕事を片付けまさぁ。旦那に相生町に呼び出されてるんでね」

「相生町ということは、佐賀屋さんですか」

「そうなんで。もう一度、木戸のあたりを調べるつもりなんですかね。まあ、うちの旦那が下手人がわかってから、面倒臭がりながらでも仕事をするなんざ珍しいでやすからね。今の季節に雪が降るほどの珍しさでやすよ」

それは、むろん木戸の謎が解けていないからだろう。

謎の答えはなんなのか。

知りたいと思う。かなり強く、衝迫に似て突き上げてくる。

「この件、全部が片付いたら、また、ゆっくりと寄らせてもらいやす」

伊佐治が笑み顔で頭を下げる。清之介も笑んでいた。愛想笑いでも、作り笑いでもな

い。苦笑に近く、しかし、もっと柔らかな笑みのはずだ。

「どうやら、親分さんには胸の内を見透かされているようですね。木暮さまが〝木戸が開いていた〟という一片をどこに嵌め込んで、欠けのない一幅を作り上げるのか、わたしが知りたくてうずうずしている。そう、わかっていらっしゃる」

伊佐治が右手を左右に振る。

「うずうずしているのは、あっしなんで。このうずうず、困ったことに癖になりやす。前にも言いやしたが、酒毒と大差ありやせんぜ」

「祟りに遭い、毒に侵され、お互い何とも危うい行く末ですが」

「へえ、よほど心しとかないと奈落の底でさぁ」

もう一度笑い、伊佐治は廊下から庭に降りた。雀たちが慌てて飛び立つ。枝に止まり、裏手へと遠ざかる背中を追うように、一段と姦しく鳴いた。

おさいがしゃがみ込んで、竈の中を掻き出している。竈は二つ並びになっていて、右側の焚口は既に空になっていた。中身と思われる燃え滓が、土間の隅に散らかって、黒い染みのように見えた。

信次郎は台所の上がり框に腰かけて、おさいの様子を眺めている。ぼんやりとしか言いようのない顔付だった。眼差しがどこにも注がれず、思案が一点に絞られていない。

指先が黒く汚れているのは燃え滓を触ったからだろうか。

伊佐治が声を掛ける前に、おさいが身を起こした。

「お役人さま、だいたいこんなところです」

塵取りの上に薪の滓を載せ、差し出す。伊佐治に気が付き、会釈をする。この前より若返って見えるのは取り乱していないからだろう。鬢にもきちんと櫛を入れているし、着ている物も粗末ではあるが小ざっぱりとしている。暮らしも生き方も荒んでいない印だ。

伊佐治は、あたりに眼を巡らせてみる。

『佐賀屋』の奥にある一角は、土間とそこそこ広い台所と四畳半ほどの板場でできていた。この先に廊下があり、小間、徳重とお月が刺殺された座敷、店と続く。あの騒動から日が経つが、台所も土間から上がり框、板場にかけても、きっちりと掃除されて塵一つ落ちていない。しかし、暗い。

窓からも戸口からも、日差しは差し込んでいるから暗いわけがない。冷えているわけでもない。ない、ないと自分に言い聞かせても、やはり冷え冷えと薄暗い。

人の営みが消えれば家そのものもまた、温もりや明るさを失うものなのか。

伊佐治は身を縮め、首を竦めた。

「ああ、それでいい。竈の前に置いといてくれ。で、おさい。もう一度、念を入れるがよ。徳重たちが殺されてからこの方、竈を使ったことはねえんだったな」

「ありません。座敷の掃除はしましたけれど、竈までは……手を出しちゃいけない気が
して、そのままにしてました」

おさいが目を伏せる。

「だって、竈をきれいにしても、もう火を入れることもないのかなと思うと……」

「おめえがあの朝、湯を沸かしたのは右側の竈で間違いねえな」

信次郎は、おさいの心内など歯牙にもかけない。

「はい。ご飯を炊くのとお湯を沸かすのはこちら側と決まってるんです。だから、いつ
も、鍋か釜がかかってます。左は、その他の煮炊きに使います」

「ふむ。じゃあ、最後にそっちの竈を使ったのは、お月になるか」

おさいは迷いを見せず、即座に頷いた。

「お内儀さんだと思います。あたしは、朝方、ご飯を炊くのと味噌汁を作るだけでした
から。お昼からは竈を使うことはほとんどありません。ときたま鍋に水を足すぐらいで
す」

「ふーん、そうなると、あるとすればやはりこっちか」

信次郎は燃え滓の上に屈み込むと、指で掻き分け始めた。

「旦那、何を探していなさるんで」

問うてみたが返事はない。信次郎は、無心にも思える手つきで黒く焦げた滓をあちこ

ち散らしている。灰が立つ。格子窓から入ってくる光に照らされて灰の粉は煌めき、漂う。

そういいやあ、紫の染め物には椿の灰を加えるとか聞いたことがあるな。どうでもいいことを考えてしまう。信次郎の、いかにも器用そうな指が忙しく動く様に目を凝らし続ける。

指が止まった。何かを摘まみ上げる。引きずられるように伊佐治は腰を下ろし、主の指先を覗き込んだ。小さな木片のようだ。ただ、薪や柴の類ではない。

「角みたいなとこが、ありますね」

同じように顔を近づけていたおさいが呟く。確かにきれいに尖った形をしている。人の手で細工された物のようだ。よくよく見ると、僅かに白っぽい焼け残りの跡がある。

「木箱さ」

信次郎は立ち上がり、手のひらに木片を載せた。

「しかも桐箱らしいぜ。もしかしたらと思ったが、見つかるとはな」

「木箱って、誰かが竈で木箱を焼いたってこってすか」

「そうだな。焼いたのはおそらくお月だろうよ」

「お月が？　どうして、わかるんで？」

「確かにとは言えねえ。ただ思い当たる節があるのさ」

信次郎は伊佐治にではなく、おさいに眼を向けた。

「おさい、おめえ、桐箱について何か心当たりはねえかい。お月が手にしていたのを見たとか、片付けていたとか。そんなに大きくはねえ。竈の焚口に突っ込めるぐれえの代物だ」

「何で大きくないってわかるんでやす。ばらばらに壊しちまえば焚口に突っ込めやすぜ」

信次郎が伊佐治に木片を差し出す。思わず両手で包むように受け取っていた。

「桐だと、辛うじてだが判別できるだろう」

「へえ。焼け残ったところを見ると、確かに桐のようでやすが」

「桐と薪や柴では灰が違ってくる。元の木が違うんだから当たり前よな。けど、灰はほとんど同じ類のものだ。それだけ、桐の灰が少ないってことさ。大物を壊して燃したんなら、もうちょい灰ができる。明らかに違う二色の灰が竈の中になくちゃならねえ。燃え残りももっと多くあるはずだしな」

ふっと灰買いの男を思い浮かべた。伊佐治は一応、表向き小料理屋『梅屋』の主になっている。岡っ引稼業にどっぷり浸かり、包丁より手に馴染んでしまって久しいのだが。その『梅屋』に時折、顔を出す灰買いは、よく肥えた五十絡みの男だ。灰は家の天井や柱を洗う灰汁を作るのに欠かせないと言っていた。椿の灰と紫染め

の関わりも、その男から聞いた気がする。

伊佐治は頭を振った。

灰だって？　桐箱だって？　それがどうしたと言うのだ。どう絡んでくるのだ。

「あっ、そういえば」

おさいが息を吸い込んだ。黒目がうろつく。記憶の紐を懸命に手繰っている眼だった。

「えっと、ちょっと、ちょっと待ってください。えっとあれは……」

上がり框に座り、おさいはこめかみを押さえた。僅かに前屈みになり、何かを呟く。

信次郎も伊佐治も急かさなかった。苛立ちも焦りも見せなかった。

人の記憶の紐帯は細い。脆くて、撚れていて、容易く切れてしまう。どこに繋がる

かもあやふやだ。よくわかっていた。だから待つのだ。待つしかない。

「ああ、そう、見ました。一度だけ、お内儀さんがこうやって」

おさいは両手を胸の上で交わらせる。

「箱みたいなものを抱きかかえてるの、見ました。とても大切そうでした。両手で箱を

持って、じいっと眺めてましたよ。あ、それで……膝の上に扇が載ってました。きれい

な扇で目に留まったんです。あたし、掃除をしようと思って、お内儀さんのお部屋を覗

いたんですけど、つい『きれいですね』って言ってしまいました」

しゃべることで記憶の糸が解けていく。おさいは糸を手繰り寄せ、さらにしゃべった。

「そしたら、お内儀さん、ちょっと慌てた様子でその箱を脇にやりました。袱紗で包んで横に回したんです。その拍子に扇も膝から落ちて、それも袱紗の中に包み込んで……。

それから、掃除はいいって、自分でするから庭を掃くようにと言われました。ちょっと怒ったみたいな口振りで、あたし、お内儀さんの機嫌を損ねたかと心配になったぐらいです。でも、そうじゃなくて、お内儀さん、いつもより機嫌がいいくらいでした。ほっとしたのを覚えてますよ」

伊佐治は僅かばかり口元を歪めた。

「けど、おれが扇の箱のことを尋ねたときには、何にも知らないと言ったはずだがな」

「あのときは気が動転していて……。包丁とか小刀とか、そんな刃物ならともかく箱にまで気が回らなくて、全然思い出せませんでした。正直、親分さんがどうしてそんなことをお尋ねなのかわからなくて、あの……どうでもいいじゃないかって思ったんです」

伊佐治は舌打ちしたくなる。

人から何かを聞き出す仕事は石群(いしむら)だの穴ぼこだの深い溝だの、ありとあらゆる障り物を取り除きつつ前に進むことだ。気を抜いたり、油断していると石に躓(つまず)き、穴や溝に落ち、聞き出さねばならない何かまで行きつけない。行きつくための技や心構えは十分に備えているつもりでいた。が、とんだ、驕(おご)りだったようだ。

「すみません。あたし、ちゃんと考えてなくて」

おさいが目を伏せる。おさいに非はない。あのとき、たぶん伊佐治自身が扇の箱にさ

ほどの重きを置いていなかったのだ。箱があろうがなかろうが、さして物事は変わるま

いと考えてしまった。その緩みが詰めの甘さに繋がった。舌打ちしたい相手は、おさい

ではなく自分だ。旦那、面目ありやせん。詫びの一言を奥歯で噛み潰す。

ただ、今でもよくわからない。桐だろうが松だろうが、木箱一つがどう関わってくる

のか、とんと見当がつかない。

「袱紗の色を覚えてるか」

指先の汚れを手拭いで拭いながら、信次郎が問うた。

「箱を包んでいたという袱紗だ」

「色、ですか。ええ……紫よりもっと薄くて、あ、そう藤色です。淡い紫でした」

信次郎は懐に手を入れ、藤色の袱紗を取り出した。あの扇を包んでいた物のようだ。

「これかい」

おさいは両眼を見開き、まじまじと見詰める。それから、首を横に振った。

「わかりません。多分、それだと思います。でも、お内儀さんの部屋では一寸の間見た

だけなので、はっきりそうだとは申し上げられません」

「何とも、律儀な性分だな」

信次郎が笑う。楽し気だった。

おさいは実直だ。正直で真面目な気質なのだ。だから、安請け合いをしない。ああ、それですよ。間違いありません。慎重でもある。確かにそうなんですよ。ええ、そうで

すとも。容易く請け合われた言葉がどれほど頼りないか、当てにならないか骨身に染みている。

「同じ物かどうか確かめる術はない。けど、よく似てはいる。そうだな、おさい」

「はい。色合いは似ています」

「では、同じ袱紗として話を進めようか。お月は袱紗に包まれた桐の箱を大事にしていた。簞笥の抽斗に仕舞っていたんだろうが、ときたま、それを取り出して眺めていたわけだ。で、親分、その箱の中身は何だ？」

「そりゃあ、扇じゃねえですか。あの金箔を施された舞扇ですよ。膝の上に載ってたんでやしょ。箱から出したに決まってやす」

「まあ、そう考えるのが筋だよな。おさい、お月は舞を習っていたのか」

「あ、はい。半年ほど前から、月に二度か三度ぐらい通っていらしたようです。舞でも琴でも、何か習い事を始めるのは昔からの望みだったとか。お内儀さん、生家が貧しくて習い事なんて夢のまた夢だったそうです。それはあたしも一緒なので、気持ち、よくわかります。あたしはとうとう習い事とは縁がないままになりましたが」

おさいが苦く笑った。この律儀な奉公人にお月は心を許していたのだろうか。それと

も己の境遇を誇り、見下していたのだろうか。

「どこに通っていたのかわかるか」

信次郎が畳みかける。師匠の名はわかるか」

まりながらも、きちんと答えていく。慣れたのか、おさいはもう臆した風は見せなかった。言葉に詰

「えっと……えっと、確か浅草寺近くのお師匠さんだったはずです。お名前とか流派ま

ではわかりません。そこまで聞いていませんでしたから」

「徳重は女房の習い事に文句は言わなかったわけだ」

「言いませんでした。女房としての務めを果たしていれば、好きにすればいいと以前、

仰っていました。もちろん、散財するような真似は許さなかったと思います。お内儀さ

んも贅沢をするような性質じゃなくて、習い事の方もそんなに高名なお師匠さんじゃな

いから、僅かな謝礼で教えてくれるんだと話してましたよ」

阿漕で冷徹で金のためなら何でもする高利貸し。女郎上がりの権高な女房。おさいの

話を聞いていると徳重とお月のそんな姿が揺らいでくる。揺らいだ後、金に人一倍執着

するものの女房には寛容な老人とささやかな暮らしをそれなりに楽しんでいた女が立ち

現れる。そんな気がする。どちらが本物なのか。どちらも本物なのか。

人の正体ってのは、どうにも計れねえもんだ。

「そのわりには、扇が豪華過ぎるな」

信次郎の呟きに思案が引き戻される。いつの間にか、その手には金箔の扇が握られていた。ひらりと振られた扇は光を浴びて、金色に輝く。

「お月の慎ましい暮らし振りからして、この扇は少し贅沢過ぎねえか。親分、『安芸屋』でこいつの値は確かめてあるな」

「へい。三両一分だそうで」

「三両、扇一つが三両もするんだ」

おさいが口元を押さえる。

「まあ、ただの紅が百両で売れるんだ」

「遠野屋さんの紅のことを言ってるなら、ただの紅とは違いますぜ。"遠野紅"でやす」

「紅は紅さ。腹が膨れるわけでも傷や病が癒えるわけでもねえ。それでも百両さ。なあ、おさい、もし、おめえが"遠野紅"を手に入れたとしたらどうする」

「"遠野紅"って、あの遠野屋さんのですか。そんな夢みたいなこと……。でも、もし手に入ったら一生の宝にします。唇に塗るなんてもったいなくてできません。だから、きっと、きっと……誰にも知られぬように仕舞い込んで、時々眺めて、ため息吐いて、でも多分、とても幸せな心持ちになれると思います」

おさいの口元にとろりと甘い笑みが浮かんだ。

おさいが相場だろう。舞扇に三両の値は、おさいでなくとも驚く。

も十両が相場だろう。名の知れた大店でさえ手代の給金は年に五、六両、番頭で扇が三両でもおかしかねえさ。

「そういやあ遠野屋さんが言ってやしたね。紅は女人の守り神になるってね。あっしな

んかにゃわかりませんが、小さな紅が人を幸せにすることだってあるんでやすよ。遠野

屋さんはそのことをちゃんと心得てるんじゃねえんですかい」

ひらり。また、扇が舞う。金色の光が散る。

「なるほど。紅でも扇でも、人は持っているだけで幸せな気になれる。だから、法外な

金を払ってでも手に入れようとする、か」

扇を畳み、信次郎は板場に放り出した。おさいが眉を顰める。

「しかし、お月が見ていたのは三両一分の扇じゃねえ。桐箱だ」

「扇を出してから、箱の上書きでも確かめてたんじゃねえですか。別におかしかないと

思いやすが」

「それにしては、扇の扱いが邪険じゃねえか。ぞんざいに膝の上に置いて、落とす。慌

てて袱紗に包む。とても大切にしていたとは思えねえな。欲しくてたまらなかった物を

手に入れ、矯（た）めつ眇（すが）めつ見入る。そういうことは、よくある。ただ、お月が眺めていた

のは扇そのものじゃなくて箱だったんじゃねえのか」

「欲しかったのは箱の方だと?」

「俄（にわか）には信じ難い。桐の箱などどこでも手に入るとは言わない。が、伊佐治たちのよ

うな財を持たない者にも、まるで無縁という代物ではなかった。女房のおふじの箪笥も

古手屋で購ったとはいえ、桐でできている。嫁のおけいも嫁入りのさい、桐の下駄を携えてきた。おふじもおけいも三両一分の扇など触れたこともないはずだ。

「でも、旦那。お月が扇より箱を大切にしていたとして、それを焼いちまったんですよ。どうして、竈なんかに焼べたんですかね」

暫く考え、伊佐治は続けた。

「不用になったから……ですかい」

主の表情を窺う。何も読み取れない。

狼狽は覚えない。伊佐治には、木であれ紙であれ落葉であれ燃やすというのは暖を取るためや煮炊きを除けば、不用の物を片付ける最後の手立てとしか考えられない。燃やして、燃えて灰になれば形はなくなる。

「そう、不用になった。あるいは邪魔になった。けどよ、親分。扇はあるのに扇の箱だけを燃やすってのは、どういうことだろうな」

「あ……そう言われてみれば、そうでやすね。扇ごと燃やしたんなら、まだ、わかりやすがねえ。師匠と諍いをしてかっとなって竈に突っ込んだとか」

いや、どんなに腹を立てても三両一分の品を燃やすなんて真似、するわけがねえな。少なくとも自分はしないし、できもしない。そんなことを仕出かしたら……。

女房の怒り顔が脳裏を過り、伊佐治は身を硬くした。

「お月は扇を袱紗に包み箪笥に仕舞い込み、箱は火の中に突っ込んだ。そして、その夜に殺された。亭主共々な」

「え、旦那、ちょっと待ってくだせえ。徳重とお月を殺ったのは榮三郎ですぜ。そりゃあ間違いねえでしょう。そ、それとも違うんでやすか。いや、まさか」

「違やあしねえよ。下手人は榮三郎さ」

「でやすよね。そこは覆りやせんよね」

長い息を吐いていた。

「覆りはしないが、ちっと様相は違ってくるだろうな」

「は？　何ですって」

伊佐治は喉に息を詰め、咳き込んだ。咳き込みながら、頭の中で思案を纏めようとする。

今、旦那は何て言った？　様相が違う？　そりゃなんだ。

咳が治まる。曲げていた腰を伸ばすと、信次郎と目が合った。

あの薄笑いが現れる。伊佐治はほんの寸余、足を引いた。

「まだ終わっちゃあいねえぜ、親分」

薄笑いのまま、信次郎がそう告げた。

自分を死んだ者として葬式を出す。葬式がすべて片付いた後、佐賀屋さんを殺す。全て……。止めましたよ。もちろん、止めました。死人は捕まらない。幽霊は下手人にならない。そう言って、親父が仕組んだことです。

えるなと懸命に止めましたよ。でも、親父は聞き入れませんでした。わたしもおふくろも、馬鹿なことを考

屋の身代どころか、町内に持っている家作も田舎の土地も全て奪われると言い張るばかりで……。親父の佐賀屋さんへの怨みは、わたしどもが思っているよりずっと深かったようです。おこう伯母のことも……はい、父の姉で佐賀屋さんの先妻になります。親父と伯母はとても仲の良い姉弟だったそうで、伯母が亡くなったとき、親父が身も世もないほど泣いていたのを覚えております。でもその葬儀のとき、佐賀屋さんが親父を謗った

その伯母も佐賀屋さんに虐げられて亡くなったのだと言うておりました。

すよ。

と。はい、わたしもその場におりましたから、あまりの言い様にかっとなりました。いえ、実際、こぶしを頭に血が上って、佐賀屋さんに殴りかかりそうになったのです。それを止めたのが、親父でした。わたしを後ろから握って立ち上がっておりましたよ。

「大の男が人目も憚らず大泣きするなんてみっともない。泣いたって、喚いたって、一旦亡くなった者は生き返りはしないぞ。そんな情けない性質で店一つ構えてやっていけるのか。器の程が知れるな」

抱きかかえるようにして、「やめろ、やめろ」と。あのときの親父の声、今でも耳に残っています。「やめろ、やめろ」って……。

親父は悔しくないのか、どうして我慢ができるんだと、不思議だったものです。まだ若くて子どもに近かったわたしにはどうしても解せませんでした。大人というのは、こんなときでも耐えるものなのかと、耐えねばならないものなのかと。胸が苦しくなったほどです。でも、でも……違いました。あのときから、親父はずっと佐賀屋さんへの怨みを抱き続けていたんです。もしかしたら、ええ、もしかしたらですが、伯母から辛さや苦しさを打ち明けられていたのかもしれません。けど、怨みが根を張り芽を出したのは、その後だったのです。はい、あのままなら、伯母の死で佐賀屋さんとの縁が切れたままなら、ここまでにはならなかったはずです。

すみません。涙が……。あ、ありがとうございます。大丈夫です。手拭いを持っておりますので。

数年前から商いが思わしくなくなり、店が徐々に傾いて行きました。親父もわたしも立て直しのために走り回ったのですが上手くいかなくて、昨年から金繰りにいよいよ行き詰まるようになりました。そんなとき、佐賀屋さんがひょこっと現れて……。はい、仰る通りです。当面、商いに入り用な金を工面してやろうと申し出てきたんです。それも、利平（りびょう）無しで。ただし、担保だけはきちんとしてくれとは言いました。

わたしは借りてはいけないと思いました。佐賀屋さんが高利貸しをしているのは、明らかな事実です。

と。でも……でも、口に出来なかった。よした方がいいと言えなかったんです。これは、危ない光明が見えるかもとそういうときだったんです。佐賀屋さんの申し出は抗い難い誘いのようでした。今、思えば、佐賀屋さんは何もかも見通していたのかもしれません。親父やわたしの商才の無さも、何代も続いた今の屋という店を自分の代で潰したくないという親父の心内もみんな見通していたんです。伯母の夫として出入りしているうちに、見定めていたんでしょうかねえ。そのあたりはわかりません。わからないのが、わたしどもの甘いところなのでしょう。ともかく、佐賀屋さんは見通した上で金を貸してやると申し出てきました。

今さらですが悔やまれます。あのとき、店が潰れるのもいたしかたないと、佐賀屋さんを撥ね除けていたらと悔やまれてなりません。

え？　あ、はい。わかっております。どんなに悔いても後の祭り、手遅れなんです。わかってはおるのですが、悔いずにはいられないのです。

佐賀屋さんの申し出は甘い罠でした。餓えた者の前に差し出された毒饅頭のようなものでしたよ。

親父は抗うことができませんでした。佐賀屋さんから金を借りたんです。

でも、商いはなかなか持ち直さなくて、親父はさらに佐賀屋さんから金を借りました。

それでもやはり駄目で……三度目に借金を頼みに行ったとき……すみません、もうほんとうにしゃべるのが辛くて。は、はい、そうです。わたしは罪人です。お調べには、何でもお話しせねばとわかっております。滅相もない。隠し事などする気はまったくございません。隠すようなことも、もうありませんから。

今、振り返ってみますに、親父が佐賀屋さんへの憎しみを募らせ、殺すことまで考え始めたのは、あの日だったと思います。

あの日ですか。ええ、佐賀屋さんに三度目の借金を頼みに行った日のことです。親父の帰りがあまりに遅くて、そろそろ木戸が閉まるという刻になっても戻ってきませんでした。わたしとおふくろは心配で心配で、探しに行こうとしていた矢先に裏口から戻ってきたんです。あのときの親父の顔、眼裏に焼き付いています。目を閉じると、くっきりと浮かんでくるほどです。

血の気がまったくありませんでした。それこそ幽霊のように青白くて、なのに、両眼だけは血走って紅いんです。その紅い色が顔の中でぽかりと浮いて見えましたよ。おふくろなんか、悲鳴を上げて後退ったほどです。口に出すのも憚られるほどの罵詈雑言（ばりぞうごん）を浴びせられたのですよ。わたしが聞き出しただけでも、びた一文（いちもん）貸せ

親父、佐賀屋さんから尋常でないほど罵られたらしいのです。

ない、これ以上、おまえに金を渡すのは溝に捨てるようなものだ。おまえは溝鼠より質が悪い。この世に溝鼠より下の者に金を貸す者などいるものか。そんな酷い罵りだったようです。いや、もっともっと酷い言葉で罵られ、馬鹿にされ、挙句の果てに亡くなった伯母のことまで世間知らずの役立たずだったと、嘲られたみたいで……。でも、それだけなら、親父は佐賀屋さんを殺すところまでいかなかったと思いますよ。ええ、息子だから言うのじゃありませんが、親父は人殺しができるような残忍な人柄では決してなかったんです。ほんとに……。でも、あの日を境に親父は人が変わりました。別の誰かになってしまった。そうとしか思えないのです。

そんな親父に殺しの決意をさせたのは、証文でした。佐賀屋さんと取り交わした証文です。それによると担保に取り上げられるのが、今の屋の店と地所だけでなく、代々譲り受けていた家作も他の地所も、先代が隠居用に誂えていた仕舞屋にいたるまで、つまり、わたしたちの持っている財産の全てになっていたのです。それらを取り上げられたら、わたしたちは文字通り無一文です。着の身着のまま放り出されることになります。親父がちゃんと確かめもせずに判をついてしまっていたとかじゃありません。親父がちゃんと確かめなかったのです。二度目に金を借りるときに、前と同じものだと言われ、急かされてよく確かめもせずに判をついてしまったのです。ええ、はい、呆れるのは当然です。そのあたりは、本当に甘くて……ただ、二度目の借金までは佐賀屋さんは妙に優しくて、一度

は親戚の縁を結んだ間柄だから力になるとか、お互い助け合うようにしようとか……伯
母のことだって、いい女房だった、後添えをもらったのは淋しさを穴埋めしたかったか
らだと、聞いていてほろっとする言葉ばかり並べてたんですよ。おこうの葬儀のときは
酷いことを言って済まなかった、義兄って気持ちがどこかに残っていてと詫びたりまでしたのです。だから、
親父にしてみれば、義兄って気持ちがどこかに残っていてと詫びたりまでしたのです。だから、
ついつい信用してしまった。信用したかったってのもあるでしょうが。

はい、そうです。何をどう言っても、親父やわたしが甘過ぎたのです。世の中の厳し
さも、険しさも知らなかったのですから。伯母の葬儀での佐賀屋さんの冷たさを思い出
さなきゃいけなかったんですよね。

ただ、さっきも申し上げましたが、三度目の借金を断られ、どうにもならなくなった
あの日から親父は人が変わりました。笑うことがなくなって、突然、ふらっと店を出て
行くことが増えました。そうこうしているうちに返済の期限が迫って来て、わたしが親
子三人で棒手振りでも内職でもして、生計の道を見つけねばと焦っていたころ、親父か
ら……、親父から、恐ろしい企てを打ち明けられました。

止めましたよ。もちろん、止めました。でも、もう手筈は全て整っていると言われ、
これより他に手はないとも言われ……。結局、その通りに動いてしまいました。

親父は佐賀屋さんが憎かったんです。憎くてたまらなかった。殺すことでしか、憎し

みや怨みを晴らせなかったのです。

でも、でも、やはり止めなきゃいけなかった、親父を命懸けで止め

なきゃいけなかったのに、できなかった。

怖かったんですよ。いえ、親父じゃありません。身一つで世間に放り出されるのが、

怖くてたまらなかった。これまで生きていくための苦労なんて、ほとんどしたことがな

かったものですから。それは、おふくろも親父も一緒でしょうが。わたしは怖くて怖く

て、人殺しでも何でも、それでこの恐ろしさから逃れられるのならそれでもいいとさえ、

思ってしまったんです。

金？ ああ、佐賀屋さんの車箪笥に入っていた金ですか。はい、仰る通りです。証文

と一緒に親父が持ち帰りました。押込み強盗に見せるためだと言っておりましたが、三

百両近くありましたから、この先の暮らしの支えにするつもりだったと思います。もし

かしたら、それを元手に細々と商売をしながら生きる。そこまで考えていたのでしょう

か。今となっては、わかりかねます。え？ あ、はい、そうです。弥吉さんを方便に使

いました。わたしたちがあの夜、家にいたと証ししてくれる役を勝手に担わせてしまった

のです。はい、その通りです。全て親父の企てでした。こちらから弥吉さんの名を出さ

ず、いざとなったとき証し人になってもらう。その方がより効目があると、わたしたち

が善良で正直に見えると申しました。ええ、本当に今にして思えば、あの親父がここま

で悪知恵と申しますか、悪巧みを考えついたなんて不思議でなりません。奇妙にさえ感じます。本当に穏和な人柄で……でも、わたしたちのやったことは夢でも幻でもなくて事実なんですね。

はい？　あの夜、お高さんに見られたことですか。いえ、わたしも母も聞いておりませんでした。親父にすれば、脅して何とか口を封じられたと思ったのでしょうか。この上、わたしたちを思い煩わせたくなかったのでしょうか。

お役人さま、親分さん。本当に申し訳ございませんでした。親父を止められなかった責は全てわたしにあります。本当に、わたしたちに引きずられただけなんです。佐賀屋さんの一件から後、ろくに眠っていないはずです。こんなこと、いつか明るみに出る。いつか罰が下るってずっと怯えていました。親父がお月さんまで、佐賀屋さんの後添えまで殺したと知ったときは、その場にしゃがみこんで動けなくなったほどです。なんで、なんでお月さんまでと口走って、震えておりました。その後ですよ、おふくろが変わったのは。魂が抜け落ちたみたいになって、ともかく親父に言われた通りに芝居をしている。そんな風でした。

ですから、無理だったんです。もう無理だったんです。親父はお高さんを殺そうとしました。お高さんが余計なことを言う前に殺すと、見られたときに始末しておけばよかったと言い張りました。親父はもう人の心を失っていたのでしょう。おふくろも強く止

めませんでした。お高さんをうちに呼び出す算段をふんふんと、やけに素直に聞いておりましたよ。親父と同じくおふくろも、もう半分、正気を失っていたのです。二人とも眼が虚ろで、目の前の現を見ていないようでした。実際、見ていなかったんでしょう。

親父は死にました。

もうここまでと覚悟して自分で喉を突きました。けれど、もし、捕まらなくても卜手く逃げ延びたとしても、生き永らえることはできなかったと思います。はい、思いますよ。どこかで、自分の命にけりをつけていたと。人を殺した重みに耐えられるような者ではなかったですから。

お願いいたします。わたしはどのような重罰も受けて当たり前の身です。でも、おふくろだけは、どうか、おふくろだけはお情けをくださいませ。あまりに……あまりに哀れで……なりません。なにとぞ、なにとぞ。

今の屋の一人息子、仁太郎は泣き伏し、母の 酌量 を乞うた。

榮三郎は死に、お町は魂が抜け落ちたままだ。曲がりなりにも事実を語れるのは、仁太郎一人しかいない。その白状を聞きながら、終わったと伊佐治は呟いていた。

この一件、終わったな、と。むろん、小さな謎が残っていると承知しているが、下手人が死に、事の大体が明るみに出た。

終わりだ。嫌な、後味の悪い事件だった。事の真相がはっきりしても誰も幸せになれない。やりきれなさと一抹の虚しさが胸裏を漂う。下手人を挙げた昂りなど微塵も起こらなかった。気持ちはただ沈んでいくだけだ。

それでも終わったことに変わりはない。江戸の町で新しい事件は日々、起こる。信次郎好みの捻じれた異形のものでなくても、人と人との揉め事、厄介事はあちこちで生じているのだ。

なのに、終わっていない？ 伊佐治はそれに携わっていかねばならない。

咳き込んだ喉が痛い。伊佐治は丹田に力を込める。この事件はまだ底があるというのか。

「どういうこってす、旦那。木箱なり木戸なりが、そんなに大事なことなんでやすか」

「親分はそう思わねえか」

「思いやせんね。そりゃあ、腑に落ちねえ気はしますが、それが大きく関わってくるとはとても考えられやせん。だいたい、榮三郎が下手人なのは確かで、既に死んじまってる。どこに底があるんでやすかい」

主に問い質しながらも、胸の奥の奥で熱い情が蠢くのを感じていた。

ちょっと待ってくれよ。これで終わりじゃねえって。違う様相が現れるって。それは、どんなものなのだ。見当は一分一厘つかない。だから、気持ちが蠢く。弾む。

一分一厘見当のつかない風景をまた、見ることができるのか。

このうずうず、困ったことに癖になりやす。

遠野屋に告げた自分の言葉を嚙み締める。頷いた遠野屋の珍しく戸惑いを滲ませた顔も思い出す。互いの身に染みた毒を量るような眼つきだった。

信次郎がふわりと欠伸を漏らす。気怠い気配が伝わってくる。

どうやら詰の一手の思案も終わっているらしい。全てが片付いているわけだ。だから少しばかり倦んでいる。

見えている男には未知の風景は楽しめない。

つまり旦那にゃ、このうずうずは味わえねえってことか。

伊佐治は胸を張り、信次郎に向かってにやりと笑って見せた。

第七章　残花の雨

花の盛りが過ぎても、浅草寺の賑わいは衰えなかった。殿春の陽気に誘われてか、今日はひとしお、人出が多いようだ。そぞろ歩きの老若男女はみな一様に楽しげで、この世の憂いとは無縁とも見える。そんなわけがあるはずもないのだが、日に日に明るさを増す光や軽やかなざわめきについつい眩まされてしまうのだ。江戸の賑わいに身を置くと、心身共にふわりと持ち上げられ、そのまま運ばれていく心地さえする。

今日は日差しが暖かい。

安芸屋藤左ヱ門は身体の芯まで染み込んでくる暖かさに、我知らず吐息を漏らしていた。

大川橋を渡り、茶屋町に向かってゆるゆると歩く。古くからの馴染み客に注文の品を届けての帰り道は、足取りも心持ちもつい緩んでしまう。

いやいや、表店の主としてそれでは駄目だな。

藤左ヱ門は背筋を伸ばし、胸を反らした。

浅草寺前に店を構える『安芸屋』は扇を扱う。

役者や芸妓の使う本様の舞扇から、儀

礼用の格式高い品、江戸名所を描いた土産物まで幅広く商っていた。老舗だ。藤左ヱ門でちょうど十代目となる。初代藤左ヱ門は京の出で公家の血を引くと、幼いときから聞かされていた。ちなみに三代目まで、本妻は京のやんごとなき血筋の娘を娶っていたとか。

やんごとなき京の娘に商家のお内儀は務まらぬだろうと、子どものころから思っていた。今でも思っている。血筋で商いはできない。三代までの商売は、人形とさして変わらないお内儀を据えて立ち行くほど、大きく強く回っていたのだろうか。

今はとても無理だ。

女房のお佐江は元旅籠町の紙問屋の娘だった。高貴な出自ではない。母方の祖母は武家の出らしいが、それとて貧乏御家人に過ぎなかった。しかし、お佐江は江戸の商いがどんなものか、骨の髄まで解している。奥から店を支えるこつも、始末のやり方も心得ている。働き者であり、気配りもできた。申し分のないお内儀なのだ。何より、実家は『安芸屋』ほどの由緒はないが、商いの手広さと身代の豊かさでは遥か上をいく大店だ。実際、お佐江の持参金や実家からの助けがなければ、『安芸屋』は潰れていただろう。

父親である九代目藤左ヱ門はさほど商才に長けていたわけではないが、手堅く守る商売を貫き、店を守ってきた……と藤左ヱ門をはじめ大抵の者は信じていた。ところが、

短い患いの後に亡くなってから初七日も済ませないうちに大事が露見した。

真面目で正直に商い一筋だと信じられてきた父が、賭場に出入りし、かなりの借金を抱えていたのだ。青天の霹靂、仰天のあまり声も出なかった。藤左ヱ門も遊びはする。

お佐江の目を盗んで、深川や築地のよからぬ場所に通ったときもあった。馴染みになり、本気で溺れかけた女もいた。しかし、溺れなかった。深みにはまる手前で引き返してきたのだ。

それが、九代目はできなかったらしい。女ではなく博打に引きずり込まれてしまった。誰にも見破られないように巧妙に隠し通し、多額の借金を残して一生を終えた。あのとき、お佐江が助けてくれなかったら、お佐江の実家が金を出してくれなかったら。そう考えるたびに背筋が寒くなる。お佐江のおかげで身代限りの憂き目を見ずに済んだ。

よくよくわかっている。大切にもありがたいとも思っている。

だから、今日も米饅頭を購ってきた。お佐江の好物だ。さぞや喜ぶだろう。

『安芸屋』が見えてきた。お佐江が通りに水を打っている。

あんなことは丁稚か女中にやらせればいいのに。しかしまぁ、自分で女中仕事もこなしてしまうのがお佐江のいいところではあるが。あれで、もう少し器量が良ければな。

そこで藤左ヱ門は、そっとかぶりを振った。

お佐江は確かに不器量だ。目も鼻もちまちましているのに口だけが大きい。髪も赤つ

ぽくて艶がなかった。しかし、それがどうだと言うのだ。お佐江は性根がいい。実家は裕福だ。『安芸屋』の土台を支えてくれる。

それで十分だ。十分じゃないか。おれは、できた良い女房をもらったのだ。

藤左ヱ門は立ち止まり、振り向き、お供の小僧に声を掛けた。

「おい、彦助どん、饅頭の包みを落としたりするんじゃないよ」

「へえ、わかってますよ。せっかくの饅頭が潰れてちゃ、お内儀さんへの土産になりませんものね。大事に運んでます」

彦助がしたり顔で答える。頭の回りは速いし、覚えもいいが、こういう賢しらな性根は直さないと使えない。藤左ヱ門はあれこれと思いを巡らせる。

前を向く。歩き出そうとした足が止まった。

目の前に男が立っていた。

さして大柄ではないし、若くもない。なのに、壁を感じた。一瞬だが、壁が立ち塞がったと思った。我知らず、足を引く。

「安芸屋藤左ヱ門さんでござんすね」

「……あ、はい。そうですが」

男は軽く頭を下げた。どこといって剣呑な気配を漂わせているわけではない。むしろ、穏やかで静かな佇まいだった。それなのに動悸がする。壁に囲まれ、閉じ込められた

ように息苦しくなる。

「あっしは、本所深川あたりで御上の御用聞きをしておりやす伊佐治と申しやす」

「あ……。一度、お調べに来られましたがあのときの……」

いや違う。あのときの男はまだ若かった。はしこい動きの若者だったはずだ。

「へい。あれはあっしの手下の一人なんで。その節はいろいろとお世話になりやした」

岡っ引の親分がお出ましというわけか。でも、なぜ？

傍らを荷車が通り過ぎる。土埃が立つ。

伊佐治が身振りで道の縁に寄るように示した。天水桶の陰に立ち、改めて尋ねる。

「それで、親分さん、何のご用でしょうか」

どうしても用心の口調になる。動悸がさらに強くなる。倒れてしまいそうだ。

あれのことだろうか。あの扇のことだろうか。うまく誤魔化せたと思っていたのに

……。

「へえ、実は安芸屋さんに見てもらいてえもんがありやしてね。これなんでやすが」

伊佐治が懐から袱紗包みを取り出した。

「中身が何か、おわかりでやすよね」

「はい」

自分でも驚くほどあっさりと認めていた。とぼけきれる自信がなかったのだ。

藤色の袱紗が解け、金色の扇が現れる。光を弾いてきらめく。

藤左ヱ門は寸の間、目を閉じた。閉じた瞼の裏でも光の粒が輝く。

「この前も手下が伝えたはずでやすがね、これは相生町であった殺しの一件と関わりがありやしてね。つまり、殺された女の持ち物なんでやすよ」

「……はい」

「この扇、安芸屋さんの品でお間違えねえですよね」

「ええ、間違いありません。うちの品です。先日、手下の方にも申し上げたはずですが」

伊佐治が頷く。天水桶の周りで羽虫が群れている。微かな羽音が耳に刺さってくる。

それでも、意外に落ち着いた声が出た。その声で藤左ヱ門は、先に帰るよう彦助に言い付ける。彦助は横目で岡っ引を窺いながら、傍らを通り過ぎて行った。

「そのことなんでやすが、手下の話では売った相手が誰かわからないと安芸屋さん、仰ったそうでやすね」

彦助が十分に遠ざかってから伊佐治は口を開き、問いを重ねた。

「けど、安芸屋さんほどの商いをされていて、買い手がわからないってのはどうかと気になりやしてね。掛売帳はむろんでやすが、当座売りの帳面もありやすよね」

「あ、はい。ありますよ。ただ、うちは土産用のわりに手ごろな値の品も商いますので、

そういう物はまとめて帳面に載せます。なので、時々、抜け落ちもあるんですよ。杜撰と言われれば杜撰なのですが、少額なのでそれもいたしかたないかと」

「三両一分ですぜ」

伊佐治がほんの僅か目を細めた。それだけで表情が一変する。ひどく険しい色が面に滲んだのだ。藤左ヱ門は自分の失言に気付き、唇を噛んだ。

「土産用の名所扇とは違いやしょう。三両一分もする品を売っておいて、帳面に何も記してねえってのは商いとしてどうなんでやす」

「それは、ですから……うっかりそういうことも……」

「安芸屋さん」

伊佐治が一歩、前に出てくる。目の中の光が強くなる。

「ここで、今さらあれこれ誤魔化しても埒が明きやせん。本当のことをしゃべっちゃもらえやせんかね。安芸屋さんがしゃべれねえなら、あっしから言わせてもらいやすが」

もう一度、唇を噛む。知らず知らず項垂れていた。

「この扇、安芸屋さんがお月に、ええ、殺された佐賀屋さんの女房ですよ。その女に渡した、言い換えれば、貢いだ。そうでやすね」

黙っている。それが答えになってしまう。

「安芸屋さん、お月とは前々から知り合いだったんでやすね」

「はい。その通りです」

　顔を上げる。伊佐治の口調からも顔付からも、険しさは拭い去られていた。むしろ、優しげで暖かい。この日差しのようだ。それが本来の性質なのか、見せかけに過ぎないのか藤左ヱ門には窺い知れない。

「お月さん……知り合ったころは朧と名乗っておりましたが、お月さんとは深川の宿で客と女郎として……その、馴染みの仲になっておりました」

「どのくれえ通ったんで」

「半年足らずです。かなり足繁く……通っておりました。一時は夢中になっていたと思います」

「なのに半年で切れたのは、飽いたからで？」

「いえ、逆です。このまま、ずるずる続けたら抜け出せなくなると感じてしまって」

　身体が火照る。汗が滲んで、喉が渇く。

　深川の女郎屋の、湿った夜具の上で朧の身体を貪った。手のひらに吸い付いてくる肌合い、ぽってりと重い乳房、指に絡みついて来る秘所の恥毛、喘ぎ声、吐息、喉の白さ。

　これは拙いと思った。このままでは、この女に溺れてしまう。

　女にしろ、賭博にしろ、酒にしろ溺れてしまったら終わりだ。父親と同じ轍を踏むことになる。店も家族も商いそのものも全て失う羽目になる。

未練はたっぷりとあったけれど、藤左ヱ門は深川通いを止めた。止めてしまえば、女
はそれこそ朧になり、徐々にだが日々の中に埋もれていった。そのままなら、おそらく
時折、懐かしむことはあっても生々しく思い返すことはなかったはずだ。それが……。

「扇を納めに行った先で、お月さんに出逢ってしまいました」

稽古用の舞扇の見本を持って、踊りの師匠の家を訪れた。古い付き合いの客だ。そこ
に新弟子の一人として、お月が座っていたのだ。

「驚きました。わたしも向こうも、そりゃあ驚きました。お互いに暫く声が出なかっ
たぐらいです」

「で、焼け木杭に火が付いちまったわけでやすか」

「……ええ、まあ……。その、二度ほど」

二度ほど逢瀬を重ねた。しかし、ここでも藤左ヱ門の用心が働いた。女郎ではなく他
の男の女房だ。露見すれば、ただの遊びでしたでは済まない。

「それで、ちゃんと切をつけようとしたんです。でも、お月さんの方が……」

「なるほど、女郎のときは男との縁も泡沫と納得していたが、お互い堅気の身の上とな
るとそうはいかない、ってわけでやすか」

「……でしょうか。何だかちょっと人が変わったようでして。いえ、まあ、商家のお内
儀に納まったわけですから変わって不思議じゃありませんが」

お月は執拗だった。深川の女郎、朧であったときは「これで、藤さんともお別れなんだね」とさめざめ泣きはしても、手切れの金を受け取るとあっさり別れを呑んだ。けれど、お月という女は聞き分けの欠片かけらもなく、縋りついてきたのだ。正直、狼狽うろたえた。困った。お月にも、お月を振り払ってしまえない、どこかで哀れにも愛しくも感じている己の心にも狼狽え、困惑し、弱り果てた。

「それで殺そうと思ったんで」

押し殺した低い声で伊佐治が言う。一瞬、何を言われたか解せなかった。「へっ?」

と、間の抜けた音が唇の間から零れただけだ。それで、殺そうと思い立った。違いやすか、安芸屋さん」

「お月にしつこく縋られ、厄介でたまらなくなった。それで、殺そうと思い立った。違いやすか、安芸屋さん」

大きく目を剝いていた。目尻が痛いほどだ。息根が止まったと感じた。心の臓がさっきよりさらに速く、さらに激しく音を立てる。

「ち、違います。そんな馬鹿なこと……。わたしはお月を、いえお月だけでなく誰もこ、殺したりしていませんよ。できるわけないじゃないですか、そんな恐ろしいこと」

お月と呼び捨てにしていたが、そんなところまで気が回らなかった。

まさか、おれが疑われてる? まさか、そんな……。

「だ、だって下手人は捕まったんでしょう。相生町の夫婦殺しの下手人が捕まったって、

も、もっぱらの噂じゃないですか。あの、えっと……借金で首の回らなくなった男が金

欲しさに押し入ったとか何とか噂で……。わ、わたしは関わりありませんよ」

冷や汗が滲む。舌がうまく回らなくてしどろもどろになる。行き交う人々の中には不

審げな視線を向けてくる者もいた。気にする余裕はない。

「それに、あの、手下の方にも申し上げましたが、わ、わたしは仲間内の集まりがあり

まして……あ、あの夜のことですよ。ち、ちゃんと調べてください。調べてくださいよ、

親分さん。料亭の名前はわかります。えっと、あの、このすぐ近くで、えっと」

『いすゞ』でやすね」

「あ、そうそう『いすゞ』ですよ。柳橋のあたりにも出店があって、豆腐料理が評判

の店です。集まりには、たまに使っていて」

落ち着け。おれは何を口走ってるんだ。豆腐料理なんてどうでもいいだろう。岡っ引

に疑われたぐらいで取り乱すな。おれが下手人じゃないのは、明らかじゃないか。ずっ

と、商売仲間といたんだ。長いこと飲んで、木戸が閉まる寸前まで飲んで、女将に駕籠

を呼んでもらった。ああ、でも酔い過ぎて途中から、ほとんど何も覚えてない。

「豆腐料理がお好きなんで」

「はい?」

「豆腐料理でやすよ。かなりお好きなようでやすね」

「あ、はい。まあ、好きですが」

「酒もかなりいける口で、集まりのときは大抵、遅くまで飲んで帰る。そうでやすね」

「……ええ。そうですが。それがどうかしましたか。わたしは確かに酒好きじゃありますが、酒が因で何かやらかしたなんてことはありませんよ。もちろん、人殺しなんてとんでもない話です」

「けど、この扇を音物としてお月に渡しやしたね」

「そ、それは酔っていたからじゃありません。素面で口を閉じる。まんまと引っ掛かってしまった。相手の方が一枚も二枚も上手らしい。

「はい。その通りです。お月が欲しがったので、与えました」

肚を括った。この岡っ引に自分の隠し事など通用しないのだ。決めたとたん、焦りも狼狽もきれいに消えた。人の心とは何りのままを話すしかない。だとしたら、正直にあとも珍妙なものだ。

「客を装って、いえ、本当に客としてではあるのですが、お月が店に来たことがありまして、ええ、わたしへの当てつけだと思います。そのとき、この扇に目を付けて、たいそう気に入ったが値が値だけになかなか手が出ないと、何度も言って帰りました」

「つまり、それは暗に扇をくれとせがんでいたわけでやすね」

「かと思います。今思えば、お月が本当に欲しかったのかどうか、怪しい気もしますが。

「と、わかっているのに、安芸屋さんは扇を渡したってわけですかい」

「思案はいたしました。値が張るのは確かですし、店の品を駆引きの具にしたくない気持ちもありました。ただ、お月から文が来て、扇をくれるならもう二度と店にもわたしにも近づかないと言うのです。それなら決心しました」

「お月から文が？　その文はどうしやした」

「燃やしました」

「お月に扇を渡したのはいつでやす」

「えっと……いつだったかな。桜がちらほら咲き出したころ、いやまだ蕾のころでしたかね。わたしの懐銭から三両一分を出して、売上に穴が出ないように計らいました」

「安芸屋さんがご自分で直に渡したんで」

伊佐治が問いを畳みかけてくる。いえいえと、藤左ヱ門は頭を横に振った。

「それは憚られます。店の者を使いに出しました。品を届ける役をきちんと果たせるかどうかは商人の一歩ですので、年長の小僧によく言い付けるのです」

「なるほど、で、誰を相生町までやったんで」

「彦助という小僧です。さっき、わたしの供をしておりました」

わたしを試したんだと思います

「文はどうでやす？　扇に付けやしたか」

「いえ、これといっては何も。余計なことはしない方がいいと思いましたので。箱入りの扇だけを届けるようにしました」

伊佐治が黙り込んだ。思案事を追うように、眼差しが空を漂う。

「親分さん、本当です。嘘偽りはございません。わたしは人を殺したりしておりません」

お月が死んだ。殺されたと聞いたとき、全身が粟立った。歯の根が合わず、奥歯がかちかちと音を立てた。それを気取られないように振舞おうとすれば、下腹が鈍く疼いて、吐き気まで覚えた。前夜からお佐江も風邪気味とかで部屋に籠っていたから、それを口実に「女房から風邪を移されたらしい」と自室に引っ込んだ。夜具に包まってお月のことを考えた。死んだ。殺された。もう逢えない。もう逢わずにすむ。迫られることも絶られることも脅されることもねだられることも、ない。

ほっとする。罠から逃れられた気分になる。なのに、淋しい。もう逢えない。もう逢えない。もう、あの女はどこにもいない。胸の内が洞になったようだ。凍てた風が音もたてず吹き通っていく。

お月。

藤左ヱ門は夜具を引き被り、声を潜めて泣いた。

「小僧さんに話を聞かせてもらえやすかね」

我に返る。岡っ引が見上げていた。一応、許しを乞うてはいるが藤左ヱ門に拒む力も気もないと見越している。そういう眼だ。

頷き、先に立って歩き出す。

『安芸屋』の前はきれいに打ち水されていた。お佐江の姿は見えない。

これで扇のことも、お月のこともばれてしまうかな。それとも、まだどうにか誤魔化せるだろうか。誤魔化した方がいいのか、正直に打ち明けた方がいいのか。

込み上げてくるため息を何とか、嚙み殺す。

岡っ引を奥の座敷に通し、すぐに彦助を呼んだ。いつもより少し神妙な顔つきで、小僧が廊下に座る。

「お呼びでしょうか、旦那さま」

「小僧さん。あんた、相生町の殺しの件、知ってるね」

藤左ヱ門より先に伊佐治が口を開く。不意を衝かれた恰好になり、彦助は息を吸い込んだまま身動きすらできないようだった。

「どうなんでぇ、知ってるのか知らないのか」

「し、知ってます」

「どうやって知った？　読売でも読んだのか」

「いえ、おキネさんたちが台所でしゃべってるのを聞いたんで」

「おまえさん、殺された女房に扇を届けたことがあるんだってな」

彦助がまた、息を吸い込んだ。まだ喉仏のはっきりしない喉元が上下に動く。

「旦那さまから用事を言い付かって、届けに行ったのだろう」

「……はい」

「いつのこった。できる限り詳しく話してみな」

藤左ヱ門は首を傾げた。彦助の物言いが明らかに乱れ、覚束なくなっている。普段はもっとしゃきしゃきと臆せず話ができる小僧だった。

「それは、あの……よく、お、覚えてなくて……」

「彦助どん、隠し立てをすることはないのだぞ。親分さんには包み隠さず、何でもお伝えしなきゃならない。わかってるな」

「は、はい。それはもう……。でも、本当に覚えがあやふやで、すみません」

廊下に額を擦り付けるようにして、彦助は低頭した。

「殺されたのは『佐賀屋』って表向きは口入屋、裏じゃ高利貸しを渡世にしていた年寄りとその女房だ。おまえさん、その女房に直に扇を渡したんだろ。通いの女中は何にも知らなかったからな」

藤左ヱ門は膝を進め、岡っ引に向かって首肯した。

「お月から言われていたんです。扇を届けるなら昼八つを過ぎてからにして欲しい。そ

の刻は女中も帰り一人でいるからと。多分、ご亭主に知られたくなかったんでしょう」

「それは、いつぐれえだい。あの事件が起こる、どれくれえ前になる」

藤左ヱ門の言葉が聞こえなかったかのように、伊佐治は彦助を問い詰め続ける。

「そ、それは二十日ばかりは前だったような……」

「二十日も前？　いや、そりゃあねえだろう。実はな小僧さん、あんた、見られてたんだぜ」

「は……」

「通いの女中ってのがあんたを見てんだよ。忘れ物をして『佐賀屋』に引き返したとき、裏木戸からお仕着せを着た小僧が一人出てきたのを見たと言ってるんだ」

年のわりには大柄な彦助が震え始める。

「その女中が言うには小僧を見たのはな、事件の」

「す、すみません。お許しください」

額を擦り付けたまま、彦助は泣き出した。

「誰にもしゃべるなと言われてて……。それで、それで……」

伊佐治は腰を浮かそうとしたが、脚に力が入らなかった。自分の身体も震えている。

「そうかい。鎌（かま）をかけてみたが、やはりな」

「え、鎌をかけた?」

　唾を呑み込む。伊佐治の黒目がちらりと、ほんの刹那だが藤左ヱ門に向けられた。

　そうか。通いの女中が見たというのは、出まかせか。

　そう察したけれど、咎める気も詰る気も起こらない。そんな余裕はなかった。

　彦助は観念したのか、しゃくりあげながらもきれぎれに白状し始めた。

「お、扇は箱ごと預けて……相生町に届けたのは、十日も後でした。だ、旦那さまにも

誰にも言ってはならないって……他言したら店から追い出すって……」

「誰に言われたんだ、そんなことを」

　喉の奥から叫びがほとばしった。

「おまえは誰に預けたんだ。誰に扇を渡したんだ、彦助」

　彦助が顔を上げる。額に薄らと血が滲んでいた。汗と涙と洟で顔半分がぐしょぐ

しょになっている。しかし、意外にしっかりした調子で彦助は告げた。

「お内儀さんです」

「お佐江が?　　馬鹿な、お佐江がそんなことをするはずがない。いいかげんなことを言

うな」

「本当です。本当にお内儀さんに渡したんです。使いに出ようとしたら呼び止められて、

それを暫く預かると無理やりひったくられて、旦那さまにはちゃんと届けたと伝えるよ

うに言い付けられました。はい、返してもらったのはずっと後でした。すぐに相生町に届けに行くようにと言われて。お内儀さん、怖い顔をしてました。目なんか吊り上がっていて、ちょっと怖気るぐらい怖かったです。いつもは優しいのに変だなとは思ったけれど、そんなことより気持ちの方が急いて、早く届けなくてはと、そればかり考えてました。

無事、先方に渡せたときはほっとしました」

語り終えて、彦助は本当に息を吐き出した。

「安芸屋さん、お内儀さんは今、どこにいやす」伊佐治が立ち上がる。

「は？　あ、はい。お佐江は店先に水を打っておりましたが、親分さんと話をしている間に奥に引っ込んだようです。見て参りましょうか」

「いけねえ！」

一声、叫ぶと座敷を飛び出して行く。

「お内儀の部屋はどこだ」

恐ろしいほど歪んだ形相で怒鳴りつけられ、彦助が二間先の障子戸を指差す。が、藤左ヱ門はすぐも出ないようだった。へたり込み、伊佐治の背中を見送っていた。もう声に我に返った。まだ廊下に座ったままの彦助を蹴飛ばすような勢いで、岡っ引を追いかける。

奥まった四畳半がお佐江の部屋だ。

狭いが日当たりがよく、風が通る。お佐江は気に

入っていて、暇があればここで縫物をしたり、ぼんやり庭を眺めていた。

その部屋の前で、藤左ヱ門は立ち尽くす。

見えている光景が解せない。現のものとは思えない。

なんだこれは？　なんなのだ？

小振りの衣装箪笥の前で、伊佐治がお佐江を抱き抱えていた。口に指を入れている。

その周りには血の塊のようなものが散乱していた。お佐江が引っ掻いたのだろうか、

畳に血色の爪の跡がはっきり残っている。腐臭と青臭さが混ざり合った異様な臭いが鼻

を突いた。

背後で彦助が悲鳴を上げた。

「毒を飲んだんだ。医者を呼べ。医者だ」

伊佐治の大声が響く。「は、はい。かしこまりました」。こんなときなのに小僧は躾け

られた通りの返事をして、駆け去った。

「お医者さまを呼んでください。誰か、誰か」

「彦助どん、何事だ。何を慌ててる」

「お内儀さんが、お内儀さんが毒を。早く、医者を呼んでーっ」

「何だって、お内儀さんがどうしたって」

引き攣った声、驚きの声、足音、何かが転がった音……遠くから騒めきが寄せてくる。

お佐江の身体が震えた。「ぐえっ、ぐえっ」。断末魔の獣に似た呻きと血の混じった嘔吐物が、広がる。臭いも広がる。

「お佐江……」

藤左ヱ門はその場にくずおれた。腰から下が萎えたようだ。力が入らない。それでも、何とか這いながら女房に近づいていく。

お佐江、死なないでくれ。死なないでくれ。

伊佐治が何か呟いた。幾筋もの汗が頬を伝い、滴り落ちている。

「お佐江っ」

藤左ヱ門は叫びながら、お佐江の身体に縋りついた。

何が起こったのか、起こっているのかわからない。何にもわからない。わかっているのは唯一つだ。

終わった。

これで終わってしまったのだ。山もあり谷もあり、悩みも嘆きも苦労もあったけれど、それでもまあ幸せだと笑える暮らしが潰えてしまった。終わってしまった。掛け替えのない日々が指の間から零れ落ちてしまった。二度と戻ってこない。

「お佐江、お佐江、お佐江」

叫んでも揺すっても、返事はない。

お佐江の髷から黒塗りの櫛が落ちた。あるか無きかのささやかな音が、藤左ヱ門の耳に、深く突き刺さり、いつまでも鳴り響いた。

遠野屋の表座敷は賑やかだ。

明日にいつもの催しを控え、用意の最中だった。

「ふむ。いいな。思っていたよりずっといい感じだ」

三郷屋吉治が大きく肩を揺する。

「どう思ってたんだ。おまえの思うところを聞かせて欲しいもんだな」

すかさず、吹野屋の主、謙蔵が口を挟んできた。

「いや、そりゃあ……ともかく、いいよ。思ってたよりずっといいんだよ。生まれ変わったみたいじゃないか。あの古い帯がこんなになるなんてなあ。何と言うか、驚きだ」

それもたった半日でここまで仕上げたっていうんだから、見事なもんだ。

二人の前には小紋の袷と帯が、衣桁に掛かっていた。帯は黒繻子、紫縮緬の昼夜帯だ。三郷屋の女中おタヨの持ち物で、古く安価な代物だった。その帯のあちこちに五枚花弁の小さな花が縫い留めてある。綿を詰めているので僅かに盛り上がっていた。端切れで作ってあるので様々な色合い、紋様があり、たいそう愛らしい。娘帯としては、それだけでなく際立った新しさではないかと吉治は感嘆の吐

息を漏らしたのだ。

「ほんとにねえ。生まれ変わったって言い方、ぴったりですよ」

おうのは笑みを浮かべ、指先でそっと帯に触れてみた。あの粗末な帯がこんなに愛らしく変わるとは、驚くしかない。華やかでも豪奢でもないけれど、娘盛りをきちんと飾ってくれる一条だ。

「お高さんて言いましたかね。遠野屋さんが見つけてきた職人さんは」

謙蔵が問うてくる。さっき、吉治に突っ込んだときとは明らかに違う、おずおずとした遠慮がちな口振りだった。

「はい。お高さんです。十になるかならないかって時分からお針を使って方便を立てていたそうですよ。同じ森下町内なのですけれど、こんな腕利きのお針子さんがいたなんて知りませんでした」

「いつものことながら、遠野屋さんの目利きはたいしたものです。人でも品でも、本当の意味で優れたものを迷うことなく見つけてしまう。いやもう、手前どもとしては感服するしかありません」

「迷わないわけじゃないでしょうが……」

おうのは、語尾を濁した。

これほどの商いを回し、これほどの催しを続ける。迷わないわけがないし、迷わない

者にできる仕事とも思えない。傍からどう見えるかは別にして、遠野屋清之介は迷うが故に思案を磨き、人を見る眼を磨いてきたはずだ。むろん、天から商才を授けられたのは確かだ。

しかし、その才に溺れも満足もせず地道に悩み続けてきた。だからこそ、今の遠野屋の栄がある。清之介の前身を薄らとだが知っているだけに、その道のりに深く感じ入る。この先も迷いながら進んで欲しいと望む。清之介のおかげで、自分も自分なりの道を見つけられた。いつか恩返しをしたいとも望む。

「それにしても遠野屋さん、遅いですね」

吉治が廊下側に首を伸ばし、少し声を翳らせる。

「ええ、お客さまとの話が長引いているみたいですね」

「お客さまって、尾上町の親分さんでしょ」

吉治が眉を寄せ、口元を歪めた。丸顔のせいか渋面というより泣き顔に見える。

「遠野屋さん、ずい分と親しいようだけど大丈夫ですかねえ」

「大丈夫というのは？」

「いえね、ほら岡っ引の親分なんて、ごろつきと紙一重なんて輩も多いでしょう。見回り料だの揉め事の収め賃だの、ほとんど強請り集りと変わらないやり方で金をせびったりして。あ、いや、まあ尾上町の親分さんはそういう手合いとは違って頼りになるし、筋が通っているともっぱらの評判じゃありますがね。それでも、岡っ引が足繁く出入り

するってのは、商いにとってあまり良くはないですがねえ」

「それはそうでしょうけど、でも、遠野屋さんと親分さんは立場を超えてのお付き合いのようですよ。あたしなんかにはよく、わかりませんが。さ、あちらはあちらとして、あたしたちは仕事の続きに精を出しましょう。おちゃさん、吹野屋さんのお草履に合わせて半襟を選んでくださいな。吹野屋さんに目利きしていただかないとね。それと、お伝えしたいことがあるんでしょ」

部屋の隅からおちやが進み出る。

「あ、はい。もうできておりますのでお願いいたします。えっと、あの、それで吹野屋さん、お色や紋様合わせの試み、とてもおもしろいのではないかしらと考えまして」

「紋様合わせとは、この前、わたしが言ったようなやり方ですか」

「ええ、おうのさんからお聞きしましたが、あのお考え、とてもいいと思うのです。で、わたしなりに思案してみました。例えばこのように半襟が桜の花なら鼻緒に花弁を刺繡したり縫い付けてみてはどうかと……」

「それは、お高さんとかいう針子さんに頼むんで?」

「刺繡は縫箔屋さんに頼まなければ駄目かもしれません。縫い付けはお高さんに任せられます。実は二つ三つ、見本で作ってもらったんです。これを見てください」

「どれどれ。ほおほお、これはなかなかの物のようだな。ただ草履にしても下駄にして

も履きやすさが何より上だからな。こちらのは少し、飾りが邪魔になるかもなあ。それに、あまり凝ると値に跳ね返る。そこのあたりが難しい」

「普段履きには無理でしょうか」

「どれどれ、おれにも見せてくれ。なるほど、鼻緒の飾りなあ。こちらは帯飾りと対になるのか。いいねえ、洒落てるじゃないか」

「だから、洒落てるだけじゃ半端なんだ。要は履き心地だ。使い勝手がよくないとな。初めは物珍しくて売れても、履きにくい草履や下駄なんて一月も経たないうちに見向きもされなくなっちまう。履き心地と値とちょっとした洒落っ気。この三つが揃ってないとな。しかも、ほどほどにだ。どれか一つが欠けても駄目だが、どれか一つだけが目立っても駄目だ。新しい品にはならない」

「なるほど、履物ってのは存外、難しいな」

謙蔵はもちろん、おちやも吉治も真剣な眼差しになっている。商人の眼だ。おうのは顔を寄せ合う三人を見下ろし、仄かに笑んでいた。本物の商いは人を活かす。生業を生み出し、銭を生み出し、人が人としてまっとうに生きられる道を生み出す。

遠野屋さん、やはり、あなたは大したお人ですね。

廊下の向こうに目を向ける。気持ちの内に影が差した。

あなたの生きる場所はここですよ。商いの回るところです。

　心内で呟いた自分に驚く。

　あたしは何を偉そうに……。自分がどこで生きるかなんて、どう生きるかなんて遠野屋さんは承知の上にも承知している。あたしが口出しできるようなお方じゃないんだ。

　おうのは乳房の上を強く押さえていた。

　伊佐治が嫌いなわけじゃない。さほど深い付き合いではないが実直で生真面目で、優しい人柄だと解している。ただ、その主の方はとんと得体が知れない。だからだろうか、時折、妙な胸騒ぎを覚える。

　遠野屋さん、近づいちゃ駄目ですよ。伊佐治にもその主にも、遠野屋に出入りしてもらいたくない。本気で思う。

　そう諫めたい心持ちになる。

　清之介が誰かに引きずられるほど弱いとも、脆いとも考えてはいない。並外れた強靭な心があってこそ、今がある。自分など足元にも及ばない強靭さだ。信じるに足る強さとしなやかさ。そうだとも、十分に信じるに足る。

　この胸の騒ぎ、この心許なさは、多分、あたしが臆病だからだ。手にした幸せを失いたくないと怯えているからだ。人の幸せがあっけなく消えると骨身に染みているからだ。あたしだ。あたしが怖気ているだけなんだ。

「おうのさん」おちゃに呼ばれる。

「この色合わせは、少し奇抜過ぎますか」

「え？ あ、はいはい。そうねえ、お人を選びますかねえ。でも、無難ばかりじゃおもしろくないし、こういう大胆な合わせ方もありじゃないかしらね」

おうのは視線を座敷に戻し、笑みを作る。

「遠野屋さん、遅いなあ」

吉治が呟いたけれど、聞こえない振りをした。

「それでは、裏木戸の件は安芸屋のお内儀さんの企てだったのですか」

念押しのように問うてみる。

伊佐治が妙に緩慢な仕草で首を前に倒した。疲れているのか、いつもの生気が感じられない。

「さいでやす。箱の底に日付と刻と裏の一文字を記して、渡したんだそうで」

「文ではなく箱に直に、ですか」

「へえ。安芸屋の主人てのは、昔からちょくちょく女遊びをしていたそうで、女と文のやりとりをするのも簪に結び付けたり、箱に書き込んだり、小細工をしてお月に逢引の言伝をしたんだとか。お佐江はそれを知ってたんですよ。で、亭主の振りをしてお月に楽しんでたんだとか。お月の方は、疑いもしなかったんでしょうね。で、あの夜、安芸屋のために

木戸を開けて待っていた。おそらく、台所横の小間に呼び入れるつもりだったんでやしょう。

そこで、ため息を吐き、伊佐治は僅かに目を伏せた。

実際に入ってきたのは粂三郎だったわけですがね」

「お佐江の文机の上に書き置きがありやしてね。それに、事細かく書いてありやした
よ。急ぎ書けるもんじゃなし、お月が亡くなったと知ったときから覚悟はしてたんでし
ようね。あっしが安芸屋さんと話してるのを見て観念したんだと思いやす」

「安芸屋のお内儀さんはまだ、生きておいでなのでしょう。親分さんの手当てが早くて、
飲んだ毒を吐き出すことができたのではないですか」

伊佐治が渋面のままかぶりを振る。

「慰めてくれるのはありがてえが……そう、褒められたもんじゃねえんで。確かに命は
助かりやした。けど、まるで赤ん坊みてえになっちまって。いや、赤ん坊なら泣きも笑
いもしやすが、それもなくて、一日の大半を眠っていてたまに目を開けても、呼んで返
事をするわけでもなく、亭主や子どもの顔がわかる風でもなくって有り様なんでやす」

清之介を見上げた眼にも翳りが宿っていた。

「しかし、お内儀さんが服毒してからまだ数日経ったばかりではありませんか。これか
ら、回復する見込みもあるでしょう」

「ほとんどねえとのこってす」

伊佐治が自分のこめかみを指先で押さえる。

「医者によると、お頭のどこかが毒にやられちまったそうで。治しようがないらしいんでやす。むしろ徐々に衰えていって、長くても一、二年の内に命が切れる見込みの方が高いと医者に伝えられたそうでやす。それが幸せなのか不幸せなのか、お佐江はまだ、安芸屋で亭主や子どもに見守られて眠ってやす。何にもわからなくなったお白州に引きずり出すわけにもいかずって、御上も見て見ぬ振りをしてやすよ。この先、何らかの咎めは下されるかもしれやせんが」

「……そうですか」

返す言葉を失い、清之介は唇を結んだ。伊佐治はやや伏し目になって、話を続ける。

「お佐江の書き置きによりやすと、事の起こりは、浅草寺の境内で呼び止められて藤左ヱ門さんとの関わりを打ち明けられたことのようでして。お月は、本気で藤左ヱ門さんと惚れ合っている、いずれは一緒になるつもりだとはっきり告げたそうでやすよ。お月がどんな思案で、そんなことを口走ったのか、今となっちゃあ確かめる手立てはありやせんが……お月なりに本気だったのかどうか……わかりやせんねえ」

「本気で安芸屋さんに惚れていたと?」

「まあね、お月にも徳重って亭主がいるわけでやすから、そうそう容易く口にできる台詞じゃねえと思いやすが、それをわざわざ相手の女房に伝えるってのは、よっぽどでやしょう。お月とすりゃあ、自分も安芸屋さんもきれいさっぱり夫婦別れして、いずれ

は安芸屋のお内儀の座に納まるって未来を思い描いてたんですかねえ。うーん、わかりやせん。安芸屋さんに確かめやしたが、そんなつもりはまったくなかったし、約束など決して交わしていないとのことでやしたが」

安芸屋にとってお月は遊びの相手、遊女のころとさして変わりはしなかった。おそらく、お月はそれを察していたのだ。口惜しい。憎い。愛しい。伊佐治の言う通り、お月の胸の内にどんな情動が蠢いていたのか窺う術はもう、ない。

「お佐江は初め、相手にする気はなかったんで。亭主の遊び癖は心得ていたし、子どももいる。安芸屋さんてのはたいそうな子煩悩で子どもを不幸せにするわけがないと、わかっていたそうなんでやす」

「しかし、実際にはお月さんを……」

「お月が嘲ったんですってよ」

「嘲った？　お内儀さんをですか」

「へえ。お佐江の容姿を嘲ったんで。醜女だと嘲笑って、安芸屋さんの心は美しい自分に向いていると言い切ったあげく、その証に店に飾ってある高直な扇を貢ぎ物にしてもらうと、さらに言い切ったんで。お佐江はその嘲笑いがどうしても許せなかったと書いておりやした。で、安芸屋さんが、あの扇をそっと相生町に届けようとするのに気が付き、お月を殺さねばと心が決まったんでやすよ。ただ、安芸屋さんに確かめたところじ

や、お月からあの扇をくれるならきれいに別れてもいいと言われ、つい、店の品に手を
出したって顚末でやしたが」

「なるほど、お月さんとすれば好いた男の女房に、嫌がらせの一つもしてやりたかった。
とすれば、安芸屋さんの心が自分に向いていないとわかっていたのではありませんか。
だから、お佐江さんが憎くなる。お佐江さんを苦しめてやりたくて、あれこれ策を弄し
て安芸屋さんが自分に気のあるように見せかけたというわけでは」

「さいでやすねえ。お月も、男の裏も表も知り抜いていたでしょうし、徳重との暮らし
に苦労していたわけじゃねえ。むしろ、商家のお内儀になってそこそこ満足していた節
はありやす。だから、本気で安芸屋さんと一緒になろうとしていたのかどうか……うー
ん、やはりよく、わかりやせんねえ。女の心の内ってのはどうにも摩訶不思議で、あっ
しなんかには見通せませんや」

伊佐治は低く唸った。

清之介にも見通せない。わかっているのは、お月のどこか捻じれた想いが死を呼び込
んだという、それだけだ。

「親分さん、つまり、佐賀屋さんの一件は徳重さんにもお月さんにも、それぞれに殺さ
れる理由があったということですね」

口にして、いや違うなと思い直す。

人が人に殺されることに、人が人を殺すことに、どんな理由もありはしない。榮三郎にしてもお佐江にしても、命を脅かされたわけではなかった。ぎりぎり追い詰められはしたが、相手を殺すことより他にどんな手立てもなかったのか。現や胸の内の苦悶に負け、殺すことを選んでしまったのではないか。

それを責めることとは、おれにはできないが。

顔も名も素性も知らぬ相手を幾人も斬った。怨みも憎しみもない者たちを殺した。追い詰められていたわけではない。殺すより他の手立てなど考えようともしなかった。命じられた通り木偶を斬るように人を斬った。榮三郎やお佐江を察度できるはずもない。

「そうでやすね。まさか、夫婦で違った理由があるなんてねえ。あっしなんか、お月は徳重殺しのとばっちりを食らっちまったとばかり考えてやしたから」

伊佐治がやや、声の調子を大きくする。おそらく、清之介の思案を捉え、気を遣ってくれたのだろう。

遠野屋さん、昔は昔。もう忘れるがいいですぜ、と。

「ええ、理由はそれぞれにありやした。けど、下手人は榮三郎一人でやす。あの夜、お佐江は家から一歩も出ちゃあおりやせんからね」

「お月さんに裏木戸を開けさせる。それがお佐江さんの役目だったわけですか」

「さいで。初めに殺しの場を調べたとき、うちの旦那、ざっと三つのことに引っ掛か

313

てたんでやすよ。扇の箱はどこにあるのか。なぜ木戸が開いていたのか。なぜ表ではな
く裏木戸から入ってきたのか」

伊佐治が三本の指を順に折り込んでいく。

「箱はお月が竈で燃やしてやした。

さんが忍んで来ると信じていやしたから、万が一、徳重の目に触れることを恐れて灰に
したんでしょうよ。それまでは、大切に隠していて時々、取り出しちゃあ眺めていたみ
てえです。だから、本当に安芸屋の旦那を待っていたんでしょうね」

「哀れな話ですね」

お月には非も歪みも愚かさもあった。他人を蔑ろにし、嘲笑い、自ら禍根を招いた。
しかし、恋しい男をひたすら待つ初心な一面もあったのだ。けれど男は来ず、命を絶た
れた。それがお月の現だった。

徳重もお月もひどく驚いた顔つきのまま息絶えていたと聞いた。徳重は死んだはずの
榮三郎の姿に心底から、驚愕したのだろうが、お月はどうだったのか。己の現の無残さ
に吃驚するしかなかったのではないか。

ふっと考えてしまう。

「木戸が開いていたのは、お月が安芸屋さんのために門を外しておいたから、裏木戸だ
ったのは、お佐江が裏と記したからでやすね。お佐江は佐賀屋さんの家内の様子も周り

の様子も知らなかった。忍び込むなら裏木戸だと思いでしょうね。まあ、箱は燃えちまったし、お月は死に、お佐江は物もしゃべれねえ。本当のところを確かめる術はないが、そう的外れでもねえだろうと……」

「木暮さまが仰ったのですね」

「ええ。面倒くさそうに言いやしたよ。旦那の気持ちは、この一件からはもう離れてるんですかね。まあ、お奉行所も早々に幕引きしろとの仰せみてえでね。読売で騒がれるような良俗に反する事件は長引かせちゃならねえってお達しでさ」

「では、佐賀屋さんの一件は榮三郎さんとお佐江さんが示し合わせての罪科だったと、そこに落ち着くのですか」

「のようでやす」

思わず膝を進めていた。ああ、そうなのですかと頷けない。重いほどの違和を覚える。頭のどこかで「やめておけ」と声がした。おそらく、己の声だろう。

やめておけ。どこで幕が引かれようが、おまえに何の関わりがある？ いらぬことに踏み込むな。さあ、遠野屋の商いに戻れ。おまえが生きると決めた場所に戻るがいい。

清之介は膝の上で手を重ね、奥歯を嚙み締めた。

伊佐治が腰を浮かす。

「じゃあ、あっしはこれで。お忙しいときに、お邪魔しちまってすいやせん」

「いえ、お報せをとねだったのはわたしですから。わざわざ、ご足労いただいて」

型通りの挨拶を呑み込む。伊佐治は既に廊下に足を踏み出していた。

「木暮さまは、これで良しとされておられるのですか」

伊佐治が振り向き、僅かに眉を上げた。

「榮三郎さんは医者も巻き込んで幽霊に化けました。お佐江さんは、お月さんを殺すために裏木戸を開ける手筈を整えました。当のお月さんを使ってです。徳重さん共々お月さんを殺すことを榮三郎さんと約束していたわけになります。そうですね」

「へえ」

伊佐治は返事をしてから、清之介に向けていた眼を逸らした。

「そんな入り組んだ、尋常でないやり方を誰が考えたのです」

伊佐治の視線が戻ってくる。今度はまっすぐに、躊躇う風もなく清之介に注がれた。

「お奉行所は、全て榮三郎とお佐江の仕業として片付ける気でいやす」

「木暮さまも、ですか。木暮さまはそれで納得しておられるのですか」

「しているわけがない。こんないい加減な穴だらけの結末を、あの男が受け入れるわけがない。誰が望もうとも拒み通すだろう。拒んで、どうするのか。自分のやり方でけりをつける。

それしかあるまい。

　伊佐治が向き直り、そのまま廊下に腰を下ろした。

「実は、昨日になりやすが宵方、八丁堀のお屋敷を覗いてみたんで。あっしとしても、ちょいと後味が悪いというか引っ掛かりがありやしたもんで。へえ、今でも引っ掛かっちゃおりやすよ。お佐江が小僧から扇を取り上げてから、お月に渡せと返すまで、十日余りが経っておりやす。その日数は何だったのかよくわかりやせん」

「流れから行くと、今の屋さんと綿密に打ち合わせをして機を計っていた間と考えられますね。医者も口説かなくてはなりませんし、今の屋さんの隠れ場所も入り用でしょうし。お佐江さんと今の屋さん、二人の気持ちが固まらないと今回の件は成り立たない……成り立たぬ方がよかったのですが。それにしても、親分さん、上手く嚙み合ったものですね」

「まったくで。榮三郎にしてもお佐江にしても、日の下でまっとうに生きてきた者たちです。まっとうに生きているから殺しとは無縁だなんて言い切れやせんがね。少なくとも殺しに慣れていたはずがねえんで。なのに、互いに役目をこなし、殺したい相手を葬り去った。榮三郎が主に動き、お佐江は片棒を担いだ恰好じゃありやすが手際が良過ぎやすよねえ。榮三郎とお佐江はどこで知り合ったのか、そこんとこもまだ曖昧なまま

なんで」

「曖昧を木暮さまが捨て置かれるとは、信じられぬのですが」

清之介の眼差しを受け止め、伊佐治は一度だけ瞬きをした。

「あっしも同じ心持ちでやさぁ。だから、旦那から何か指図があるだろうと、勇んでお屋敷に出向いたんでやすよ。だってね、遠野屋さん、旦那はまだ終わっていないと、はっきり口にしたんですぜ。まだ底があるって。徳重ん家の台所でね。まぁ、些か面倒臭げじゃありやしたが。当人がそう思ってるなら、思ったように動くはずでやしょ。もともと、上の意向なんぞ気に掛けるお人じゃありやせんしね」

「ええ、重々承知しておりますよ。で、どのようなお指図があったのです」

「ねえんですよ」

伊佐治がかぶりを振る。膝をぴしゃりと叩き、息を吐き出す。

「ない？　木暮さまはお指図を出されなかったのですか」

「さいです。指図どころか、この一件には既に気持ちが向いていないみてえでした。あっしの見た限りはでやすが」

清之介は顎を引き、唇を噛んだ。

気持ちが向いていない？　自分が手掛け、幾つもの穴が開いたままの一件であるのにか。それとも、あの男の眼はとっくに終結の形を見定めているのか。いや、それなら……。

「親分さんや手前に何かしらの解き明かしがあるはずですね。いつもなら、事件が片付

いた後、木暮さまなりに伝えてくださっておりました」

ほらよ、これが欲しかったんだろう。

信次郎はときに薄く笑いながら、ときに真顔で、ときに気怠げに真像を清之介たちの眼前に広げた。それはたいてい思いもよらぬ姿形をしていて、たびに清之介は目を見張り息を呑むのだ。白日の下に引きずり出された謎。明らかになった下手人や犯科人。そこに驚愕したわけではない。現が思案を超えることは、商いにもある。日々の暮らしの中にも出来する。驚愕したのは、人の正体だ。信次郎の話に耳を傾けているうちに人は姿を変える。薄皮を一枚一枚脱ぎ捨て、あるいは、べろりと剝いて本性を露わにする。

怜気な女、強欲な男、生真面目な職人、健気な娘、好々爺、卑劣漢、道楽息子、君子人。人は人に名目を貼り付けるけれど、名目は名目、ただの薄皮に過ぎない。薄皮の下に隠れていた人のありようには一つとして同じものはなく、似ているものさえなかった。欲も憎悪も愚かしさも優しさもみな違う。

伊佐治が首肯するしかなかった。

瞠目するしかなかった。

「そうなんでやすよねえ。へへえと声だか息だかわからない音を漏らす。正直、そこのところが病みつきになっちまって、旦那の言葉で目の前の霧がばあって晴れるというか、見ていた景色がくらっと変わるというか……何という

つちまうみたいなこと、一度覚えちまうとおもしろくてね。さて、今度もあれを味わわ
せてもらえるかと、ついつい当てにしちまうんで」

「わかります。わたしも同じですから。親分さん、似たような話を前にも交わしました
ね。酒毒に侵されているようだと」

伊佐治と目を合わせる。老練な岡っ引はおぼこ娘のように頬を染めていた。

「まったくね、時々、いや度々、やってられねえって旦那を蹴飛ばしたくもなるし、何
もかも放り出したくもなるんでやすが、そんな気持ちよりあの味の方がどうしても勝つ
ちまうんですからしょうがありやせんよ」

「はい。しょうがありません。下手に足掻いて、抜け出せるものでもなし」

「遠野屋さん、やけに割り切った物言いでやすね」

「己に言い訳しても始まりませんからね。他では味わえない快楽を知ってしまった。そ
れが幸なのか不幸なのかわたしには言い当てられませんが」

おや、おれはずい分と素直に心内を吐露しているな。

苦笑してしまう。己の素直さがおかしい。

伊佐治が勢いよく立ち上がった。真顔で清之介を見下ろす。

「もう一度、旦那のお屋敷を覗いてみやす」

「はい。ぜひに」

一礼すると、歳には不釣り合いな俊敏な動きで伊佐治は去っていった。やはり、庭蔵の横を通り裏口へと消えていく。

雲が流れていく。足が速い。天の高みでは、かなりの風が吹き過ぎているのだろうか。

ふと、寄辺（よるべ）ない情に囚われる。雲は気儘（きまま）に想いのまま空を流れているのではない。風に運ばれ何処とも知らぬ場所に行きつく。

おれはあの風なのか、雲なのか。

馬鹿な。何を今さら、つまらないことを考えている。己を叱り、両足に力を込める。

足裏に廊下の硬さが伝わってくる。なのに、頼りない。足元が崩れ、身体がふわりと浮くように感じる。浮けば、天を走る風にさらわれてしまいそうだ。

「ととさま」

軽い足音をたて、おこまが駆け寄ってきた。

「ととさま、だっこ」

飛び込んできた小さな身体を受け止め、抱き上げる。とたん、足の底がぴたりと廊下に吸い付いた。寄辺なさも、心許なさも消えて、ここに立っている己を生々しく感じ取れる。

「あのね、ととさま」

おこまは大きな眼で清之介を見詰めてくる。

「もう、怖い夢、見ないの」

「怖い夢？　ああ、おとっつぁんがどこかに行ってしまう夢か」

「うん。もう、見ないの。よかった。もう怖くないよ」

「そうか」

さほど大柄でもない娘なのに、腕に確かな重さと温かさを伝えてくる。

「ととさま、かかさまが好きだった？」

「え？」

「かかさま。優しかった？　きれいだった？　ととさまは、かかさまが好きだった？」

おこまを下ろし、清之介は廊下に膝をついた。おこまの黒眸を覗き込む。

「おっかさんはな、優しくて美しい女人だったよ。おとっつぁんは今でも、とても好き
だ」

おこまの禿をそっと撫でてみる。　艶やかな手触りだった。

「おこまも、かかさまのこと好き。ととさまが好きだから、好き」

あはっと、おこまが笑った。

「あの、あのね。もうすぐお菊ちゃんが来るの。一緒に遊ぶの。あのね、お菊ちゃんの
かかさまが、えっと、お人形のべべを縫ってくれたの。二つも縫ってくれたの」

「そうか。それはすごいことだぞ。よかったな、おこま」

こくりと頷き、おこまはもう一度、楽しげに笑った。

清之介は立ち上がり、おこまと手を繋ぐと表座敷へと歩き出した。

商いの場所だ。仲間たちが待っている。

そういえば、おこまを授けてくれたのは、あの男だったな。

手前勝手でいいかげんな事訳ではあったが、あの男が自分の許におこまを届けてくれた。それは揺るがない事実だ。

信次郎との縁の深さに、歪さに心を馳せる。

「あ、お菊ちゃんだ」

廊下の端に小さな影を見つけ、おこまが駆け出した。手の中には、まだ仄かな温もりが残っている。清之介はそれを、ゆっくりと握り締めてみた。

桜はとっくに散り終わっている。

庭に花樹が植わっているわけでもない。それなのに、一瞬、花の香りを嗅いだ。茂った葉とも熟れた実とも違う、ささやかな芳香だ。

木暮信次郎は読んでいた綴り帖から顔を上げ、外に目をやった。

まだ夕七つには届かない刻だ。

光は燦々と地に注ぎ、日に日に強さを増す。

しかし、闇を見た。漆黒の闇ではない。行灯なのか月明かりなのか、あえかな光の源があって、ぼんやりとあたりを照らしているのだ。その明かりの中で女が舞っていた。

激しい舞だ。

扇が闇を裂くように、裁つように、震わすように動く。身体が幾度も回る。しかし、優雅だった。激しいけれど優雅に女は舞う。足はぴたりと地に付いたまま滑らかに動き、

一分の乱れもない。

何かに似ているな。

胸の内で呟き、その何かにすぐに思案が至る。

ああ、あいつの剣か。

激しくありながら優雅、身体の芯はいささかも揺れることなく刃だけが自在に煌めく。

この舞とあの剣は似ているのだ。

そうは思いませぬかな、母上。

瑞穂の指がすっと撫でる。それだけできれいに折り畳まれた扇は、何の役にも立たない具としか思えない。

手元の綴り帖が風にかさりと鳴った。母の留記だ。読み進み、読み返してみたけれど、やはり日付と天候、金銭の出入りより他に何も記されていない。ただ……。

微かな足音が聞こえた。忙しげなわりに、落ち着いた足取りを伝えてくる音だ。そろ

そろ来るころだとつけていた見当より、幾分早い。

「旦那、お出ででやしたか」

伊佐治が現れ、縁側に腰を下ろす。

「いると知ってて来たんじゃねえのかい、親分」

「あいにく、あっしは千里眼は持ってねえんでね、旦那がお屋敷にいるかいないか見通せやしませんよ」

「いなければ帰ってくるまで待つつもりだったんだろうが。一晩中でもな。ふふ、千里眼はなくとも、人並み外れた粘りは具えているよな」

「おそれいりやす。ま、あっしのことより、旦那は何をしてらしたんで?」

問う前に、伊佐治は既に部屋の中を見回していた。帳面だの紙束だのがあちこちに散らばっていて、お世辞にも整っているとは言えない有り様だ。

「また、お調べ事でやすか」

「まあな。ただ、今はちょいと幻を見ていたな」

「はぁ?」

伊佐治が腰を浮かし、まじまじと信次郎を見詰めてくる。

「旦那が幻を? 何を言ってんでやすか。まさか、毒茸でも食ったんじゃねえでしょうね」

325

「この時季に毒茸があるかよ。おしば婆さんのとびきり不味い飯しか食ってねえよ」

「じゃあ、おしばさんが飯に毒を混ぜ込んだんだ。でなきゃ、旦那が幻なんぞ見るわけがねえ。で、旦那」

縁側に座り直し、伊佐治が覗き込んでくる。

「どんな幻をご覧になったんでやす？」

まったく、何でもかんでも穿ろうとしやがる。

と、おかしくはあったが苦々しくは感じない。この岡っ引の勘を蔑ろにはできない。

猟犬の嗅覚と同じだ。獲物を嗅ぎ当てる骨合は天性のものだと心得ている。

「旦那が幻を見るなんて、信じられやせんよ。だから、余計に気になっちまってね。出過ぎた真似だとはわかっちゃいるんでやすが、あっしも」

「おふくろ、さ」

「へ？」

「おふくろの幻を見た。今、そこで」

顎をしゃくる。伊佐治が身を捩り、庭へと顔を向ける。

「扇を手に舞っていたぜ」

妙に緩慢な仕草で、伊佐治は姿勢を戻した。それから、再び、信次郎を凝視した。

「旦那が母上さまの、瑞穂さまの幻を見た……んでやすか」

両眼を見開いたまま問うてくる。

「そうさ。何で一々、驚く。息子が母親の幻を見るのが、そんなに不思議かい」

「息子が母親の幻を見るってだけなら、別段、何ともありやせんよ。あっしもたまにですが、亡くなったおふくろの夢を見やす。いったい、どういうことなんで？」

にも合点がいきやせんねえ。いったい、どういうことなんで？」

伊佐治の眼が底光りする。

探索する者の眼つきだ。いつの間にか岡っ引根性が身につ
いてしまったと、ときに嘆いてみせたりもするが、自分の勘に引っ掛かった出来事を執
拗に追い求めるのは、この老人の性分だ。生れ持った性質なのだ。

「そうさな、幻というより思い出してのが当たりかもな」

縁に出る。伊佐治の傍らにしゃがみこみ、明るい光に満ちた庭に目をやる。闇などど
こにもない。花もない。

「おふくろは舞の名手だったと、亡くなってからだが度々他人から聞かされた。おれは、
まだ幼かったせいなのか、おふくろがどの程度の舞手だったのか知らねえ。知りたいと
望んだこともねえ。おれには関わりのないことだからな」

伊佐治が何か言いたげに唇を動かした。が、一声も漏れてこなかった。

「けどよ、思い出したのさ。一度だけ、おふくろの舞姿を見たことがあるってな」

「へえ……」

「昔、おふくろは一人で舞っていた。音曲も謡物もない所でな。おそらく、この屋敷のどこかだろうよ。おれは、それを見たんだ。見事だと感じていた。そして、激しいともな」

「瑞穂さまの舞が激しかったってわけでやすか」

「いや、そうじゃなかったな。動きそのものは、いたって静かだった。おそらく、あのとき、おふくろは憤っていたんだ。ひどく腹を立てていた」

伊佐治が顎を引く。それから、下唇を舌先で舐めた。

「あっしは、さほど瑞穂さまを存じてるわけじゃありやせん。けど、何と言うか……ええ、穏やかなお人だったと覚えておりやす。腹を立てるとか、声を出して笑うとか、誰かを詰るとか、そういう、その」

「人らしい情動を表にしたことはなかった、か」

「それだと、瑞穂さまが人らしくねえように聞こえるじゃありやせんか。違いやすよ。慎み深かったんでやす。お武家の女人として心内を出さなかったんじゃねえですか」

「なるほど、上手い言い回しだ。しかし、ここには、おれと親分しかいねえんだ。角が立たぬよう言葉を選んでも意味がないぜ。ふふ、親分、おふくろは憤っていたのさ。その気持ちを持て余し、舞うことで収めようとした。それしか収める手立てがなかったんだ」

伊佐治の膝に綴り帖を投げる。

「へ、これは？」

「おふくろの留記さ。詳しく見なくていい。ほとんど何も書いていないに等しいからよ。ただな、真ん中あたり破れているだろう」

「へえ、確かに。何枚か引きちぎったみてえでやすね」

「引きちぎったのさ。鋏や小刀で切り取ったのではなく力任せに引きちぎった」

「誰がでやす」

「おふくろだろうな」

「瑞穂さまが？　こんな乱暴に帳面を破ったんで？」

「そうだ。その留記はおふくろの化粧箱の中に入っていた。何度読み返しても、他はまとめて一括りにしてあったのに、それだけ仕舞い込まれていたんだ。誰それから付け届けがあった。魚屋にこれだけ払いをした。他はそんな中身じゃねえ。誰それから付け届けがあった。魚屋にこれだけ払いをした。他の留記と違うのは唯一つ、何枚かが破られている。おふくろにとって、破り取ったことそのものが大事だったんだ」

「どういうこってす」

「だから慣れていたんじゃねえのか。怒りに任せて真実を記したものの、それは記してはならない真実だった。だから、引きちぎり、破り捨てるしかなかった。その荒い破り

方はおふくろの怒りそのものさ。前後の日付からして、おれが舞姿を見たころじゃねえかと思うぜ」

伊佐治が強く眉を寄せる。傷のような縦皺が二本、眉間に刻まれた。

「旦那、どうして、そう言い切れるんでやすか。ずい分と昔の話じゃありやせんか。旦那は、まだ肩上げをしている子どものころでやしょ。いくら旦那でも、舞姿や破れた帳面から瑞穂さまの心内を測るなんて無理じゃねえですか。しかも、長え間、忘れ去っていたわけでやすからね。違いやすよね」

伊佐治が身を乗り出してくる。

「昔じゃねえ、今だ。旦那は、今、瑞穂さまの心内を察したんじゃねえですか。どうして、今なのか、何で今さら瑞穂さまに気持ちを向けたのかさっぱり、わかりやせん。けど、もしかしたら……もしかしたら、徳重の一件と繋がってんでやすか。瑞穂さまが記した真実とやらは、記しちゃならなかった真実とやらは、今の事件と繋がってんでやすか。だとしたら、それはどんなもんでやす」

信次郎の目の前を羽虫が一匹、漂うように過よぎっていく。伊佐治が軽く咳き込んだ。そのせいではあるまいが、声音がやや掠れて聞き取りづらくなる。

「あの一件、榮三郎とお佐江を犯科人として幕を引く。それを旦那は良しとされているのかと、遠野屋さんに尋ねられやした」

遠野屋か。

ここにいない男に告げる。

半ちくに首を突っ込んでくるんじゃねえよ。それとも、とことん付き合うと肚を括っているのか。ふん、半端な真似をしていると命取りになるぜ、遠野屋。

「こんなややこしい入り組んだ殺しを誰が考えたのかとも、尋ねられやしたよ。旦那、あっしも榮三郎やお佐江だけで回った事件だとは、どうにも思えねえんで。まして、そこに瑞穂さまが絡んでくるとなると、ますます、このままの幕引きに納得できなくなりやす。ええ、どうにも承知できやせん」

「だろうな」

伊佐治が顔を上げ、目を細める。

「だろうなって、旦那は昨日、この一件にはあまり気が乗らない風だったじゃねえですか。あっしが何を言っても上の空というか、気持ちがねえみてえでやしたよ」

「そりゃあ親分の受け取り方だろう」

伊佐治の頰から顎にかけての線が強張る。

「あっしはいつだって、素直に物事を受け取ってやす。だいたい、まだ終わっていないと言ったのは旦那ですぜ。そりゃあ、お佐江のこたぁ確かに驚きやした。けど、あれで底が割れたってこたぁねえでしょ。遠野屋さんの言う通りでやすよ。榮三郎の徳重への

怨みとお佐江のお月への妬みを誰かが結び付けなきゃ、この一件は成り立たねえ。二人だけで企んだとは、どうにも考えられやせん。それで、瑞穂さまの」

信次郎はかぶりを振って、伊佐治のしゃべりを遮った。

「昨日は調べ物に没頭していたのさ。いろいろ気になることがあったんでな」

立ち上がり、信次郎は告げた。

「上がんな、親分。頼みてえことがある」

岡っ引の双眸に光が点る。身軽だ。口元が引き締まった。「へいっ」短い返事の後、足裏を拭き、座敷に入ってくる。伊佐治の歳からすれば隠居している者、余生を静かに暮らしたいと望む者も多かろう。しかし、この男にそんな老いた気配はない。江戸の日の下も闇の中も、まだまだ存分に動き回れるだろう。

ときに鬱陶しくも目障りでもあるが、頼もしいのは確かだ。

敷居を跨ぎ、座敷の隅に腰を下ろしたとたん伊佐治は少し前のめりになった。

「旦那、あれは」

「ああ、徳重の家から借りてきた車箪笥だ」

「わざわざ、借りてきたんで？」

「ああ、小せえ代物だからな。さして重くはなし、喜助に取りに行かせたのさ」

本来は小者を務める喜助だが、信次郎の供は伊佐治の役回りになっているから、もっ

332

ぱら雑用を引き受けている。伊佐治とはむろん顔見知りだ。

「何で、今さら、車箪笥なんか」

呟きながら、伊佐治が慎重な仕草で箪笥に触れる。高さも幅も二尺あまり、奥行きは一尺ほどだろう。いたって小振りだが桐を材として、きっちりと堅牢に作られていた。

「どうだ」と問うてみたら、伊佐治は戸惑い顔で首を横に振った。徳重はここに商売用の金包を仕舞ってたんでやしょ。物取りに見せるために榮三郎が持ち帰ったようですがね」

「どうって言われましても、ただの箪笥じゃねえですかい。徳重はここに商売用の金包を仕舞ってたんでやしょ。物取りに見せるために榮三郎が持ち帰ったようですがね」

「奥まで腕を突っ込んでみな。何かに気が付かねえか」

「何かって、中は空っぽで……うん？」

気が付いたらしい。伊佐治が軽く息を呑んだ。

「こりゃあ、奥行きのわりに中が狭いというか、外と中で少し寸法が違いやすかね」

「奥の面に手を当てて左右に動かしながら、押してみな」

「はあ、左右に動かして押して……わっ。外れやしたよ、旦那」

伊佐治は慌てて手を引っ込めると、改めて中を覗き込んだ。

「こりゃあ、何です。からくりでやすか」

「そうだな。金包は無理でもちょっとした書付ぐれえなら、奥の隙間に隠せる」

「隠してありやしたかい」

伊佐治が右手をぶらりと振った。

「ああ、女の身売りの証文が五、六枚は出てきたな」

「身売りの？　帳面に記してあったやつでしょうかね」

「また、別物のようだ。こちらは証文だけあって詳しく書き込まれていたぜ。女の年齢、身分、借金の額に売値。まさに品物の扱いだな。中には姉妹、母娘、纏めて買い上げ、売りさばくなんてのもあった。目を通すかい、親分」

「遠慮しやす。聞いてるだけで気分が悪くなりやすよ」

口だけでなく本当に悪心を覚えたのか、伊佐治の顔色がくすんでくる。

「ふ、そうだろうな。気分のいい話じゃねえ。さすがに、徳重もこれが他人の目に触れちゃまずいと考えたんだろうよ。ただの高利貸しじゃなく、女衒紛いの真似までしていたとあっちゃあ世間体が悪過ぎるし、女衒の女房なんて真っ平だと、お月が忌み嫌いもしたかもしれねえ。徳重としちゃあ、若え女房がそれなりに大事だったんじゃねえのか。おさいの話だと、わりに好きにさせていたようだしな」

「それで、わざわざ、こんな仕掛け箪笥を作らせたんで」

伊佐治は僅かに口をよく窄めただけで、箪笥に頭を突っ込んだ。「ああ」と声が上がる。

「親分、奥の面をよく見てみな」

「隅っこに名が書いてありやすね。これは……重と読めやすね。徳重の重でやすか。て

ことは、これを作ったのは」

「ああ、おそらく徳重本人だろうぜ。職人がそんな隠れ所に、客の名前を記すわけもな

かろうよ」

「さいでやすね。なかなかに器用な男だったってこってすか。けど、それは殺しとは関

わりねえですぜ。徳重が器用だろうが不器用だろうが殺されたに決まってやすからね。

それとも何ですか」

信次郎の前にどかりと座ると、伊佐治は背筋を伸ばした。

「徳重が、この簞笥を作ったことと殺されちまったことは繋がるんで？　その繋がりを

旦那は見てるんでやすか。見えてるんでやすね」

膝の上で皺の寄った手が握り締められた。

「今、話してくれとは言いやせん。言っても詮無いとわかってやすからね。ただ、お指

図はいただきやすぜ。旦那、あっしはどう動き、何を探りゃいいんです」

猟犬の眼つきになって、伊佐治が迫ってくる。さあ早く解き放てと苛立っていく。そ

のくせ、落ち着いて耳をそばだて、信次郎の一言一句を聞き漏らすまいとしている。

どこまでも重宝な親仁だな。

重宝で使い勝手がよく、とびきり役に立つ。この上ない岡っ引だ。

「今、どのくらい手下を動かせる」

「すぐになら五人でやすかね」

「では、その内の一人を医者の所にやってくれ。お佐江を診た医者だ。もう少し詳しく、病状を聞き出してもらいてえ。どんな毒を飲んだのかもな」

「へい」

「後は少し手間になる。行方を捜して欲しい者がいる。もしかしたら、向島の渋江村にいるかもしれねえ。ただ、大昔のことだからな、もうとっくに死んじまった見込みも大だ」

「心得やした。で、捜し出してどうするんで」

伊佐治の前に一枚の似顔絵を差し出す。

「これは……」

「知り合いの似顔絵師に描かせたものだ。これに似た男を知っているかどうか尋ねてみてもらいてえんだ。それと、東周とかいう、榮三郎の幽霊仕立てに一役買っていた医者の身辺をもう一度、洗ってくんな」

信次郎の言葉一つ一つに頷きながら、伊佐治の頭の中で手下を動かす段取りができていく。

回る車輪に似た音が聞こえてきそうだ。

矢継ぎ早に幾つかの指示を出した。迷いはない。今日一日で、欠けていた最後の一片を収まるべき場所に収めた。後は、出来上がった絵図に現を重ねていくだけだ。

「わかりやした。早速に手下を集めやす」

　まだ、事の全容は報せていない。何のために動き、走り、探るのか見当がつかないだろう。しかし、一言の疑念も挟まず己に課された仕事だけを確かめると、伊佐治は江戸の巷に飛び出していった。

　さて、遠野屋はどうするか。

　散らかった座敷の中で考える。

　遠野屋は伊佐治とは違った意味で有為な駒だ。使い方は些か面倒ではあるが、その分、他の者にできない働きをしてはくれる。

　手のひらを広げ、目に見えない駒を転がす。

　いつでもお出でください。お待ち申し上げておりますから。

　どこか冷ややかで、そのくせ儀礼のそっけなさはなかった。そつのない商人の台詞の裏に挑発の気配を含ませて、遠野屋は頭を下げたのだ。

　指を折り込む。手の中で何かを握り潰す。

　待っているか。上等じゃねえか。

　逃がしはしない。人らしく生きて、人として死ぬ。褥に横たわり、家族に見守られ、満足の内に息を引き取る。

　そんな陳腐な幕引き、許しはしねえぜ、遠野屋。

信次郎は指を開き、庭に視線を流した。

闇はない。光だけがある。

母の舞姿は掻き消えて、二匹の蝶が白い翅を煌めかせているだけだった。

お佐江が亡くなった。

医者の診立てだと半年か一年は持つはずだったが、一月も経たぬ間に息を引き取った。

昏々と眠り、たまに目覚めても乳飲み子に似た意味の解せない声を発し、また眠り、ある朝、花が散るようにことりと逝った。御上の恩情なのか、住み慣れた『安芸屋』の一室で家人に看取られての死だった。

「それがまあ、たった一つの救いっちゃあ救いかもしれやせん」

伊佐治が息を吐く。その頭上を燕が鳴き交わしながら、飛び去っていった。

「安芸屋さんは、どうなります?」

清之介は石段を上りながら、燕の動きを目で追う。空は臙脂色に燃え、下方を濃鼠に縁どられた雲はほとんど動かない。地には漆黒の影が長く伸びていた。燕は空と地の間を縦横に飛び、どこかに消えていく。美しさと不気味さの間にあるような、日暮れの光景だ。

「そうでやすねえ。直に殺しに手を染めたわけじゃなし、戸締めぐれえで済ませてもら

いてえとは思いやすが、そんなに甘くはねえでしょうね。その因を作っちまったんですから。あっしのこれまでの見聞からすれば財産没収の上、江戸十里四方御構あたりに落ち着く気がしやす」

「それは、何とも厳しい……」

「現はいつも厳しい。誤った者を容易く赦してはくれない。安芸屋さんの女遊びの代償、とんでもなく高くつきやした」

「女房も店も失くしちまったわけでやすからねえ。安芸屋さんの女遊びの代償、とんでもなく高くつきやした」

伊佐治の横顔も臙脂色に染まっていた。もごりと唇が動き、顔が上がる。

「けど、うちの旦那は、たぶん所払ぐれえで済むんじゃねえかって言うんでやす」

清之介も前に視線をやる。石段を上っているせいか、黒羽織の背中はいつもよりずっと大きく見えた。西日を受けて、てらてらと艶めく。

「どういうことです？ 安芸屋さんの刑が軽くなる拠り所を、木暮さまはお持ちなのでしょうか」

わかりやせんと、伊佐治はかぶりを振った。

「このところ、旦那の指図であちこち探り回りやした。驚くことも、腑に落ちねえこともありやしたがねえ。うーん、それがどんな風に、どこで結び付いていくのかさっぱりわかりやせん。まあ、それはいつものことなんで苦にはなりませんがね。むしろ」

そこで伊佐治は唇を舐め、微かな笑みを浮かべた。

「楽しみじゃありやす。さっぱりわからねえところをどう解き明かしてくれるのか、ちょいと心待ちしてしまいやすね」

「ええ、よくわかります。今日、わたしが呼び出されたのもそこに与っているのでしょうが。どう与るのかは……」

「さっぱりわからねえ、でやすね」

「まさに。さらに言えば、呼び出されていそいそ駆け付ける自分の心内も、些か謎です」

いや、謎などではない。信次郎から、おもしろい芝居を観せてやろうとの文が届いたとき、用心の気持ちは動いたが、迷いは起こらなかった。

ぜひに見物させていただきましょう。

目の前に信次郎がいたなら、即座にそう返答していただろう。

むしろ、楽しみじゃありやす。伊佐治の生直な情懐はそのまま清之介の想いでもあった。ただ、用心の気持ちはずっと動き続けている。

伊佐治はわかる。謎解きの場面に腹心の岡っ引を伴うのは、理屈に合っている。けれど、我が身は違う。弥吉の主という立場ぐらいしか、この件との繋がりはない。それもいたって細い繋がりではないか。ただの気紛れで、あるいは面白半分に信次郎が自分を

呼び出したとは考えられない。　清之介に己の手並みを見せつけようとか、望むなら同座

させてやろうとかの心意でもなかろう。そんな虚栄の心とも気配りとも無縁な男だと、"楽しみ"

重々承知している。では、なぜと考え、答えを摑めぬまま呼び出しに応じた。"楽しみ"

が用心に勝ったのだ。

石段を上りきり、境内に入る。どこかで時鳥が鳴いていた。

「ここは、木暮家の菩提寺なのですね」

「へえ、宝来寺でやす。けど、墓参りにあっしや遠野屋さんを伴うのもおかしな話でや

すからね。旦那の狙いは別にあるはずなんでやすが」

伊佐治が口をつぐむ。庫裡の陰から僧が一人、現れたからだ。墨染衣のせいでは

あるまいが、濃い影から滲み出たように思えた。

「おお、これはこれは信次郎どの、よう参られましたな」

「ご住持、過日は馳走になり申した」

「はは、不味い茶を馳走と申されるか。些か居辛い心持ちになりますな」

「いや、茶の味はもとよりご住持と話を交わした一時が慰みにもなりましたので、今日

は文に認めました通り、古い知人を連れて参りました」

信次郎が振り向く。柔らかな笑顔だ。

「こちらは宝来寺のご住持、慶達どのだ。ご住持、尾上町の『梅屋』と森下町の『遠野

屋』のご主人でござる。『遠野屋』の名前ぐらいはお聞き及びかもしれませんな」

「おお、知っておりますとも。僧の身と言えども、"遠野紅"の評判は耳に入っており

ます。信次郎どのとお知り合いとは存じませんでしたがの」

「旧知の間柄でござる。実はこの遠野屋、巨万の富を手にしながらこのところ気分が優

れぬのです。鬱々として日々がおもしろうないとか。我らからすると、贅沢にも思えま

すが煩悩、心垢は人それぞれ。寺に参り、ご住持と語らうのも薬効あるかもと思い立っ

た次第です。そうだな、遠野屋」

慶達が顔を向けてくる。清之介はわざとゆっくりと頭を下げた。

「巨万の富を手にした覚えはありませぬが、慶達さまのお話を伺えるのなら何よりかと

存じまして、木暮さまにお供いたしました」

「それはそれは。まあ拙僧の説教などいかほどのありがたみもございますまいが、茶な

ど点ててしんぜましょうかの。茶室に案内いたします」

「いや、それより二人にご住持の苫庭を見せていただきたい。二人とも、あの庭は見事

なものだぞ。一見に値する」

もう一度、頭を下げる。伊佐治も小袖の前を叩きながら、低頭していた。

巨万の富を手にしながら、鬱々と日を過ごす商人。それが今日の役どころらしい。

これでは見物客ではなくて役者側だな。しかも、筋書も台詞も知らない役者だ。

伊佐治が見上げてきた。その眼に無言で頷き返す。

確かに美しいものだった。苔の深い色と匂いが目にも鼻にも染みてくる。すぐに茶と菓子が運ばれてきた。大兵といって差し支えない体軀の僧が三人、膝前に盆を置くと一言も発しないまま部屋を出て行った。

伊佐治が隣で身動ぎする。

「実は、思い出したことがございまして」

唐突に信次郎が口を開いた。庭とも茶とも無縁の話題だった。

「前に申し上げました母の言葉についてですが」

慶達が首を傾げ、問うように瞬きした。心当たりがないらしい。

「それがしが覚えておる母の言葉です。『死の間際、何を見たのであろうか』と。そのようにご住持にお伝えしましたが間違っておりました」

「と、申されますと?」

「正しくは『死の間際、何を見るのであろうか』ではなかったかと思い至りました」

慶達は僅かに目を眇めた。柔和な表情が曇る。信次郎が何を言いたいのか、何を言い出すのか察しかねているのだ。それは清之介も、おそらく伊佐治も同じだ。

「何を見たのかとは、既に過ぎた事を問うこと。何を見るのかであれば、未来に心を馳

せているわけでござる。それがし、桜の散るころにちょっとした事件を手掛けております

した。相生町の口入屋の夫婦が殺された件、ご存じかな」

「いえ、寺におりますと俗世とはどうしても縁遠くなりますゆえ。それが何か？」

「その夫婦の死に顔に引きずられて、母の言葉を違えてしまったわけです。母は誰かの

死に顔を見たわけではなく、まだ生きている誰かが死の間際に何を見るのかと、呟いた。

それが事実だったと今さら、気が付いた有り様です」

慶達の指が数珠を爪繰る、煩悩にちなみ百八つあるという珠が、じゃらじゃらと微か

な音を立てた。

「信次郎どの、瑞穂どのが亡くなられて二十年の上の年月が経ちます。母御を思う気持

ちは尊きなれど、いつまでも拘り続けるのは現世の重荷ともなりますぞ」

「ここからの帰りだったはずでござる」

慶達の口元が歪んだ。

「それがしの記憶だと、ここでご住持と母が話した帰り、それがしが初めてこの庭を見

た帰り、母はそう呟いたのです。『死の間際、何を見るのであろうか』と。とすれば、母

あれはご住持のことだったのでしょうな。ご住持が最期にどんな光景を見るのかと、母

は息子相手に、いや、独り言のように口にした。では、ありますまいか」

ははと、慶達が笑った。穏やかな笑い声だった。

「どうでございましょうかなあ。拙僧に答える術はございませぬ。何度も申しますが二十年も昔の、まして、まだ童であった信次郎どのの話をどこまで本気に聞けばいいのか、本気に聞いてどう答えるべきか、迷いまする。ただまあ、拙僧はまだこうして生きておりますから、最期の光景とやらを見るのはまだこれから。仏の御許に参りましたら瑞穂どのに教えて差し上げましょうかのう」

「穴の底ではありませぬかな」

「は？」

「ご住持が死の間際に見るものは、地に掘られた穴の底でしょうな。今回の事件、直に手を下したわけではないので死罪ではなく下手人かと思われます。ああ、しかし、事の企ては全てご住持の仕業と明かされれば、死罪に値するとのお裁きが下るやもしれませんが」

「信次郎どの、もしや、鬱々として気が晴れぬのは御身なのではありませぬか。気鬱がゆえにあらぬ妄想を口走っておられるのでは」

慶達の黒目が左右に振れる。縋るような視線があちこちに動く。

「いや、それがしはいたって正気でござる。どこまでもとぼける腹積もりなら、これをご覧いただきたい」

信次郎が一枚の紙を取り出し、慶達の前に広げた。清之介の座からもよく見える。た
だ、似顔絵らしいという以外はわからない。

「これは殺された口入屋の亭主、徳重を若くしての絵なので、そっくりというわけにはいきませぬが、なかな
ました。死に顔を若くしての絵なので、そっくりというわけにはいきませぬが、なかな
かよく似ているとは思えます。これを持って、手の者に渋江村まで行かせました。渋江
村は『竹乃屋』の主人の在所でござる。『竹乃屋』、ご住持は知っておられますな」

「むろんさよう。あの箱屋でしたな。百両箱を作った……」

「さようさよう。あの盗みの一件の後、暫くして店を畳み在所に戻ったそうです。で、
その主人は二年も前に亡くなっておりましたが、お内儀の方はまだすこぶる元気なよう
で、この男のことを」

信次郎の指が似顔絵の真ん中を指した。

「よく、覚えておりましたよ。重蔵という職人、百両箱を二つ作り、盗みの片棒を担
いだあげく逃げ出した職人に間違いないと言い切りました。一生忘れられない顔だとも
申しました。つまり、重蔵は江戸に舞い戻り捕まり処刑された、のではなく、徳重と名
を変えて江戸の町でしたたかに生きていた。そういうことになりまする。どこぞで商売
を始め、そこそこの身代を築いていたようですが、その商いの元になったのは、この寺
から盗み出された百二十両でありましょうな。まあ、どういう塩梅に分けたかまでは判

じられませぬが、商いの元手にはなりうる額であったのでしょう。あ、いや」

何か言いかけた慶達を信次郎は身振りで止めた。

「似顔絵のこと、耄碌した婆さまの戯言といなしてはなりませんぞ。もう一つ確かめたことがございましてな。この重蔵、朝は必ず湯で顔を洗うという、真夏であっても湯でなければ駄目だという、些か変わった癖があったようで、それが徳重とも重なるのです。実は、それがしも役所の旧記を調べ上げてみました。寺社奉行所のものも含めてでござる。しかし、ご住持の言われた通りのこと、重蔵が刑に処せられたという記載は一切、ございませぬなんだ。とすれば、ご住持はそれがしに嘘を申されたことになる」

「嘘だなどと……。拙僧も歳ゆえ、思い違いは多々あったかもしれませぬ。それなら謝らねばなりませぬが、嘘と決めつけられるのはちと心外でございますなあ」

やれやれと、信次郎がため息を吐き出す。

「御仏（みほとけ）に仕えるわりに往生際が悪うございるな。では、しかたない。こちらから全て、話をさせていただこう。まずは、二十数年前、寺の金を盗み出したのは重蔵と大工の佐吉、この二人ということになっております。二人とも腕の立つ職人ながら博打にはまり、金が入り用だった。重蔵と佐吉は賭場で知り合い、たまたまこの寺に関わる仕事をしていたことで悪巧みを企てたという筋書となっておりましたな」

慶達が顎を引く。目を狭め、信次郎を凝視する。

「しかし、賭場というところは飽くまで人の目、世間の目、法の目を盗んで集うところ。まっとうな場所ではござらん。そこで、幾ら町人とはいえ互いの素性を明かして結び付くとは、いささか考え難うござりましょう。二人とも、まだ職人であったわけで一応は日の下で生きていたわけでござるからな。だとしたら、重蔵と佐吉を結び付け、なおかつ、寺に金があることを知っていた者がいる。そう考えるのがよろしかろう。いや、金を手にするために重蔵と佐吉のいる店に仕事を回したのかもしれませぬ。つまり、百両箱の消えた細工を一から十まで仕切ったわけです。重蔵と佐吉は手先に使われたに過ぎない」

伊佐治が傍らで息を吸い、吐いた。張り詰めた気配が清之介にも伝わってくる。

「その者がご住持、慶達どのでございますな」

「何を証として、拙僧の嘘をつかれるか。甚（はなは）だ乱暴、些（いささ）か無礼でございますぞ」

「ご住持がそれがしに嘘をつかれたからです。重蔵が処刑されたとは、あまりに大きな虚言でござった。思い違えるには大き過ぎはしませぬか。ご住持は江戸に帰り、正体を隠して暮らしていた重蔵、佐賀屋徳重を見たのでしょう。あるいは、どこかでばったり出逢ったか。ふふ、おそらく賭場でござろうな。賭場でばったり……。ご住持にすれば、徳重は生きていてはならない相手だった。その口から万が一にも真実が漏れれば、命取りになりかねない。いや、寺の金に手を付けただけの話ではない。寺の勘定方の僧を毒

「さらに言わせていただく。ご住持、同じ毒をお佐江にも渡しましたな。いざとなった

「これはまた何を言われるかと……」

殺しようとした罪もござる」

ら、これを飲めと。楽に死ねるとでも囁いたかもしれませんな」

「旦那」

我慢できなかったのか、伊佐治が腰を上げた。信次郎は振り向き、にやりと笑う。

「そうさ、佐賀屋殺しの一件、仕組んだのはこの坊主だ。徳重の口を塞ぐためにな。お

そらく、徳重は多くを知り過ぎてたんだろうよ。おれが思うに、この坊主、賭場の胴元

をしていたんじゃねえのか。胴元なら客の素性を全て知っていても不思議じゃねえから

な。勘定方はそれに気が付いていた。二つ年上のなにくれとなく面倒を見てくれた相手

だと言ったよな。弟のように接していた慶達が裏では賭場を仕切り、かなりの金子を稼

いでいた。その事実に気付いちまったのさ。だから、殺されたんだ。毒を盛られたんだ

よ。百二十両の金を盗んだのは、金そのものより勘定方を自裁に見せかける口実が欲し

かったからかもな。とにかく、徳重はそのことを知っていた。ずい分と厄介なやつじゃ

ねえか。佐吉って大工の方はおそらく生きちゃいまい。事件の前に泣いてたっていうか

ら、自分がこれから犯す罪に怯えてたんだろう。そういう男だ。逃げ出したのはいいが、

江戸恋しさにすぐに舞い戻ってきたんだろうよ。で、慶達に殺された。邪魔でしかねえ

ものな。殺されて、寺の墓場のどこかに埋められて、今はもう骨だろうがよ。で、図太い徳重は盗んだ金を元手にしてどんな商いをしたのか、しこたま貯めて江戸に戻っていた。十年ほど前のことらしいが。そのまま、おとなしく地道に暮らしていればつつがなく生きていけたかもしれねえ。けど、ついつい、昔の虫が動き出して、賭場に顔を出したんだろう。そこで慶達に見られた。徳重は気が付かなかったかもしれねえが、慶達にはすぐにわかった。賭博に殺し。これがばれちゃあ、まあ、間違いなく首は刎ねられる。で、その厄介な相手の口封じを企てたのさ」

「それが榮三郎やお佐江を使っての、あの殺しになるんで」

伊佐治が腰を浮かしたまま、何度も唾を呑み込む。

「そうさ。徳重の身辺をきっちり調べたんだろうな。それで榮三郎と、お月絡みでお佐江が引っ掛かった。安芸屋の先代は博打にはまっていたそうだが、出入りしていた賭場ってのは慶達、おめえの開いてた鉄火場じゃなかったのか。だとしたら家内の様子はある程度摑めていたはずだ。後は、榮三郎とお佐江の二人をそそのかし、操ればいいだけだ。ちっと手間はかかるが、慶達自身が疑われる見込みは万に一つもねえ。何でも、徳重殺しの夜、在家信者を集めて夜通しの読経をしていたそうじゃねえか。修行と称して、静何から何まで、きっちり仕込んだもんさ。榮三郎もお佐江も追い詰められて、心を保てなかったんだろう。上手いこと口車に乗せられちまった。けど、勘定方とお

佐江に同じ毒を使ったのは拙かったな。よく似た症状、よく似た死に方。おれでなくとも怪しいと疑うぜ」

じゃら。また、数珠が音を立てた。

「あ、それとおふくろの形見の舞扇、その紙の間にさらに一枚紙が挟んであってな、勘定方が介抱するおふくろに、慶達がやったと告げたそうだ。そう書いてある。ただ、賭場に出入りする者の中に高位の武士がいた。そのために、裁きの手が及ばぬまま、賭場は一時、消えちまったそうだな。おふくろは詳しく書き記していなかったが、その高位の武士ってのが奉行所絡み、親父の上役に繋がる誰かだったんじゃねえのか。だから、おふくろも黙り込み、知らぬ振りをするしかなかった。まあ、賭場が消えたのは事実だ。それはそれで良しとしなきゃなるめえさ。ところが、この坊主は性懲りもなく、ほとぼりが冷めたころにまた賭場を開いたってわけさ。あぶく銭を儲ける欲に抗えなかったのかい、慶達。東周って医者もそこに出入りしていた。駒は揃ったってとこで」

じゃらっ。数珠が飛び散った。慶達が立ち上がる。同時に隣室の襖が開いた。白刃を手にした僧が数人、雪崩れ込んでくる。

「馬鹿者が。したり顔にしゃべりおって。生きてここからは出られぬぞ」

信次郎が肩を竦める。長脇差を清之介に投げてよこし、もう一度、竦めた。

「だとさ。後は頼むぜ、遠野屋」

商人の役だけでは済まさない。そういうことか。

信次郎の指が鳴った。

「ああ、そうだ。間もなく寺社役付同心が駆けつけて来るはずだ。まぁ話はつけてある
が、来る前に済ませちまってくれ」

何とも身勝手な言い分だが、この男を相手に人の節度を説いても意味はない。

清之介は立ち上がり、気息を整えた。

茶を持ってきたときから、ただならぬ気配は感じていた。僧侶のものではない。賭場
の用心棒も兼ねている輩なのだろう。

鞘を払う。刃引きはしていない。蒼く煌めく真剣だ。

「親分さん、下がっていてください」

「遠野屋さん」

伊佐治が今にも泣きそうに、顔を歪めた。

「やれ。三人とも殺せ」

慶達が叫ぶ。雄たけびを上げて、男が刃を振りかざしてきた。清之介は腰を落とし、
その腹に刃背を打ち込む。すぐに引いて、ちらりと信次郎を窺った。

薄く笑っている。

罠にかかったのは宝来寺の住持なのか自分なのか。

清之介は静かに刃を薙いだ。

一際、大柄な男が跳びかかってくる。速いけれど隙だらけだ。

「まったく、どうしようもない野郎だ。

「まったく、どうしようもありやせんよ」

伊佐治が長く細い吐息を漏らした。

「遠野屋さんには、またまた、とんでもねえ迷惑をかけちまって」

「親分さんが気に病むことじゃないでしょう。別に怪我をしたわけではありませんし。

着物の裾が茶で汚れはしましたが」

「旦那に洗濯させてやりまさぁ。ほんとに、何と言ったらいいのか、とことん性根の悪

いお方でやすよ。ああなることがわかった上で、遠野屋さんを引っ張り出したわけでや

すからねえ。それだけじゃなくて、遠野屋の主人と顔見知りになる機会を餌にして、慶

達を釣ったんでやす」

「慶達はわたしを賭場に誘い込めると考えたのでしょうか」

「でしょ。大店の主が網にかかったと、ほくほくしてたんじゃねえですか。実際、網に

かかったのは自分でやしたが」

昨夜の焼け空が約束していたのか、今日は碧空が広がっている。日差しも強く、汗ば

むほどだ。遠野屋の座敷には風が通り、夏鶯（なつうぐいす）の声が時折、響いてきた。

「親分さん」

「へい」

「木暮さまが仰っておられました扇のことですが」

「ああ、瑞穂さまが勘定方のお坊さまの遺言を聞いて、扇に隠し文を挟んでいたってやつでやすか」

「あれは、木暮さまの作り話でしょうね」

伊佐治は清之介から庭へと眼差しを移した。雀たちが柿の木の根元をさかんに穿っている。

「遠野屋さん、どうしてそう思われたんで？」

「あまりに都合がよすぎるからです。よしんば、確かに聞いたとしても、それを隠し文にするとは考え難いのです。わたしは母上さまのことを何一つ知りませんが、いつ人の目に触れるかもわからないやり方で、伝言を残すような方ではない気がします」

「まあ、旦那の母親でやすからね。あっしもそう思いやす。瑞穂さまは誰であろうと何かを託すようなお人じゃなかった。ただ、旦那が言いやしたよ。おふくろは誰であろうと何かを託すようなお人じゃなかった。ただ、旦那が言いやしたよ。おふくろはひどく腹を立てていたと。その姿を見たんだそうで。あのころ、賭場が一つ、二つ消えたのは事実のようで、それはお役所の旧記にもたった一行ですが記されて

いたそうでやす。だから、お偉いお武家が出入りしていて、うやむやになったってのも本当かもしれやせん。瑞穂さまは何もかもを見通していた。けれど、どうにもできなかった。だから、怒りを抑え込み慶達を見逃すしかなかった。そういうことなんでしょうかね。そのお怒りが命を縮めたとまでは言い切れやせんが」

「母御が木暮さまを伴って慶達と話をしたのは、法の網をかいくぐり生きる悪人を見せておくためだったのでしょうか」

伊佐治は暫く思案し、違うでしょうと言った。

「そのときは法要か何かの話で、終始、穏やかだった気がすると、旦那の記憶でやすから確かでしょうよ。瑞穂さまはご自分の情を抑え込んだのだと思いやす。腹立ちにしろ、悲しみにしろ、情に振り回されるこたぁなかったんじゃねえでしょうか。ただ……」

「ただ?」

「慶達のような悪人がどんな死に方をするのか、興を引かれていたのかもしれやせん」

「悪を許せないとか、憎むとかではなく興を引かれていた、ですか。なるほど、どうしてだか納得してしまいますね」

木暮瑞穂。さて、どういう女人であったのか。おそらく、今までのおれの人生で逢ったことのない、似た者さえいない、そんな方だったのだろう。

その方はわかっていたのではないか。自分の小さな息子がいつか、僧形《そうぎょう》の悪を亡ぼ

すだろうと。そう考えるのも、おれの手緩さのせいだろうか。

慶達は今朝方、捕らえられた牢の中で死んでいた。隠し持っていた毒を含んでの最期だった。伊佐治はそれを伝えに来たのだ。伝えた後に、「これで本当に終わりやしたよ」と呟いた。いつものことだが、事件が落着した後、伊佐治は急に老けて、萎む。次の事件に駆り出されるころには、すっかり回復し、前より若やいでいるのだが。

「親分さん、わたしは木暮さまにお尋ねしたのですよ」

「へえ、何をでやす」

男たちをみな刃背打ちで倒し、伊佐治が捕縛した慶達を引っ立てていったとき、清之介は信次郎に尋ねてみた。

「木暮さまには母上さまのお気持ちを晴らしたいという想いが、僅かでもあったのですか」

どんな答えを待っていたのか、自分でもわからない。この男と母親との結び付きがどのようなものか知りたかった。それだけだった。今を逃したら問える機会はもうないだろう。

信次郎は笑った。

嗤笑（ししょう）でも冷笑でもなかった。嬉笑（きしょう）でも朗笑でもない。この笑みをどう呼べばいいか、

摑めない。その笑みを消して、信次郎が言った。

「遠野屋、今日は世話になった。礼の代わりにいいことを教えてやろう」

半歩、前に出てくる。清之介は固くこぶしを握った。

「人は人を頼りに生きられはしねえよ。親だろうが子だろうが、他人は他人、自分じゃねえんだ。誰かをよすがにしちまったら、そこでお終えだぜ。誰かに支えられないと生きていけねえやつが、誰かを支えることなんざできやしねえのさ」

おこまの姿が炎の形で渦巻く。「ととさま」と呼ぶ声が聞こえた。同時に胸の奥が熱くなる。

憎悪が炎の形で渦巻く。火の粉を散らし、唸りを上げる。

この男が憎い。殺してやりたい。

信次郎が背を向ける。転がった茶碗を跨ぎ、外に出て行く。

殺してやりたいほど憎い相手が去っていく。

清之介は指を握り締め、乱れた座敷の中に立っていた。

「遠野屋さん、どうしやした」

伊佐治が覗き込んでくる。

「うちの旦那に何を尋ねたんで」

「あ、いや……いいのです。もう、いいのです」

風に乗って、おこまの笑い声が届いてきた。今日もお菊が遊びに来ているのだ。

「子どもの笑う声ってのは、いいもんでやすねぇ。気持ちがさっぱりしますぁ」

伊佐治はさらりと話題を変えて、楽しげな表情を作った。

清之介は束の間、目を閉じる。

殺してやりたいほど憎い相手がいる。その現をどう受け止めればいいのか。

目を開ける。光が染みる。

その光を吸い込んで扇が舞う。舞いながら光そのものになっていく。

夏鶯が鮮やかに鳴いた。

解説

末國善己
（文芸評論家）

　時代小説は、講談や歌舞伎といった日本の伝統的な文芸の延長線上にあると思われがちだが、実際は海外文学の影響も少なくない。そのことは、下村悦夫『悲願千人斬』や三上於菟吉『敵打日月双紙』がジョンストン・マッカレーの『双生児の復讐』を下敷きにし、愚かな主人公が剣の修行を通して成長する吉川英治『宮本武蔵』が、主人公の内的な成長を描く教養小説の手法を使っていることからも分かるだろう。

　特に時代ミステリは、コナン・ドイルの〈シャーロック・ホームズ〉シリーズの「ぶな屋敷」をベースにした岡本綺堂『半七捕物帳』の「奥女中」、アガサ・クリスティ『ABC殺人事件』のトリックを援用した横溝正史『人形佐七捕物帳』の「羽子板娘」など、海外ミステリを日本風にアレンジした作品が少なくない。あさのあつこの〈弥勒〉シリーズの節目の第十弾となる本書『花下に舞う』も、エラリー・クイーンを思わせる仕掛けが随所にあり、ミステリ好きも満足できる完成度となっている。

　シリーズ第一弾『弥勒の月』は、小間物問屋「遠野屋」の内儀おりんが川に身投げし

たと思われる死体で発見され、頭脳明晰だが、金にも、出世にも、女にも興味がなく、ただ奇怪な事件に挑むことだけに喜びを感じる北定町廻り同心の木暮信次郎が捜査に乗り出す。

信次郎は並外れた洞察力で被害者の夫・清之介が心に闇を抱える異形の存在と見抜き、事件解決と同じ熱量でその闇を表に出そうとする。

敵か味方か判然としないが相棒的関係になった信次郎と清之介に、信次郎の父親の代から仕える岡っ引で普通の常識を持つ伊佐治を加えた三人は、次々と殺された女が、いずれも「遠野屋」で売られた簪を挿していた第二弾『夜叉桜』、信次郎の同僚が女郎と心中した事件の裏側に迫る第五弾『冬天の昴』、鏡台の中から髪の毛が出るなど怪異が続き、老舗の「東海屋」で主人が変死し、主人に冷たくされた妾が仕舞屋で自害、その口の中から大量の牡丹の花が見つかる第七弾『花を呑む』、飲み屋で二人の男が喧嘩し一人が大怪我、もう一人は逃げた後に首を吊るが、怪我をした男が惨殺されたことから思わぬ展開をたどる第九弾『鬼を待つ』などの奇怪な事件に挑んできた。

口入屋（人材派遣業）の主人・徳重と後妻のお月が殺され、被害者二人が驚愕の表情を浮かべていた発端から始まる本書も、魅惑的な謎を描いた作品といえる。

殺された徳重は裏で高利貸しをやっており、地回りを使って冷酷な取り立てをしていたが、二人の死に顔を見た信次郎と伊佐治は、怨みによる犯行の可能性は低いと判断する。

一旗あげるために江戸へ出て成功した徳重は、働きがよければ十分な給金を払う一方で、

返す当てのない金を借りる人間が許せず、厳しく取り立てを行っていた。現代の日本でも苦労を重ねて成功した経営者は、誰もが自分と同じように困難が乗り越えられると考える傾向があり、自分にも他人にも厳しいため職場の環境や取引先との関係を悪化させるケースも珍しくない。徳重の考え方は典型的な立志伝中の日本人経営者のものなのだ。

圧倒的なリアリティと普遍性に驚かされるのではないか。

徳重は当面の商売用に二百両から三百両を手元に置いていたが、錠が壊された車簞笥の中身は空だった。いつも朝餉の支度をする通いの女中によると、ふだん裏木戸は徳重のために朝早く湯を沸かすお月が開けていて、二人が殺された日もいつもと変わらず開いていたという。誰かが歩くと音がするよう庭に小石を敷き詰めるほど用心深い徳重が裏木戸を閉め忘れたとは思えず、犯人が塀を乗り越えたのであればわざわざ裏木戸を開ける必要はない。それならば誰が裏木戸を開けたのか？ さらに現場からは、お月が習っていた舞に使う扇が見つかるが、金箔が施された高級品でありながら、なぜか箱ではなく袱紗に包まれていた。

徳重の先妻おこうの実家は油屋の老舗「今の屋」だが、代々の当主が名乗る榮三郎を継いだ当代は商売下手で家業を傾け、徳重から何度も金を借りていた。その榮三郎が突然死したので、徳重は証文を持って借金返済の催告に行ったらしい。「今の屋」が「遠野屋」と同じ森下町にあることから、清之介は信次郎によって強引に事件へと引き込ま

れていく。現実の世界では、殺人事件が起こると警察の捜査が始まり、たとえ被害者の家族から依頼を受けたとしても、探偵に事件を捜査する権限はないし、警察の捜査情報が与えられることもない。そのため名探偵が活躍できるのはフィクションの中だけといっても過言ではなく、ミステリにリアリズムを持ち込む立場から一部の作家は名探偵不要論を唱え、それに反対する作家と論争になったこともあった。〈弥勒〉シリーズは捜査の権限がない清之介を自然に事件へ巻き込んでおり、リアリティの確保と名探偵的な清之介の活躍を見事に両立した著者の手腕にも着目して欲しい。

「遠野屋」に立ち寄った信次郎は、手代の弥吉が「今の屋」の葬儀の手伝いに行ったとの話を聞く。台所で徳重が故人に罵詈雑言（ばりぞうごん）を吐くのを聞いた弥吉は、激怒していたという。

伊佐治は「今の屋」から事情を聞いていたが、弥吉の話は出なかった。「今の屋」は故意に隠したのか、そうであるならなぜ隠す必要があるのか？　信次郎は弥吉を呼ぶよう清之介に頼むが、すぐに店を離れた後だった。弥吉は、三歳の娘お菊を女手一つで育てている同じ長屋に住むお高が、夜具に包まり（くるまり）「怖い怖い」と譫言（うわごと）のように繰り返していると知り、心配で様子を見に戻ったらしい。

本書のメインは「今の屋」の二人殺しだが、それに勝るとも劣らないほど重要になるのが、信次郎の過去である。これまで〈弥勒〉シリーズは、心に闇を抱える原因になった過去や、今もその因縁から逃れられないでいる清之介の葛藤（かっとう）を丹念に掘り下げてきた

が、信次郎については不明な点ばかりだった。ようやく信次郎がたどった人生の一端が明かされる本書は、シリーズの中でも重要な一冊といえるだろう。

女中のおしばから母・瑞穂の墓参に行くようながされ宝来寺を訪れた信次郎は、住職から奇妙な話を聞く。二十年以上前、宝来寺は本堂修復のため檀家から百二十両の寄進を集めた。金を入れるため近くの箱屋に百両箱の製作を頼み、寺の焼き印が入った特注品ができた。ところが、常に見張りがいる庫裡の納戸に仕舞われ、鍵は勘定方が肌身離さず持っていた百両箱の中から金が忽然と消え、善後策を検討している最中に勘定方が服毒自殺をはかった。法要の件で宝来寺に来ていた瑞穂は、話を聞いただけで真相を見抜いたという。百両箱から金が消失したトリックは、クイーンの短編「神の灯」をミニマムにしているので、興味がある方は読み比べてみて欲しい。

瑞穂は、信次郎の母親らしく鋭い推理能力と常識外の価値観をもっていたようだ。信次郎は、幼い頃に母が「死の間際、何を見たのであろうか」と呟いたことを覚えていて、これが何を意味するのかも物語を牽引する重要な鍵になっていく。

徳重とお月殺しの捜査に狩り出された形になった清之介だが、履物問屋「吹野屋」の謙蔵、帯を扱う「三郷屋」の吉治らと上客を招く見本市を続け、さらに貧しくてもお洒落がしたい人たち向けの商品が開発できないかなど、「商いの豊かさが人の世の豊かさに繋がっていく」との信念のもと、新たなビジネスにもチャレンジしていた。

このように本書は三つのエピソードが時に回想として、時に同時並行で描かれるが、「巷で起こる事件は嵌め絵のようなものだ。一片一片をあるべき場所に置いていけば、全容が見えてくる。場所を違えては真相は現れないが、そもそも嵌めるべき場所に置いていけば、全容が見えてくる。場所を違えては真相は現れないが、そもそも嵌めるべき欠片がなければ動きようがない」という信次郎の感慨そのままに、一見すると無関係そうなエピソードが、パズルのピースのように集まると共に当初とは異なる解釈を与えられ、まったく違った絵を浮かび上がらせるプロットを重視した謎解きになっている。

あえて冒頭にヒントを置いたのは、それでも見破られる心配はないという著者の自信の現れのように思えてならない。なお「嵌め絵」は、たくさんの人体を集めて人間の顔を描いたり、猫を集めて文字を表現したりする遊び心にあふれた浮世絵のことで、歌川国芳の「みかけハこハゐがとんだいゝ人だ」「なまづ」などが代表作である。

パソコンやスマホのグラフィック系のアプリには、レイヤーという機能がある。レイヤーは透明なフィルムと考えれば理解がしやすく、背景、人物を別々のレイヤーに描け、合成して一枚の絵にする時、配置や大きさを自由に変えることができる。本書で「嵌め絵」の「一片」になるエピソードは、このレイヤーに描かれた絵に近い。徳重とお月殺しでは、裏木戸の状況、袱紗に包まれた舞扇、「今の屋」の家族や弥吉の動向、お高が怯えた理由などが謎解きに不可欠な「一片」になるが、それだけでは終わらず、お高の「一片」が清之介が考える新商売に繋がったり、瑞穂が残した言葉が意外な形で

徳重とお月殺しにリンクしたりする。ある「一片」がレイヤーに描かれたかのように、徳重とお月殺し、瑞穂が解決した過去の事件、清之介の商売という時間と空間を超えた本書の三つの事柄に自在に当て嵌められては、それぞれに絵を浮かび上がらせるので、周到に張り巡らされた伏線が回収される終盤は圧巻である。

やがて信次郎は、犯人のトリックを看破。それは『Yの悲劇』など、クイーンが得意としたトリックである。このトリックは事件と犯人を結ぶ決定的な証拠がなく、微罪に問うだけで終わるかもしれない。狡知に長けた犯人を、信次郎がどのように捕縛するかが終盤のポイントになるだけに、最後までスリリングな展開が楽しめるはずだ。

本書のトリックに触れると、自分が何かを判断する時、それが自分の意志で決定されたのか、知らず知らずの内に誰かの影響を受けているのか分からなくなる。このトリックは、生まれた時の身分で将来が決まり、頭が切れる故にその体制を壊す難しさを痛感し虚無的になっている信次郎、商売によって身分、家、男女という枠を壊そうとしている清之介のそれぞれの苦悩や模索している将来像と共鳴して、シリーズ全体のテーマを際立たせているのはもちろん、江戸とは異なるものの、今も様々な枠に縛られている現代の読者に、どのような人生を選択すべきかも問い掛けているのである。

シリーズ累計百万部を突破した〈弥勒〉シリーズは、信次郎が捕り方に追われて姿を消し、清之介と伊佐治が信次郎の居場所とどんな事件に巻き込まれたのかを調べる第十

一弾『乱鴉の空』が刊行されている。事件探しという変則的な謎解きも、深い人間ドラマもパワーアップしているので、早く目を通して欲しい。

二〇二一年三月　光文社刊

光文社文庫

長編時代小説
花下に舞う
　　　　（か　　か　　ま）

著　者　　あさのあつこ

　　　　　　　　　　2022年 9 月20日　初版 1 刷発行
　　　　　　　　　　2024年11月 5 日　　　　 2 刷発行

　　　発行者　　三　宅　貴　久
　　　印　刷　　萩　原　印　刷
　　　製　本　　ナショナル製本

　　　発行所　　株式会社　光　文　社
　　　〒112-8011　東京都文京区音羽1-16-6
　　　電話　(03)5395-8149　編　集　部
　　　　　　　　　　　　8116　書籍販売部
　　　　　　　　　　　　8125　制　作　部

組版　萩原印刷